Kraniche im Nebel oder die Kunst zu lieben

Über das Buch

Berlin, November 2014: Sonja Baumann sichtet den Nachlass ihres verstorbenen Vaters. Erschüttert stellt sie fest, dass der ihr so vertraute Mann, mit dem sie glaubte, alles zu teilen, ein Geheimnis hatte, von dem sie nicht das Geringste wusste.

Fürstenwalde, November 1989: Wenige Tage nach dem Fall der Mauer fährt Katja Winter mit ihrer Freundin nach Westberlin, ohne zu ahnen, welche Folgen der übermütige Tagesausflug in den Westen für ihr weiteres Leben haben wird.

25 Jahre nach dem Mauerfall kreuzen sich die Wege von Sonja und Katja – eine schicksalhafte Begegnung, die beide Frauen an einen Wendepunkt in ihrem Leben führt.

In Nicci Schmieders erstem Roman *Platanenallee* standen eine Großmutter und ihre Enkelin im Zentrum einer vom Mauerbau entzweiten Familie. In ihrem zweiten Roman *Kraniche im Nebel oder die Kunst zu lieben* zeichnet sie die unterschiedlichen Lebenswege zweier Frauen nach, die das Schicksal nach dem Mauerfall zusammenführt.

Wieder ein hautnahes Stück deutsch-deutscher Geschichte, das diesmal 1989 beginnt.

Nicci Schmieder

Kraniche im Nebel
oder die Kunst zu lieben

Roman

Bibliografische Information der Deutschen Nationalbibliothek: Die Deutsche Nationalbibliothek verzeichnet diese Publikation in der Deutschen Nationalbibliografie; detaillierte bibliografische Daten sind im Internet über dnb.dnb.de abrufbar.

Erste Auflage
© 2021 Nicci Schmieder
Alle Rechte vorbehalten

Covermotiv: Nicci Schmieder
Lektorat: Susanne Rick

Herstellung und Verlag: BoD – Books on Demand, Norderstedt

ISBN 9-783-755752-981

Der Kranich ist der Vogel des Glücks.
Schlaflos wachsam und vorsichtig.
(Sprichwort)

Kapitel 1

Sonja

Mein Vater ist kein Heiliger, das merkt jede Frau, die seine Bekanntschaft macht, sofort. Doch er ist auch kein Beau, kein Playboy, der alles daransetzt, Frauen mit Komplimenten derart einzuwickeln, dass sie am Ende gar nicht umhinkommen, in seinem Bett zu landen. Oder er in dem ihren.

Ich würde sagen, mein Vater ist ein charmanter Intellektueller mit einem gewissen Hang zur Arroganz.

Er versteht sich sehr gut darauf, sein Gegenüber auf humorvolle Weise zu beeindrucken, nicht nur mit Wissen, auch mit Schlagfertigkeit. Sein Ziel bei einer Begegnung mit einer Frau ist nicht die profane körperliche Nähe. Wobei er dem sexuellen Zeitvertreib vermutlich auch nicht abgeneigt ist. Nein, bestimmt nicht.

Er will seine Gesprächspartnerin stets intellektuell herausfordern, um am Ende in einem Schlagabtausch zu landen, der ihn wiederum herausfordert und bestenfalls als Sieger aus dem verbalen Wettkampf hervorgehen lässt. Er liebt es, mit Schachtelsätzen zu jonglieren, Pointen herauszuarbeiten oder Behauptungen seines Gegenübers auf den Prüfstand zu stellen. Aber vor allem liebt er es, der Überlegene zu sein. Argumentativ gewinnen macht ihn glücklich. Im Spiel *Mensch ärgere Dich nicht* hingegen ist er eine Niete.

Einfältige Frauen interessieren ihn nicht. Er braucht spannende Charaktere, Frauen, die etwas zu sagen haben oder gesellschaftlich aus dem Rahmen fallen.

Wenn eine Frau meinen Vater beeindrucken will, muss sie bereit sein, sich mit einem Thema auf unkonventionelle Weise auseinanderzusetzen oder Ansichten vertreten, die nicht dem Mainstream entsprechen. Es muss mehr sein als ein handelsüblicher Smalltalk bei Aperitif und Käsegebäck. Phrasendrescherei ist Zeitverschwendung.

Sein Geist braucht stets Nahrung, muss belebt werden mit Ideen, mit Gedankengängen, die er bestenfalls noch nicht selbst beschritten hat. Und sei das Thema noch so profan, aber anregend – möglichst tiefgründig muss das Gespräch darüber sein.

Mein Vater ist ein verbaler Seiltänzer, und solange ich denken kann, hat er noch nie das Gleichgewicht verloren.

Ich glaube, auf den ersten Blick sieht mein Vater in einer Frau nie ihre physische Schönheit. Auch er ist natürlich ein Mann und Sexappeal gegenüber nicht immun.

Doch entwickelt sich bei ihm die körperliche Anziehungskraft einer Frau wohl eher über den Geist.

Ich glaube auch, er verliebt sich niemals direkt in eine Frau. Er verliebt sich in eine Vision von ihr oder, besser ausgedrückt, in eine Vision von einem Leben *mit* ihr.

Aber Vater ist auch bewusst, dass er Fehler macht. Seinen unsteten Geist versucht er mit einem Übermaß an Verantwortung auszugleichen.

Die Frau, die es versteht, ihn zu lenken, hat für immer einen Platz in seinem Herzen und einen Menschen, auf den sie sich verlassen kann. Er ist ihr vielleicht zuweilen gedanklich untreu, aber das sollte sie nicht persönlich nehmen. Andere Männer gehen fremd oder trinken.

Wer meinen Vater für sich gewinnen will, muss ein starkes Herz und eine eigene Meinung haben.

Interessanterweise bedauert mein Vater vor allem die Fehler im Leben, die er nicht begangen hat. Denn dadurch wird er nie erfahren, welche Wendung sein Leben in diesem Fall genommen hätte.

Den *Konjunktiv des Lebens* nennt er das. Der Konjunktiv treibt ihn um, weil es die verpassten Chancen sind, von denen er niemals erfahren wird, ob es tatsächlich eine verpasste Chance gewesen ist oder nur eine Sackgasse im Dasein.

Ich sitze am Schreibtisch meines Vaters im Dachgeschoss meines Elternhauses. Ich mag sein Arbeitszimmer. Es ist vollgestopft mit Büchern, vielleicht etwas düster, weil das einfallende Tageslicht durch die Dachgauben gemildert wird. Aber das macht diesen Raum zu einem Fluchtpunkt vor der Welt.

Der dunkelgrüne persische Seidenteppich ist an vielen Stellen schon ganz abgewetzt von den Rollen des ledernen Schreibtischsessels. Der Schreibtisch selbst, ein eichenes Erbstück aus der Jahrhundertwende, wirkt wie eine dominierende Instanz in diesem Raum.

Die hellen Wasserflecken auf der ledernen Schreibtischunterlage und die vordere Kante der Schreibtischplatte, blank poliert von Generationen fettiger Menschenhände, tun der sakrosankten Position des Tisches in der Mitte dieses Raumes keinen Abbruch.

Das in die Jahre gekommene Ensemble passt hierher, kniehohe Bücherregale unter jeder Dachschräge zeugen von Wissen und Nichtwissen. Vor allem das Nichtwissen sollte einen nie verunsichern, sagt Vater immer.

Unwissenheit ist keine Schande, lediglich die Lücken nicht zu schließen, ist frevelhaft.

In der hinteren Ecke unter der Dachschräge steht eine ausgeklappte Doppelbettcouch. Mein Vater schläft schon lange nicht mehr neben Regina, seiner zweiten Ehefrau. Eine Tatsache, die beide in stillschweigendem Einverständnis nach mehr als zwanzig Jahren Ehe nicht nur akzeptieren, sondern sogar begrüßen. Es gibt wichtigere Dinge, die eine gute Ehe ausmachen.

Alles hier sieht aus, als sei Vater gerade aus dem Zimmer gegangen und komme gleich wieder die knarrenden Holzstufen aus dem ersten Stock herauf. Eine Kanne Tee in der Hand, zündet er das Teelicht im Stövchen an, das auf der Kommode unter einer Dachgaube steht. Ich sehe es genau vor mir, wie er die Kanne über die Kerze stellt, sich in einen der Sessel fallen lässt und mir den Platz gegenüber anbietet.

Dann fragt er stets ohne Umschweife nach dem Grund meines Kommens. Denn seit meine Kindertage vorüber sind, in denen ich täglich hier oben mit meinen Barbiepuppen auf dem Teppich spielte, während er am Schreibtisch Bücher wälzte, um eine Vorlesung vorzubereiten, sind meine Besuche rar geworden.

Meist komme ich nur hier herauf, wenn ich wieder in einer Sackgasse *meines* Daseins gelandet bin. Denn ich habe schon viele Konjunktive ausprobiert. Der Erfolg bleibt überschaubar.

Das hat das Verhältnis zu meinem Vater gerade in den letzten Jahren mehr belastet, als mir lieb ist. Ihm missfällt die Art, wie ich durchs Leben gehe, vermutlich aus dem

Grund, weil es ihn zu sehr an Martha erinnert, meine leibliche Mutter.

Doch im Gegensatz zu ihr bin ich nicht in der Lage, die Dinge zu Ende zu bringen. Zwei abgebrochene Studiengänge, erst Kunstgeschichte, dann Malerei. Ich habe keine Berufsausbildung, kann mich nie dazu durchringen, bei einer Sache zu bleiben. Es gibt so viele Dinge auf der Welt, die ich ausprobieren will. Aber ich verliere schnell das Interesse, sobald ich etwas begonnen habe. Ich habe kein Durchhaltevermögen. Warum auch? Da warten noch tausend andere Sachen auf mich, da draußen.

Noch immer lebe ich in den Tag hinein wie ein Teenager, obwohl ich letzten Monat meinen Dreißigsten gefeiert habe.

Jetzt wird mir zum ersten Mal klar, dass ich mit meinem Vater nie wieder ein Gespräch bei einer Tasse Tee führen werde. Vehement schiebe ich diesen Gedanken beiseite. Noch nicht, denke ich. Noch will ich es nicht wahrhaben.

Martha hat vor ziemlich genau einem Vierteljahrhundert unser in fest verlegten Gleisen verlaufendes Familienleben verlassen und genau das getan, was mein Vater sich Zeit seines Lebens nicht getraut hat.

Martha lebt bis heute den *Konjunktiv ihres Lebens*, das *was wäre, wenn*. Und sie lebt es mit allen Konsequenzen.

Ich war fünf, und der Abend, bevor Martha verschwand, war ein Abend wie jeder andere. Sie saß am Küchentisch, das Kinn in die Hände gestützt, wie immer einen Stapel Bücher vor sich. Sie las ständig, immer parallel, ein Buch war nie genug. Sie saugte Wissen in sich auf, wie andere Kette rauchen.

Als Medizinerin war sie ein Überflieger, hatte ihre Doktorarbeit abgegeben, noch bevor ihre Kommilitonen ihre Assistenzzeit absolviert hatten. Martha war ihren Mitmenschen immer einen Schritt voraus. Vermutlich einer der Gründe für meinen Vater, sich in Martha zu verlieben. Sie ist eine kluge Frau.

Martha las, sah von Zeit zu Zeit kurz auf, den Blick in eine für mich verborgene Ferne gerichtet. Ich kann mich gar nicht erinnern, dass sie jemals wirklich anwesend war, dass sie mich, ihre Tochter, wirklich wahrgenommen hat.

Entweder steckte ihre Nase in Büchern oder ihr Blick in den Wolken.

Mein Vater sagte, sie sei wie eine Marathonläuferin, süchtig nach Bewegung. Ihr Herz schlug immer mit voller Wucht. Für alles, was ihr wichtig war, brannte sie lodernd wie ein Mittsommerfeuer. Ich gehörte nicht dazu.

Bevor ich an diesem Abend ins Bett ging, erschien ich pflichtbewusst in der Küche und gab ihr einen Gutenachtkuss. Sie beugte sich zu mir herunter, ich roch das Vanillearoma ihrer Haut, ein vertrauter Duft, den ich auf ewig mit ihr verbinde. Vanille erinnert mich immer daran, dass ich es nicht wert gewesen bin, dass Martha bei uns blieb.

An diesem besagten Abend sah sie mich einen Moment länger an als sonst, fuhr mir mit der Hand durch das federleichte Kinderhaar und sagte:

„Du wirst es schaffen, du hast mein starkes Herz."
Ich verstand das nicht, war nur glücklich, dass sie mich wahrnahm und ging ins Bett, den Hauch ihres Kusses auf meiner Nasenspitze.

Am nächsten Morgen war sie verschwunden.

Vater sagte damals zu mir, wir seien von nun an auf uns allein gestellt, er und ich. Und dann fuhr er mit mir nach Travemünde. Das tat er oft, wenn er Abstand brauchte.

Martha hatte die tatenlosen Tage am Meer, an denen man nur am Strand spazieren ging, immer als verschwendet empfunden. Deshalb waren Vater und ich schon vor ihrem Verschwinden oft nur zu zweit dort gewesen.

Ich liebte nicht nur den abenteuerlichen Weg dorthin, denn wir mussten durch die damalige DDR fahren, um nach Travemünde zu kommen. Ich liebte auch das Gefühl des miteinander verschworen Seins zwischen meinem Vater und mir.

Immer, wenn wir durch DDR-Gebiet fuhren, stellte ich mir vor, wir seien Spione und unterwegs, um die Geheimnisse eines fremden Landes zu erkunden. Mein Vater und ich dachten uns Geschichten aus, was wir alles entdecken würden.

Wenn wir dann über die Grenze in den „echten" Westen fuhren, klopfte mein kindliches Herz bis zum Hals. Die finster dreinschauenden Grenzsoldaten waren mir unheimlich. Zugleich fühlte es sich an wie ein Sieg über das in meiner Fantasie gefährliche Land, wenn wir den Grenzposten hinter uns ließen.

Später, nach dem Mauerfall, als der ganze Spuk vorbei war, kaufte mein Vater ein strohgedecktes Ferienhaus im Brandenburgischen Hinterland kurz vor der polnischen Grenze.

Er hatte es auf einer seiner ersten Erkundungsfahrten nach der Grenzöffnung entdeckt.

Es war nur eine Stunde von Berlin entfernt, und wir nannten es das Kranichhaus.

Es liegt zwischen Wald und Moor, wo die Kraniche im Sommer brüten. Bis heute ist es *der* Fluchtpunkt, wann immer es meinem Vater in Berlin zu eng wird.

Manchmal denke ich, es ist schon seltsam, dass er seinen persönlichen Fluchtpunkt ausgerechnet in einem Landstrich gefunden hat, der früher als Gefängnis für viele Menschen galt.

Die Tage am Meer waren Tage des Müßiggangs, und wir ließen sie an uns vorüberziehen wie eine leichte Brise.

Ich vermisste Martha nicht, für mich hatte sich nichts geändert. Im Gegenteil. Ich genoss es, meinen Vater ganz für mich allein zu haben.

Wenn wir am Meer waren, war er ein anderer Mensch. Nicht der Dozent für alte Geschichte, nicht der Ehemann, nicht der Vater, der meine mangelhaften Tischmanieren monierte oder darauf bestand, dass ich pünktlich um sieben im Bett lag. Er war einfach er selbst, ein unruhiger Geist in einem ruhigen Körper, ein Mann, dessen Gedanken zwar häufig abschweiften, der aber immer bereit war, mit mir, seiner Tochter, über das Leben zu philosophieren, obwohl ich in meiner Kindlichkeit sicher kein adäquater Gesprächspartner für ihn gewesen sein dürfte.

Und so war ich auch damals, nach Marthas Verschwinden, schnell über den Verlust einer Mutter hinweggetröstet, die in meiner Wahrnehmung sowieso nie eine Mutter gewesen war.

Wenn der Ostwind hereinzog, die Wellen an den Buhnen brachen und am Tang zerrten, der sich über viele Gezeiten hinweg im Holz festgefressen hatte, rannte ich zum Strand hinunter, um mich gegen den Wind zu stemmen und meinem Vater zu zeigen, dass ich unerschrocken und mutig war, genau wie er.

Zumindest glaubte ich damals, dass er ein unerschrockener, mein ganz persönlicher Held war.

Und wenn der Sturm vorbei war, Stille einkehrte oder eben das, was man am Meer als Stille bezeichnen kann, die Wellen sanfter wurden, mit dem feinen Sand spielten, bevor das Wasser winzige Kalkpartikel zerborstener Muscheln auf dem Weg zurück in das offene Meer trug, wenn die ablandige Strömung wie friedvolles Murmeln klang, nur um den Anschein zu erwecken, die Ostsee sei gezähmt, fühlte ich mich als Siegerin. Ein Gefühl, das ich heute nur allzu oft vermisse.

Ich erinnere mich genau an einen ganz besonderen Strandspaziergang mit ihm, nachdem Martha weg war.

Ich hatte meine Hand in kindlicher Naivität der meines Vaters anvertraut, das Wasser der herbstlichen Ostsee leckte an meinen nackten Füßen, und ich tänzelte im Sand, weil sich die Kälte anfühlte wie Nadelstiche.

Papas Blick fixierte den Horizont, und er sagte zu mir:

„Jetzt glaubst du noch, alles bleibt für immer. Vor dir liegt die Ewigkeit und scheint dir mehr zu bieten, als du jemals deine Vergangenheit nennen wirst."

Er presste die Lippen aufeinander.

Sein Brustkorb hob sich, als er die salzige Luft inhalierte.

Dann ließ er die Luft geräuschvoll durch die geblähten Nasenflügel wieder entweichen. Sein Blick auf den Horizont fixiert, sprach er weiter.

„Das ist es, was uns kämpfen lässt", sagte er, „der Glaube an die Ewigkeit und dass etwas für immer bleibt."

Er wischte sich mit dem Handrücken flüchtig über die Augen, beugte sich zu mir herunter und schob mir seine Hand unter das Kinn. Ich musste ihn ansehen, und sein grauer Blick machte mir Angst.

„Verlass dich nie auf andere, hörst du! Verlass dich immer nur auf dich selbst! Und wenn du das Gefühl hast, dass du alleine nicht mehr weiterkommst, dann komm zu mir. Verstehst du das?"

Ich nickte, auch wenn ich nicht wirklich begriff, was er mir damit sagen wollte.

Er legte seine Stirn an die meine und schloss die Augen. Sein Gesicht verschwamm vor mir. Die Ostsee durchnässte inzwischen meine hochgekrempelten Hosenbeine, doch ich wagte nicht, mich zu bewegen.

So standen wir, umspült vom Wasser. Unter meinen Füßen entstand eine kleine Kuhle, der Sand wurde langsam aber sicher fortgespült.

Noch bevor ich ins Wanken geriet, öffnete mein Vater seine Augen, hob mich hoch und wirbelte mich durch die Luft. In seinen Pupillen tanzten Wolken, und ich spürte seinen starken Arm unter meinem Po.

Ich umschlang seinen Hals, der nach fischigem Ostseewind roch und glaubte fest daran, dass ich mich immer auf ihn verlassen könne. Anschließend bestiegen wir einen Leuchtturm und sahen uns das Meer von oben an.

Seither sind fünfundzwanzig Jahre vergangen.

Martha war nie mehr zurückgekommen. Mein Vater hingegen war immer für mich da. Bis jetzt.

Ich ziehe die rechte untere Schublade von Vaters Schreibtisch auf und erkenne die darin liegenden Dokumente wieder.

Ich erinnere mich noch an den letzten Sommer, an den Tag seines sechzigsten Geburtstages, als er mir erklärte, um welche Dokumente es sich handle und auf was ich achten müsse.

Ich war gerade zurück in Berlin, das ich drei Jahre zuvor fluchtartig verlassen hatte, weil ich mir ein Leben als Malerin in Paris erträumt hatte. Doch auch dieser Konjunktiv war gescheitert.

Mein Vater machte mir keine Vorhaltungen, auch wenn er allen Grund dazu gehabt hätte.

Ich war einem Franzosen namens Pierre hinterhergelaufen wie ein Teenager, weil ich geglaubt hatte, mit ein paar Aquarellen von Notre-Dame könne man in Paris seinen Lebensunterhalt verdienen. Doch es hatte nicht mal für die Miete eines zehn Quadratmeter kleinen Zimmers im Dachgeschoss eines Pariser Altbaus gereicht.

Die Liebe zu Pierre war vorbei, ich hatte einen Haufen Schulden, und so war ich reumütig nach Berlin zurückgekehrt. Zurück in mein Jugendzimmer und zurück unter die finanziell wärmende Decke meines elterlichen Hauses.

Mein Vater verlor kein Wort darüber. Ich glaube, er war einfach nur froh, dass ich nicht in der Gosse gelandet war.

Er habe die Semesterferien genutzt, sagte er damals, und aufgeräumt. Er ist ein Mensch, der nichts wegwerfen kann, aber von Zeit zu Zeit packte es ihn trotzdem, und er versuchte es wenigstens. Jedenfalls, sagte er, habe er ein Testament verfasst.

Ich weiß noch, wie ich erschrak und ihn fragte, ob er krank sei. Nein, sagte er, aber er sei nun sechzig Jahre alt, und man wisse ja nie. Auch wenn ich mich seines Vertrauens gerade in den letzten drei Jahren nur bedingt würdig erwiesen hätte, so wolle er doch, dass ich über alles Bescheid wisse.

Und so hielt er mir die Mappe entgegen, die unter anderem eine Abschrift seines Testaments enthielt und erklärte mir, das Original läge beim Anwalt, dessen Visitenkarte ebenfalls in der Mappe zu finden sei.

Die Mappe, in der sich auch die Testamentskopie in einem großen braunen Umschlag befindet, ist mit einem gedruckten Etikett beklebt. Mein Vater hat eine furchtbar unleserliche Handschrift.

Ich muss an Regina denken, Vaters Gefährtin. Warum hat er eigentlich nicht ihr die Verantwortung für diese Unterlagen übertragen?

Regina ist Marthas Studienfreundin gewesen und ersetzte sie beinahe nahtlos, als diese uns verließ. Die beiden hatten nur ein paar Semester zusammen studiert, denn Regina hat das Studium nie beendet. Mit Mühe hatte sie das Physikum geschafft, dann aber nach dem achten Semester aufgegeben. Sie hat sich stattdessen auf alternative Medizin spezialisiert und betreibt heute ihre Praxis im Souterrain unseres Hauses.

Ziemlich bald nachdem Martha verschwunden war, hatte Regina ihren Platz eingenommen.

Bis heute bin ich nicht ganz sicher, in welche Vision Reginas sich mein Vater tatsächlich verliebte, die bedingungslos Liebende oder die treusorgende Mutter.

Regina entspricht zumindest nicht unbedingt dem Abbild einer attraktiven Frau. Sie ist klein, etwas zu dick, und ihr dichtes Haar steht ihr um den Hinterkopf wie ein Vogelnest. Sie pflegt den Dutt mit einem Bleistift hochzustecken und sieht damit aus wie eine vegane Grundschullehrerin.

Doch für Vater spielte das Aussehen keine Rolle. Auch Regina hat ein starkes Herz und eine eigene Meinung, wenn auch nicht so offenkundig, wie Martha diese vielleicht vertrat. Regina lenkt im Stillen, aber nicht minder erfolgreich.

Und sie versteht es bis heute hervorragend, immer wieder ein gutes Wort für mich einzulegen, wenn meinem Vater bei meinem unsteten Lebenswandel doch mal die Geduld ausging.

Ich bin überzeugt davon, dass Regina in vielen Dingen, was die Ehe mit meinem Vater betrifft, das letzte Wort hat, auch wenn es nicht so aussieht.

Sie nutzte damals die Gunst der Stunde. Nach all den Jahren, die sie aus der Ferne dem scheinbaren Glück meiner Eltern zugesehen hatte, brachte sie sich plötzlich in unser Familienleben ein. Dass sie meinen Vater liebte, ist bis heute unverkennbar.

Damals jedenfalls war er herzerfrischend unpraktisch, ein Wissenschaftler eben. Er wühlte gern in alten Büchern und fuhr als junger Student tagelang durch die italienische Pampa, nur um diese eine etruskische Höhle zu finden, von der er in einem ganz bestimmten Buch gelesen hatte, und die sagenhafte Zeichnungen an ihren Wänden aufwies, wie es sie nirgendwo sonst auf der Welt gab.

Als junger Vater war er ein unpraktischer Hausmann und ein schlechter Koch gewesen. So manches Mal ging ich in einem rosa verfärbten, eigentlichen weißen Kleidchen vor die Tür, weil Vater mal wieder Bunt- und Weißwäsche vermischt hatte. Wir lebten häufig von Mensaessen in der Uni, und am Wochenende gab es Pizza aus der Tiefkühltruhe oder belegte Brote. Dieser Mann musste einfach gerettet werden.

Vermutlich war es vor allem diese Vision von Regina, in die sich mein Vater verliebte. Die selbstlose Retterin, die liebende Stiefmutter, die keine eigenen Kinder bekam, sondern ihre ganze Liebe über dem Kind der egomanen Freundin, die nun keine Freundin mehr war, ausschüttete. Nebenbei machte sie Vater zu ihrem Bettgefährten.

Eines muss ich Regina wirklich anrechnen: Sie sorgte für uns. Sie liebt mich wie ihr eigenes Kind, dabei habe ich es ihr nicht leicht gemacht.

Besonders als ich ihr in meinen Teenager-Tagen immer wieder unter die Nase gerieben hatte, dass sie nicht meine wahre Mutter sei, war sie stoisch und gelassen geblieben und hatte nie auch nur ein einziges böses Wort über Martha verloren.

Nur ein einziges Mal war sie aus ihrer souveränen Rolle gefallen.

Ich stand mitten im Abitur, und sie nervte mich täglich mit Abfragen und Prüfungsvorbereitungen. Da schrie ich sie an, sie solle mich endlich in Ruhe lassen, und wenn Martha, meine echte Mutter wüsste, was man hier von mir verlange, würde sie sofort kommen und mich retten.

Da sah Regina mich plötzlich sehr ernst an, hob die Hand und streichelte mir in einer liebevollen Geste die Wange. Ich wähnte mich schon als Siegerin, als sie sagte:

„Martha rettet nur Kinder in Afrika."

Ich klappe nun diese Mappe auf. Ganz oben liegt ein Brief. Er ist, ich traue meinen Augen kaum, tatsächlich an Martha gerichtet. Ich werde ihn ihr geben müssen, wenn Sie nach Deutschland kommt. Vater ist letzte Nacht gestorben.

Ich war nie ein Grund für Martha, zurückzukehren, Vaters Tod wird einer sein.

Kapitel 2

August 1989

Der schon den ganzen Sommer über anhaltende Regen webte ein feines Netz aus Wasserfäden über die Landschaft, als wolle er sie einspinnen. Unter der wässrigen Glocke herrschte Spannung, eine Spannung, die trotz ihrer Unsichtbarkeit mit den Händen greifbar war.

Es ging etwas vor sich, von dem die Menschen noch nicht wussten, wie sie es einordnen sollten, über das sie kaum wagten, in der Öffentlichkeit zu reden, geschweige denn, ihre Meinung dazu zu äußern. Und doch war sie da, diese Spannung, und mit ihr die Rufe, die immer lauter wurden. Die Rufe nach Freiheit.

Diejenigen, die Westfernsehen empfingen, saßen Abend für Abend gebannt vor dem Bildschirm und saugten die neuesten Nachrichten aus der bundesdeutschen Botschaft in Prag auf. Wie viele hatten es wohl an diesem Tag wieder über den Zaun geschafft?

Manch einer stellte morgens fest, dass das Haus nebenan über Nacht leer geworden war, die Bewohner verschwunden. Sie hatten alles zurückgelassen, was sie besaßen.

Es rumorte überall. Seit am neunzehnten August für einige Stunden die Grenze in Ungarn geöffnet worden war und die Leute zu Tausenden nach Österreich fliehen konnten – viele nur mit dem, was sie am Leib trugen – gab es fast kein anderes Thema mehr, über das so beredt geschwiegen wurde.

Immer mehr Nachbarhäuser leerten sich. Diejenigen, die blieben, fragten sich, wo das hinführen sollte, und immer lauter wurden auch die Rufe nach Antworten.

Mich interessierte das alles nur bedingt. Politik war mir eigentlich egal, doch selbst mir fiel es schwer in diesem Sommer, an der Politik vorbeizukommen.

Zu den Vorgängen in Prag hatte ich eine klare Meinung: Sollten die Leute doch gehen, wenn es ihnen hier nicht mehr gefiel. Für mich käme das nicht in Frage.

Ich war siebzehn, und es war mein letzter Sommer vor dem Schulabschluss. Im nächsten Jahr wollte ich Abitur machen.

Ich ärgerte mich maßlos darüber, dass meine Eltern mir verboten hatten, in den Ferien mit Sarah, meiner besten Freundin, an die Ostsee zum Zelten zu fahren.

Meine trotzige Wut darüber glich zwar eher einer unausgegorenen Erstklässlerin als einer baldigen Schulabgängerin, aber das war mir egal.

Meine Eltern begründeten ihr Verbot damit, dass Sarah und ich noch nicht volljährig waren. Lächerlich, wenn ich bedachte, dass ich im Oktober meinen achtzehnten Geburtstag feiern würde. Für mich lag auf der Hand, dass eine ganz andere Angst dahintersteckte.

Auch meinen Eltern entging nicht, was in unserem Land gerade passierte. Sie konnten das genauso wenig einordnen wie alle anderen, und so lag das Verbot zum Zelten näher, als die Auseinandersetzung mit mir und eine gerechte Bewertung meines Verhaltens. Schließlich war ich – im Gegensatz zu Sarah – ganz sicher die Verantwortungsbewusste und hatte das auch schon oft genug unter Beweis gestellt.

Klugscheißerei nannte meine Mutter das, als ich ihr das vorwarf, jede Ferienwoche erneut versuchte, sie doch noch davon zu überzeugen, dass wir einfach nur ein bisschen Spaß auf dem Zeltplatz in Boltenhagen haben wollten und ganz sicher nicht in den Westen abhauen würden.

Ihre Erlaubnis zu fahren wäre zumindest ein kleiner Ausgleich dafür gewesen, dass mein Vater in diesem Jahr keinen FDGB-Ferienplatz in Zingst ergattert hatte. Ich war gezwungen, acht Wochen Sommerferien in meiner Heimatstadt Fürstenwalde zu verbringen. Acht langweilige Wochen in einer Kleinstadt an der Spree im östlichen Brandenburg, die ungefähr so aufregend war wie ein morgendlicher Fahnenappell auf dem Schulhof der Erweiterten Oberschule Ottomar Geschke.

Du kannst ja ins Ferienlager fahren, sagte meine Mutter. Doch ich hatte sie nur müde angelächelt. Das ist was für Kinder, hatte ich geantwortet, und dann hatte sie gelächelt und gesagt, ich würde mich ja auch wie eines benehmen.

Jetzt, Ende August, waren die Ferien fast vorbei, und ich wusste nur zu gut, dass das kommende Schuljahr mein härtestes werden würde. Die Frage, was ich nach dem Abitur machen würde, hatte ich noch längst nicht für mich geklärt.

Meine Mutter wollte, dass ich studierte, am besten Lehramt, genau wie sie. Doch ich wollte lieber Fotografin werden.

Seit mein Vater mir die russische *Praktika* abgetreten hatte, fotografierte ich wie wild und hatte das fensterlose

Badezimmer am Ende des Flurs der elterlichen Wohnung zu einer Dunkelkammer umfunktioniert.

Nur für die Ferien, musste ich meinen Eltern versprechen. Dennoch fluchte meine Mutter jeden Abend, weil sie immer erst die quer über der Badewanne liegenden Holzlatten wegräumen musste, wenn sie duschen wollte.

Ich hatte darauf die Schalen mit der Entwickler- und der Fixierflüssigkeit deponiert, die ich für meine Fotos brauchte. Auch steckte jeden Abend noch die Decke im Türschlitz, der eigentlich zur Belüftung des Badezimmers diente.

Die Decke musste sein, damit kein Licht vom Flur ins Bad dringen konnte.

Mit viel Mühe hatte ich mir das ganze Zubehör für meine Dunkelkammer organisiert, und mein Vater hatte mir nicht nur gezeigt, wie man mit dem Belichtungsmesser umging, sondern auch, wie ich die Fotos selbst entwickeln konnte.

Seit Wochen hing die Wäscheleine voll mit Schwarz-Weiß-Motiven der brandenburgischen Seenlandschaft, Bilder von Sarah und mir beim Baden und allerlei anderen, für Außenstehende vermutlich uninteressanten Perspektiven auf meine Heimatstadt. Doch was sollte ich auch sonst fotografieren. Zum Zelten durfte ich ja nicht.

Ich war völlig durchnässt, als ich an diesem Nachmittag nach Hause kam. Stundenlang hatte ich im Wald auf dem Hochsitz am Moor verbracht und Kraniche beobachtet. Dort oben konnte ich meinen Ärger über die verpatzten Ferien vergessen.

Denn ich liebte das Alleinsein auf dem Hochsitz, diesen Frieden über dem Moor und den Geruch nach feuchter Erde. Hier konnte ich den Blick umherschweifen lassen, fühlte mich zurückversetzt in meine Kindertage, als wir noch Entdecker waren und die Welt beinahe jeden Tag mit neuen Augen sahen.

Sarah fand das Umherstreifen im Wald inzwischen albern und kam schon seit einiger Zeit nicht mehr mit auf meine Naturausflüge. So was machen doch nur kleine Mädchen, sagte sie und dass sie lieber etwas erleben wolle. Noch wenige Jahre zuvor war das anders gewesen.

Da waren wir zusammen mehrmals wöchentlich die paar Kilometer von Fürstenwalde mit dem Rad durch den Wald bis rüber zum Moorgebiet von Bad Saarow gefahren.

Die Leute erzählten sich, dass dort immer noch die Moorhexe in einer kleinen Kate am Rand des Moorgebietes hauste. Sie würde einem die Zukunft aus der Hand lesen, und das hatte uns beide, wir waren damals dreizehn Jahre alt, natürlich neugierig gemacht.

Früher soll die Alte angeblich eine Malerin gewesen sein und im Morgengrauen nackt auf dem Pferd zum See geritten sein. Doch das hatte ich schon damals nicht geglaubt. Die Leute reimen sich ja schnell etwas über jemanden zusammen, der nicht in die Norm passt.

Jedenfalls hatten wir tagelang damit zugebracht, die windschiefe Kate aus der Ferne zu beobachten, um einen Blick auf die Moorhexe zu erhaschen. Dabei trauten wir uns nicht nahe genug ran, da mehrere räudige Hunde auf dem Grundstück umherstrichen.

Und dann waren wir doch erwischt worden von keiner Geringeren als der Moorhexe selbst.

Es stellte sich heraus, dass die Alte gar nicht so gruselig war. Sie unterhielt sich mit uns und nahm dann meine Hand. Ihre trüben Augen blickten lange auf meine Lebenslinie. Dann sah sie auf und ihr Blick erhellte sich.

Du wirst eine Menge Glück haben im Leben, sagte sie. Aber du wirst viele Jahre brauchen, um das zu erkennen. Und du wirst sehr jung eine sehr große Liebe erfahren, die dich dein Leben lang nicht mehr loslassen wird.

Dann nahm sie Sarahs Hand und prophezeite ihr, sie hingegen werde viele Lieben haben und wie ein Bienchen von Blüte zu Blüte fliegen. Sie würde sich niemals festlegen, weil keine dieser Lieben es wert wäre, zu bleiben.

Dann hatte sie Sarahs Hand getätschelt und gesagt, das sei recht so, auch wenn die Leute etwas anderes behaupten würden. Wenn man sich entscheide, bei jemandem zu bleiben, dann sollte man das mit ganzer Überzeugung tun und nicht mit halbem Herzen.

Auf dem Heimweg hatten wir darüber gelacht und ich konnte mich nicht zurückhalten, die Alte und ihre Weissagungen noch einmal nachzuahmen. Die große Liebe zu finden, das prophezeite doch jede Wahrsagerin. So ein Quatsch. Und überhaupt, Sarah würde doch kein Flittchen werden, das sich eines Tages die Männer pflückt wie andere einen Strauß Sommerblumen.

Wer weiß, hatte Sarah gesagt und dabei gegrinst, als würde ihr diese Vorstellung gefallen. Und dann hatten wir abermals gekichert und uns noch lange Zeit amüsiert.

Schließlich, so hieß es, sei die Moorhexe gestorben. Doch da waren wir beide der Faszination der kindlichen Weissagungen längst entwachsen. Was blieb, war die Erinnerung an einen fantastischen Sommernachmittag.

Mittlerweile interessierte mich mehr, dass in diesem Moorgebiet, wo früher die Moorhexe gehaust hatte, Kraniche rasteten. Diese größten Vögel Europas fand ich ungemein beeindruckend. Sie schritten so elegant über die nassen Wiesen, als präsentierten sie sich in ihrem Federkleid auf einem Laufsteg. Ihre lautes *Gui-gui* kündigte sie an, lange bevor ich sie wirklich sah. Sehr bald konnte ich diesen Ruf aus allen anderen Naturgeräuschen problemlos heraushören. Für mich war es wie ein Ruf der Freiheit.

Kraniche kannten Teile der Erde, von denen ich nur träumen konnte: den skandinavischen Norden ebenso wie den spanischen Süden. Sie scherten sich nicht um Grenzen, sie flogen einfach drüber hinweg. Schon bald würden sie sich wieder in Scharen sammeln, um gemeinsam in ihre Winterquartiere zu ziehen.

Doch was mich noch viel mehr beschäftigte, war, dass Kraniche, trotz ihrer Möglichkeit zur absoluten Freiheit, ihren Partnern ein Leben lang treu blieben.

War der Herbst mild, zögerten sie ihren Abflug bis weit in den November hinaus. Dann konnte ich einzelne Paare im aufsteigenden Morgennebel über die Wiesen schreiten sehen. Ihre Konturen hoben sich nur unscharf im Dunst der Landschaft ab und sie waren immer zu zweit. Der harmonischste Anblick, den ich je gesehen hatte.

Leider besaß ich kein richtiges Teleobjektiv, und mein Fotoapparat hatte nur eine Festbrennweite von achtzig Millimetern. Es war unmöglich, sich so nah an die Tiere heranzupirschen, dass ich sie ordentlich fotografieren konnte.

Bei dem Regen an diesem Tag hatte ich mich also damit zufriedengegeben, die Vögel von meinem Hochsitz aus mit dem Fernglas zu beobachten.

Jetzt musste ich mich beeilen, denn ich war mit Sarah im Kino verabredet. Doch zuvor brauchte ich dringend ein paar trockene Klamotten.

Schnell schloss ich die Wohnungstür auf und trat in den Flur. Meine Eltern saßen in der Küche, und ich hörte sie reden.

„Die Nadine ist jetzt auch weg", sagte mein Vater. Sie saßen beim Nachmittagskaffee am Küchentisch.

„Mit Mann und Baby. Und der Herr Kreisarchitekt hatte heute schon Besuch von zwei Herren in Grau", fuhr mein Vater fort.

„Besuch von der Stasi?", fragte meine Mutter. „Wird das denn Konsequenzen für ihn haben?"

„Ich glaube nicht", antwortete Vater. „Also, was sollen die denn tun? Sie können ja nicht jeden verhaften, dessen Familie plötzlich weg ist."

Meine Mutter rührte gerade Kondensmilch in ihren Kaffee, als ich in der Küchentür erschien.

„Wo kommst du denn her?", fragte sie.

„Ich war drüben in Saarow im Moorgebiet und jetzt muss ich mich schnell umziehen, weil ich mit Sarah ins Kino will."

Ich tapste auf nassen Strümpfen in die Küche und griff in die offene Keksdose. Erst jetzt merkte ich, dass ich sehr hungrig war, denn über meine Beobachtungen hatte ich das Mittagessen ausfallen lassen.

„Ich werde nie verstehen, was dich bei dem Wetter nach draußen treibt. Du bist ja völlig durchnässt", sagte meine Mutter. „Du schaffst es noch, dir mitten im Sommer eine Lungenentzündung einzufangen." Sie schüttelte den Kopf.

„Schon wieder ins Kino?", fragte Vater. „Was gibt es denn diesmal?"

„*Dirty Dancing.*"

„Immer dieser amerikanische Kitschkram. Den Film habt ihr doch schon mindestens fünf Mal gesehen", grummelte er.

„Zehn Mal, Vati, zehn Mal. Heute sehen wir ihn das elfte Mal. Was sollen wir auch anderes machen? An die Ostsee fahren dürfen wir ja nicht", stichelte ich und verschwand dann schnell über den Flur in mein Zimmer.

Den Vorwurf meiner Mutter, dass mein Mittagessen immer noch unberührt im Kühlschrank stehe, überhörte ich. Doch als sie die Stimme wieder senkte, um mit meinem Vater über etwas zu reden, was ich anscheinend nicht hören sollte, lauschte ich doch hinter meiner angelehnten Zimmertür.

„Mir gefällt das gar nicht", sagte meine Mutter.

„Ja, sie ist klitschnass. Sie könnte sich wirklich ernsthaft erkälten", antwortete mein Vater.

„Das meine ich doch gar nicht", sagte Mutter. „Mir gefällt nicht, dass sie mit Sarah so viel Zeit verbringt. Dieses Mädchen kommt aus dubiosem Hause."

„Aber Margot, die Mädchen kennen sich seit der ersten Klasse", erwiderte Vater. „Das hat dich doch bisher auch nicht gestört."

„Ich weiß", antwortete sie. „Aber als ich neulich die Wäsche zum Mangeln gebracht habe, hat mir die Schulze erzählt, dass die Eltern von Sarah heimliche Treffen veranstalten. Im Keller ihres Hauses, nachts. Die Schulze wohnt doch gegenüber und sieht immer das Licht in den Kellerfenstern. Neulich hat sie beobachtet, wie spät abends lauter Fremde aus dem Keller kamen."

„Die Schulze hat ihre Augen wirklich überall", sagte Vater, „die alte Klatschtante."

„Ich möchte nicht, dass unsere Katja da in irgendwas verwickelt wird", sagte Mutter.

Ich schlüpfte in eine gebleichte Jeans und wechselte mein feuchtes T-Shirt gegen eine Baumwollbluse. Dann huschte ich ins Bad, holte mir ein Handtuch und rubbelte meine Haare trocken.

„In was soll ich nicht verwickelt werden?", rief ich dabei laut über den Flur, weil ich vergessen hatte, dass ich eigentlich nur heimlich gelauscht hatte.

Ich blieb in der Küchentür stehen, um zu demonstrieren, dass ich sie hören konnte.

„Sarah, also die Eltern von Sarah…", begann meine Mutter, während ich schnell noch einmal in die Keksdose griff. Ich war so hungrig.

„Also Mutti, kannst du mich mal endlich damit in Ruhe lassen? Ich meine, dauernd hast du an Sarah was auszusetzen. Ich weiß wirklich nicht, was das soll", rief ich kauend.

Dabei wusste ich ganz genau, was sich die Leute erzählten, und ich wusste auch, dass die Leute Recht hatten.

Sarah hatte mir selbst von den abendlichen Treffen erzählt, die ihre Eltern im Keller veranstalteten, um über die politische Lage zu diskutieren. Da gab es eine Gruppe, die sich *Neues Forum* nannte. Denen wollten sich Sarahs Eltern anschließen. Ob ich auch mitmachen wolle, hatte Sarah mich gefragt, doch ich hatte vehement abgelehnt. Ich sei gänzlich unpolitisch, hatte ich behauptet, und Sarah hatte nur geantwortet, dass niemand gänzlich unpolitisch sei, schon gar nicht in diesen Zeiten.

„Ich will ja nur nicht, dass du so kurz vor deinem Abschluss mit diesen Leuten in Verbindung gebracht wirst", sagte meine Mutter.

„Mit diesen Leuten?", rief ich und wurde jetzt doch ein bisschen sauer. „Du redest von Sarah und ihrer Familie, als seien sie Kriminelle."

„Naja, ein bisschen undurchsichtig ist das Ganze schon", mischte sich nun mein Vater ein. „Immerhin ist uns allen nicht ganz klar, was Sarahs Vater vor Jahren dazu bewogen hat, seine gut bezahlte Stelle als Chefpsychiater am Leipziger Unikrankenhaus aufzugeben, um hier in der Poliklinik ein karrierefreies Dasein zu fristen."

„Es war das Asthma von Sarahs Mutter", antwortete ich. „Die Leipziger Braunkohleluft hätte sie umgebracht."

„Soweit die offizielle Version", sagte meine Mutter.

„Aber wer kennt schon die ganze Wahrheit?"

„Also wirklich, Mutti, du siehst Gespenster."

Jetzt nervte mich das alles noch mehr, dieses ganze politische Getue und die ständige Vorsicht, dass man ja nichts Falsches sagte. Langsam konnte ich verstehen, warum die Leute über die Prager Botschaft das Weite suchten.

Gerade in diesem Sommer wurde mir immer mehr bewusst, wie wichtig es war, genau darauf zu achten, was ich in der Öffentlichkeit sagte. Meine Mutter ermahnte mich auch immer wieder, vorsichtig zu sein und mir nicht mit einer unbedachten Äußerung die Zukunft zu verbauen. Als Lehrerin bekam sie natürlich haarklein mit, was mit denen passierte, die sich nicht anpassten.

Doch in diesem Punkt war ich unerwartet rebellisch, hatte keine Lust, mir den Mund verbieten zu lassen. Ich sagte, was ich dachte und war dabei manchmal sehr direkt. Zu direkt.

Doch Sarah war da noch viel schlimmer als ich. Im Gegensetz zu ihr begriff ich zumindest hin und wieder, dass es vielleicht besser wäre, den Mund zu halten, besonders in Diskussionen mit Lehrern. Wahrscheinlich lag das daran, dass meine Mutter eine Lehrerin war.

Ich ging zurück ins Bad, warf das Handtuch auf den Klodeckel und versuchte, meine Haare zu kämmen. Beim Blick in den Spiegel dachte ich, wie sinnlos das sei, denn die brünetten Locken kurbelten ungehindert auf meinem Kopf herum. Egal, dachte ich. Im Kino lief *Dirty Dancing,* und Sarah hatte ihren Cousin Marc Hellmann zu Besuch.

Marc kam aus Hannover, und ich war schon sehr gespannt auf den Nachmittag. Vielleicht würde ich ja von ihm erfahren, was die andere Seite zu all dem sagte.

Ich ging zurück in die Küche und griff ein letztes Mal in die Keksdose.

„Willst du nicht noch was Vernünftiges essen, bevor du gehst?", sagte meine Mutter. „Ich kann dir schnell was aufwärmen."

„Keine Zeit, ich muss los", rief ich und war schon wieder im Flur, um in meine Schuhe zu schlüpfen.

„Wartet nicht auf mich mit dem Abendessen", rief ich.

„Sarahs Cousin aus Hannover ist zu Besuch und wir müssen ausgiebig über die politische Lage diskutieren", provozierte ich ein letztes Mal, schnappte mir schnell meine noch feuchte Regenjacke von der Garderobe und die Schlüssel vom Brett. Ich beeilte mich, aus der Wohnungstür zu kommen. Nicht dass meine Mutter noch versuchen würde, mich aufzuhalten.

Im Laufschritt sprintete ich die Straße entlang. Wie Marc jetzt wohl aussah? Ich hatte ihn noch als pummeligen Fünfzehnjährigen mit Pickeln in Erinnerung, als er damals, im Sommer `84, mit seiner Familie quasi monatelang auf gepackten Koffern gesessen und auf die Ausreise in den Westen gewartet hatte.

Dann, eines Abends im November hieß es, der Antrag sei bewilligt worden, und die Familie hatte binnen weniger Stunden das Land verlassen müssen. Noch jetzt erinnerte ich mich gut daran, wie Sarah und ich am nächsten Tag durch Hellmanns verlassene Wohnung gestreift waren. Das benutzte Geschirr hatte noch in der Küchenspüle gestanden, als seien die Hellmanns nur mal eben einkaufen gegangen.

Und jetzt war es wieder so. Zwei Tage zuvor waren Sarah und ich bei Jenny gewesen. Jennys Eltern waren eine der wenigen, die ein Haus in der Innenstadt besaßen, mit einem Friseursalon im Erdgeschoss, den schon Jennys Großeltern betrieben hatten, und oben drüber die Wohnung. Doch der Laden war geschlossen gewesen und die Wohnung verlassen, bis auf Jennys Oma.

Die fünfundachtzigjährige Frau war dageblieben und lebte nun ganz allein in dem großen Haus. Sie wolle kein zweites Mal auf die Flucht gehen, hatte sie uns erklärt. Ich hatte sie gefragt, warum denn Jennys Familie überhaupt weg sei. Doch die Oma hatte nur angedeutet, dass es etwas mit Jennys Bruder zu tun hatte. Er sollte diesen Sommer zur NVA eingezogen werden und hatte den Dienstantritt verweigert. Mehr wollte sie dazu nicht sagen. Dann meinte sie, wenn der Spuk vorbei sei, würde die Familie wieder zurückkommen.

Sarah und ich hatten nicht ganz verstanden, was die Oma mit Spuk gemeint hatte. Doch die hatte nur versonnen genickt und gesagt, sie habe das alles schon einmal erlebt, und es wäre nur eine Frage der Zeit, bis sich alles wieder beruhige.

Wenige Schritte vor dem Kino hielt ich vor einem Schaufenster an und kontrollierte nochmal mein Spiegelbild. Marc war inzwischen zwanzig und studierte irgendwas mit Wirtschaft.

Mein dichtes Haar kräuselte sich immer noch wild um meinen Kopf, und in der feuchten Luft zogen sich die Locken wie Korkenzieher zusammen. Ich suchte in meiner Jackentasche nach einer Haarklammer, fand aber nur ein rosa Haargummi, dass mir Sarah vor Kurzem geliehen hatte. Sie bekam die Dinger immer von ihrer Patentante aus Westberlin geschickt und manchmal trat sie mir eins ab.

Ich drehte meine Haare zu einem Dutt und wickelte das rosa Gummiband drum herum. Ein bisschen albern war die Farbe schon, aber egal. Ich zupfte ein paar Strähnen locker, und so war das Rosa schnell kaschiert. Eine Haarsträhne zog ich in die Stirn, das hatte ich neulich bei einer Schulkameradin gesehen und fand, es sähe lässig aus. Dann knotete ich meine bestickte Baumwollbluse über dem Gürtel meiner Jeans zusammen, wickelte mein buntes Baumwolltuch locker um den Hals und lächelte ins Schaufenster.

Natürlich würde ich mit dem Westbesuch nicht mithalten können. Marc kam bestimmt in Levi`s. Außerdem hatte er Sarah sicher auch eine tolle Klamotte mitgebracht. Womöglich eines von diesen überdimensional großen schwarz-weiß gewobenen Palli-Tüchern mit Quastenrand. Die waren jetzt drüben total modern, hatte Sarah mir erzählt.

Die hatte vielleicht ein Glück, dass sie von der spendablen Westverwandtschaft profitierte.

Meine Eltern hatten niemanden im Westen, sodass ich mit dem vorliebnehmen musste, was es in der *Jugendmode* gab. Und das war nicht viel und schon gar nicht chic.

Deshalb trug ich so gern meine selbst bestickten Hippieblusen, wie Sarah diese leicht abfällig nannte.

Ich mochte den blumigen Stil, fühlte mich dann immer wie eines dieser schwedenblonden Models aus den westdeutschen Illustrierten, die bei Sarahs Eltern auf dem Klo herumlagen.

Sarah hingegen hatte gerade ihre *darkphase*. Das glatte blonde Haar, um das ich sie wirklich beneidete, hatte sie schwarz gefärbt, was leider etwas grünstichig ausgefallen war. Sarah trug nur noch schwarze Klamotten und schminkte ihr Gesicht bleich wie eine gekalkte Wand. Sie sah aus wie ein *Grufti*, der gerade einem Sarg entstiegen war.

Doch sie beteuerte, dieser Look entspräche ganz genau ihrer Stimmung. Genauso düster und eintönig wie das Leben in diesem Kuhkaff Fürstenwalde.

Als ihre beste Freundin fand ich, sah es für Sarah eher düster aus, was das Abitur im nächsten Sommer anbelangte. Sie hatte mächtig Ärger mit ihren Eltern bekommen, weil ihr Jahreszeugnis so schlecht ausgefallen war. Nur mit Mühe hatte sie die elfte Klasse bestanden und musste viel dafür tun, wollte sie den Abschluss schaffen.

Wobei es ohnehin schon schwierig für sie gewesen war, überhaupt einen Platz in der Oberschule zu bekommen. Irgendwas in der Vergangenheit ihres Vaters, hatte Sarah mir mal erzählt. Die Schulbehörde hatte den Antrag auf einen Platz für sie zunächst abgelehnt. Und dann, warum, wussten sie nicht, hatte es doch noch geklappt.

Sarahs Vater hatte ihr eingeschärft, auf gar keinen Fall in der Öffentlichkeit über die Kelleraktivitäten zu reden, aber Sarah hatte es mir natürlich erzählt.

Schließlich war sie meine beste Freundin und wir teilten alle Geheimnisse.

Noch einmal betrachtete ich mein Spiegelbild.

Eigentlich sah ich doch ganz passabel aus und überhaupt: Nur weil dieser Marc jetzt aus dem Westen kam, sollte er sich nur nichts darauf einbilden.

Kurze Zeit später erreichte ich die Straße, an deren Ende das Kino lag. Von Weitem schon sah ich Sarah vor dem Kino stehen, wie immer vollkommen in Schwarz gekleidet und tatsächlich mit einem Palli-Tuch um den Hals. Arm in Arm mit einem großen, schlanken Blonden in Bluejeans. Die beiden knutschten, und mir rutschte das Herz in die Hose. Wenn das Marc war, dann hatte er sich ganz schön verändert. Und das lag nicht nur an der Levi`s, die er trug.

Er war inzwischen mindestens eins neunzig groß, und nichts an ihm erinnerte mehr an den kleinen pummeligen Jungen von damals. Und was trieb Sarah da mit ihm? Typisch, die ließ mal wieder nichts anbrennen.

Zum Glück blieb uns nicht viel Zeit für eine lange Begrüßung. Ein befangenes Hallo, bevor wir uns schnell auf unsere Plätze setzten. In der Dunkelheit des Kinosaals sah ich immer wieder mal heimlich zu Marc und Sarah hinüber, die von Zeit zu Zeit miteinander tuschelten und kicherten. Beinahe fühlte ich mich ausgeschlossen, so als drittes Rad am Wagen.

Nach dem Kino gingen wir in die Eisdiele. Marc fragte nach einem Bananensplit und erntete einen abfälligen Blick von der Bedienung.

Schließlich bestellte er drei Schwedenbecher, und weil er unverkennbar aus dem Westen war und zudem schon volljährig, fragte die Bedienung nicht weiter nach wegen dem Eierlikör, der mit Vanilleeis, Apfelmus und Sahne den Schwedeneisbecher ergab.

Ich protestierte gegen seine Bestellung, weil ich mir eigentlich keinen ganzen Eisbecher leisten konnte, doch Marc winkte ab und meinte, er übernehme das schon. Dann unterhielten wir uns.

„Einmal in Amerika die Rockies fotografieren, das wäre es doch", begann ich zu schwärmen, nachdem Sarah unter Gelächter noch einmal die berühmte Melonenszene aus *Dirty Dancing* zum Besten gegeben hatte. „Dort soll es Bären in freier Wildbahn geben. Stimmt das?", fragte ich Marc.

„Keine Ahnung", antwortete der, „als ich letzten Sommer dort war, habe ich vor allem Party gemacht."

Es war Marcs erster Besuch in der Zone, wie er es nannte, seit seine Familie fünf Jahre zuvor ausgereist war, und es sah ganz so aus, als hätten es seine Eltern in Hannover zu etwas gebracht. Zumindest folgerte ich das aus seinen großspurigen Erzählungen, wie sein Vater im Jahr zuvor anlässlich Marcs Schulabschluss eine USA-Reise für die ganze Familie gebucht hatte.

„Seit Katja den ausrangierten Fotoapparat von ihrem Vater geschenkt bekommen hat, träumt sie von einer Karriere als Tierfotografin", erklärte Sarah ihm.

„Was soll denn dieser süffisante Unterton?", fragte ich. „Immerhin weiß ich, was ich nach der Schule machen will."

„Na und!", sagte Sarah. „Mir wird schon noch was einfallen."

„Erst mal muss dir einfallen, wie du das Abi schaffen willst, meine Liebe", versuchte ich sie zu provozieren. Mir ging das verliebte Getue zwischen Sarah und Marc auf die Nerven, und irgendwie hatte ich Lust, Sarah ein wenig zu blamieren.

„Wieso", fragte Marc, „stehst du etwa auf der Kippe, Süße?"

Sarah winkte ab und wandte sich wieder mir zu.

„Du glaubst doch nicht wirklich, dass du Tierfotografin werden kannst. Was willst du denn hier fotografieren? Kaninchen?", fragte sie hämisch.

„Wieso?", fragte Marc. „Die Idee ist doch gar nicht so schlecht." Er löffelte Apfelmus aus dem schon flüssig werdenden Eis.

„Bei uns drüben gibt es ein paar richtig gute Fotografen, die sogar für *National Geographic* arbeiten."

„Bei euch drüben vielleicht", äffte Sarah ihn nach, „aber was kann man hier schon vor die Linse kriegen?"

„Wer weiß", sagte Marc, „die Leute hauen jetzt über Prag ab, es wird nicht mehr lange dauern, und dann könnt ihr vielleicht wirklich mal nach Amerika fahren."

Er schob Sarah seinen Löffel in den Mund, die ihn mit vollen Lippen umschloss und kicherte, nur um dann selbige Portion Apfelmus aus ihrem Eisbecher Marc zu verabreichen. Zu guter Letzt küssten sich die beiden.

Sarah himmelte Marc an wie Baby ihren Johnny. Wie mich das nervte. Ich verdrehte die Augen und tippte Marc auf die Schulter.

„Wie meinst du das, es wird nicht mehr lange dauern?", fragte ich.

Marc schob sich einen Löffel Vanilleeis in den Mund, bevor er antwortete.

„Ihr seid pleite, das weiß doch jeder. Und du glaubst doch nicht wirklich, dass die Leute, die jetzt in der Prager

Botschaft festsitzen, in die DDR zurückkehren werden, oder?"

Das war einer der wenigen politischen Vorgänge, die ich tatsächlich in den letzten Tagen mit Interesse verfolgt hatte. Sarah und ich vermuteten auch, dass Jennys Familie den Weg über den Botschaftszaun in Prag genommen hatte. Sarah stieß ihn mit dem Ellenbogen in die Seite.

„Du redest von uns, als seien wir Außerirdische. Du gehörst auch dazu."
Marc lachte.

„Nee, ich gehöre schon lange nicht mehr dazu. Ihr habt ja keine Ahnung, wie anders das Leben im Westen ist."
Sarah rückte etwas von ihm ab.

„Der Westen hat dich ganz schön arrogant gemacht. Nur weil man euch erlaubt hat zu gehen, seid ihr nicht die besseren Menschen", sagte sie.

„Nur keinen Neid, Süße", antwortet Marc, „wir haben es immerhin geschafft." Er stocherte mit dem Löffel im flüssigen Eis herum.

„Ihr?" Sarah schnaufte abfällig. „Deine Eltern vielleicht. Du kostest doch nur das Geld, das sie verdienen."
Marc lehnte sich zurück und verschränkte die Arme.

„Du etwa nicht?", fragte er. „Also ich für meinen Teil werde jedenfalls etwas aus meinem Leben machen, und das kann man im Westen auch schaffen, aber…", er hob den Zeigefinger wie ein Lehrer, „man muss schon was dafür tun. Von nix kommt nix."
Er griff wieder nach dem Löffel und schlürfte das flüssige Eis.

"Wenn ich mein Studium fertig hab, gehe ich in eine Unternehmensberatung. Da kann man richtig Geld verdienen."

„Wenn, wenn, wenn", konterte Sarah, „entschuldige bitte, du hast gerade mal das erste Semester hinter dir, das ist noch gar nichts. Nun tu mal nicht so, als wärst du schon der große Manager. Das zieht bei uns hier nicht, klar?"

„Jetzt hört auf zu streiten!", sagte ich und wandte mich wieder an Marc. „Erklär mir lieber, was du damit meinst, dass wir pleite sind."

Marc sah sich in der Eisdiele um. Die Leute waren schon auf uns aufmerksam geworden, und das schien ihm unangenehm zu sein. Dann beugte er sich über den Tisch und senkte seine Stimme.

„Bei uns sagen sie, eurer Regierung stehe das Wasser bis zum Hals. Und dann noch all die Leute, die in die Botschaft flüchten. Ich meine, die werden die in den Westen ausreisen lassen. Das ist für mich sonnenklar. Und dann werden immer neue Leute in die Botschaft kommen und so weiter. Deshalb werden sie die Grenzen irgendwann aufmachen müssen."

„Meinst du?", flüsterte ich und konnte es kaum glauben. „Also wir können zwar nicht alles kaufen, aber so schlecht ist das Leben hier nun auch wieder nicht. Deshalb müssen doch nicht alle fliehen."

„Müssen vielleicht nicht", sagte Marc, „aber wollen schon. Das ist es ja. Der Westen ist gerade für uns junge Leute eine verlockende Alternative, und ich sage euch, es lohnt sich. Ich möchte jedenfalls mein Leben in Hannover nicht mehr gegen das hier in Fürstenwalde eintauschen. Und der DDR geht das Geld aus, so viel steht fest. Und wenn der Westen erst den Hahn zudreht… Irgendwann bleibt den Herren in Berlin nichts anderes mehr übrig, als aufzugeben, wirst sehen."

Marc lehnte sich wieder zurück.

„Da gebe ich dir ausnahmsweise mal recht", sagte Sarah altklug. „Mein Vater meint, jetzt wäre die Gelegenheit, auf die Straße zu gehen und diesen Bonzen in Berlin den Kampf anzusagen."

Auch sie redete jetzt leise und achtete darauf, dass niemand am Nachbartisch mitbekam, was wir besprachen.

„Ja, aber was, wenn die zurückschlagen?", gab ich zu bedenken. „Es wäre nicht das erste Mal, dass sie auf das eigene Volk schießen."

„Ich glaube, die wissen längst, dass es vorbei ist. Alles nur noch eine Frage der Zeit", meinte Marc.

„Das hat Jennys Oma auch gesagt", sagte Sarah und lehnte den Kopf an Marcs Schulter. „Wenn ich das Abi hab, hau ich jedenfalls ab." Erwartungsvoll blickte Sarah zu Marc hoch. „Spätestens nächsten Sommer." Sie schlang ihre Hände um Marcs Arm. "Dann komm ich zu dir rüber, und wir reisen um die Welt. Du nimmst mich doch mit, wenn du noch mal nach Amerika fährst?"

„Aber klar doch, Süße." Marc küsste Sarah aufs Ohrläppchen.

Ich konnte es kaum glauben. Wenn das stimmte, was Marc sagte, dann war vieles von dem, was wir bisher in der Schule gelernt hatten, schlichtweg falsch.

„Meine Güte, du redest vielleicht einen Unsinn", sagte ich zu Sarah, die in meinen Augen blind vor Verliebtheit zu sein schien. „Denk doch mal nach!", flüsterte ich.

„Wenn die wirklich die Grenzen aufmachen, bedeutet das für uns viel mehr als nur Reisefreiheit."

„Mhhh", antwortete Sarah und schaute wieder verträumt zu Marc rüber.

Ich betrachtete die beiden Turteltauben und beschloss, dass ich genug hatte von all dem. Eigentlich hatte ich noch keine Lust, wieder nach Hause zu gehen, aber dieses verliebte Getue war nicht zum Aushalten. Und genau genommen hatte ich erfahren, was ich wissen wollte.
Ich sah auf die Uhr. „Also ich muss jetzt", sagte ich und schob meinen Stuhl zurück.
Sarah sah kurz zu mir hoch.

„Sehen wir uns morgen? Wir könnten zum Baden nach Petersdorf radeln, das Wetter soll besser werden."

„Mal sehen", sagte ich und legte eine Mark auf den Tisch.
Marc schob mir die Münze wieder hin.

„Ich habe doch gesagt, ich lade euch ein. Muss sowieso zusehen, dass ich die ganzen Alu-Chips vom Zwangsumtausch loswerde."

Eigentlich war ich zu stolz, um mich einladen zu lassen, schon gar nicht von so einem Westschnösel, wie Marc jetzt einer geworden war. Doch mein Taschengeld war nicht gerade üppig und ging in letzter Zeit mehr und mehr für die Orwo-Filme für meinen Fotoapparat drauf. Außerdem sparte ich jeden Pfennig für das Zubehör in der Dunkelkammer. Sollte der arrogante Marc Hellmann doch den Eisbecher bezahlen.

„Danke für die Einladung. Bis morgen, vielleicht!"
Ich steckte die Mark wieder ein, verließ die Eisdiele und sah zum grau verschleierten Himmel hoch.

Es regnete nicht mehr, aber nach Badewetter sah das nicht aus. Egal, ich hatte sowieso keine Lust auf einen weiteren Nachmittag mit den zwei Turteltauben. Marc war zwar inzwischen ein attraktiver Typ geworden, aber seine Arroganz ging mir über die Hutschnur. Hoffentlich waren nicht alle Westdeutschen so.

Auf dem Nachhauseweg grübelte ich. Was, wenn immer mehr Leute aus dem Land verschwanden? Ich konnte das doch nicht weiterhin damit abtun, dass die doch gehen sollten, wenn es ihnen hier nicht mehr gefiel.

Und für welche Freiheit gingen sie eigentlich in den Westen?

Zugegeben, manchmal die Klappe halten zu müssen, war nervig, aber wirklich eingeschränkt hatte ich mich dadurch bisher nicht gefühlt. Und was vermisste ich denn eigentlich in meinem Leben?

Natürlich wäre es super, für so eine Zeitschrift, wie Marc sie erwähnt hatte, als Fotografin zu arbeiten. Und okay, ich konnte auch nicht einfach reisen, wohin ich wollte. Und dass meine Eltern dieses Jahr keinen Ferienplatz an der Ostsee bekommen hatten, war wirklich blöd gewesen. Und dass es nichts zu kaufen gab, war auch oft nervig.

Erst letzten Sommer hatte ich für den Abschlussball der Tanzschule ein paar Schuhe gesucht, war monatelang in jeden Schuhladen gegangen, doch es hatte einfach keine schwarzen Pumps gegeben, und wenn doch, dann nur so hässliche, die ich auf keinen Fall hatte anziehen wollen.

Schließlich hatte Sarah meine nackten Füße auf Pappe gemalt und mit einem Brief an ihre Patentante nach

Westberlin geschickt. Es war mir total peinlich gewesen, doch Sarah hatte nur gemeint, ihrer Tante würde es sicher nichts ausmachen, schicke Pumps für mich zu besorgen. Schließlich frage die sowieso dauernd nach, was sie bräuchten und was sie schicken solle.

Und tatsächlich hatte Sarahs Tante ein paar elegante schwarze Lackschuhe geschickt, die mir wie angegossen gepasst hatten. So war der Abschlussball doch noch zu einem großartigen Ereignis geworden, und ich hatte tunlichst darauf geachtet, dass mir beim Tanzen niemand auf die Füße trat.

War das die Freiheit, von der Marc gesprochen hatte? Reisen, wohin und kaufen, was man wollte? War das die Freiheit, für die Menschen wie Jennys Familie in die Botschaft flüchteten und Sarahs Eltern sich heimlich mit anderen im Keller trafen?

Eine Woche später, am Montag, den vierten September 1989, gingen in Leipzig die ersten Menschen auf die Straße. Als ich abends bei Sarah zu Hause im Westfernsehen sah, wie sie *Wir sind das Volk* riefen, wurde mir klar, dass es stimmte, was Marc gesagt hatte.

Gebannt verfolgte ich die Bilder im Fernsehen und versuchte zu begreifen, was das für mein Leben bedeutete. Doch es war unmöglich abzusehen, wo diese Demonstrationen hinführen würden. Schnell wurde mir dennoch klar, dass ich diese Proteste nicht mehr ignorieren konnte.

Wenig später begannen auch die Menschen in anderen Städten wie Magdeburg oder Erfurt auf die Straße zu gehen. Sie demonstrierten für Freiheit, wie sie riefen, für eine Freiheit, von der wohl niemand wusste, was diese letztlich bedeuten würde. Doch jeder einzelne schien von einer kämpferischen Euphorie erfasst worden zu sein, die es plötzlich möglich machte, Dinge auszurufen, die sich noch wenige Monate zuvor niemand getraut hätte, auch nur im Stillen zu denken. Die unerklärliche Aufbruchsstimmung, die den ganzen Sommer über in der feuchten, regenschweren Luft gehangen hatte, schlug nun in Aktionismus um.

Auch ich wurde von dieser Euphorie erfasst und verspürte mit einem Mal noch mehr den Drang, meine Meinung offen sagen zu dürfen, reisen und leben zu können, wie und wo ich wollte. Plötzlich erschien mir Fürstenwalde noch kleiner, noch abgeschnittener vom Rest der Welt als bisher, und ich begriff, dass diese Menschen in Leipzig, Magdeburg oder Erfurt auch für meine Freiheit auf die Straße gingen.

Ich war dankbar dafür, denn selbst hätte ich wahrscheinlich nicht den Mut dazu gehabt.

Doch die Vorstellung, eines Tages so grenzenlos frei sein zu können wie ein Kranich, beflügelte meine Gedanken. Dass genau dieser Tag bald kommen würde, glaubte ich damals, im Frühherbst 1989 allerdings nicht.

Doch zwei Monate später war es soweit. Das neue Schuljahr war voll im Gange, und der November brachte nicht nur trübes kaltes Wetter, sondern auch die große Freiheit.

„Das ist doch verrückt, was da passiert ist. Jetzt haben die tatsächlich aufgemacht", sagte Sarah und biss in das halbe Pausenbrot, das ich ihr abgetreten hatte.

Sarahs Eltern hatten, wie so viele andere auch, die ganze Nacht vor dem Fernseher verbracht und ihr morgens aufgeregt berichtet, dass die Mauer offen war.

„Dann hat dein Marc aus Hannover also Recht behalten", sagte ich.

„Das ist nicht *mein* Marc", antwortete Sarah zickig. „Seit August habe ich nichts mehr von ihm gehört. Treulose Tomate! Und was er mir nicht alles versprochen hat, dass er schreiben wird und mir noch ein Päckchen schickt."

Sarah presste die Lippen aufeinander, so dass sich kleine Grübchen in ihren Wangen bildeten.

„Enttäuscht bin ich", sagte sie, „aber bitte fang jetzt nicht damit an, dass du das alles geahnt hast! Deine Klugscheißerei hilft mir auch nicht weiter."

Ich grinste und biss von meiner Hälfte des redlich geteilten Pausenbrots ab. Irgendwie tat mir Sarah leid. Die verguckte sich immer in Typen, die sie nur ausnutzten. Schade eigentlich, denn sie war, mal abgesehen von den grässlich grünschwarzen Haaren, ein hübsches Mädchen, und auch wenn ihr Schulabschluss auf der Kippe stand, war Sarah nicht dumm, nur ein bisschen faul, wenn es ums Lernen ging.

Ich versuchte, mit ihr das Versäumte nachzuholen, indem ich ihr, seit das Schuljahr wieder begonnen hatte, jeden Sonnabend Nachhilfe erteilte. Ich wollte unbedingt, dass Sarah den Abschluss schaffte, denn ich wusste, dass davon auch unsere Freundschaft abhing. Wenn Sarah durchfiel, würde sie das nicht etwa auf ihre eigene Faulheit zurückführen, sondern wäre beleidigt und würde mir vorwerfen, sie nicht mitgezogen zu haben.

Sarah sah sich kurz auf dem Schulhof um, dann flüsterte sie: „Adler-Adolf hat heute Hofaufsicht, wir müssen vorsichtig sein."

Adolf Wagner war ein Lehrer, der seine Augen überall zu haben schien. Sarah behauptete immer, er könne gar nichts dafür, das Spitzeln sei bei ihm genetisch bedingt. Vermutlich wäre er schon mit einem Fernglas hinter den Augäpfeln zur Welt gekommen.

Böse Zungen behaupteten, er arbeite für die Staatssicherheit. Dafür sprach auch, dass er nicht nur Lehrer für Staatsbürgerkunde war, sondern auch stellvertretender Direktor. Solche Leute waren oft für den VEB Horch und Guck, wie wir die Staatssicherheit heimlich nannten, tätig. Und dass Adler-Adolf ein überzeugter Genosse war, wusste jeder an der Schule.

„Vorsichtig wobei?", fragte ich.
Sarah zog eine zusammengefaltete Zeitungsseite aus ihrer Jackentasche.

„Hier", sagte sie zu mir, "lies mal!"
Ich legte mein angebissenes Pausenbrot zurück in die Brotbüchse und leckte mir kurz die Finger ab. Dann faltete ich die Zeitungsseite auseinander, überflog die Schlagzeilen und war verblüfft.

„Seit wann liest du denn das *Neue Deutschland*?"

„Seit heute", zischte Sarah leise. „Aber das ist doch jetzt nicht wichtig. Das da sollst du lesen!" Sarah tippte auf einen Artikel links unten.

Ich flog mit den Augen über den besagten Artikel und las eine Passage flüsternd vor: „… hat der Ministerrat der DDR beschlossen, mit sofortiger Wirkung können Privatreisen nach dem Ausland ohne Vorliegen von Voraussetzungen beantragt werden. Die Genehmigungen werden von den Volkspolizei-Kreisämtern kurzfristig erteilt."

Ich hob die Augenbrauen. Jetzt stand es also schon in der Zeitung, und das gedruckte Wort galt etwas. Also würden sie die Entscheidung nicht so einfach zurücknehmen können.

„Ja und?", fragte ich. „Das wissen wir doch spätestens seit gestern Nacht. Worauf willst du denn eigentlich hinaus?"

„Worauf ich eigentlich hinauswill?", äffte Sarah mich nach. „Na verstehst du denn nicht, was das bedeutet?" Sarah tippte auf eine Zeile im Artikel.

„Hier: ohne Vorliegen von Voraussetzungen, in Klammern: Reiseanlässen und Verwandtschaftsverhältnissen."

Erwartungsvoll sah sie mich an.

„Klingelt es immer noch nicht bei dir?"

Ich begriff noch nicht ganz und Sarah flüsterte in gespielter Verzweiflung: „Die verteilen Visa zur Ausreise an alle, die eines haben wollen. Einfach so. Bei der Polizei."

Ich starrte Sarah an.

„Willst du jetzt etwa ausreisen?", fragte ich.

Sarah verdrehte die Augen und tippte mit dem Zeigefinger an meine Stirn.

„Überleg doch mal. Wir könnten uns die letzten beiden Stunden heute doch schenken. Ich meine, wen interessiert denn jetzt noch Staatsbürgerkunde? Wir holen uns einen Stempel, und dann geht's los."

Ich lachte kurz und versuchte meine Verlegenheit zu überspielen.

„Los wohin?"

„Nach Westberlin natürlich."

„Jetzt spinnst du aber!", entfuhr es mir.

„Warum?", konterte Sarah. „Wir setzen uns in den Zug und fahren nach Westberlin. Morgen. Abends sind wir wieder zurück."

„Morgen ist Sonnabend", sagte ich, „wir haben Schule bis Mittag."

Sarah winkte ab.

„Ach, wen interessiert denn das. Fällt doch gar nicht auf, wenn wir schwänzen."

„Und was willst du deinen Eltern sagen?", fragte ich.

„Ich meine, wir können doch nicht einfach so stundenlang verschwinden. Was, wenn wir irgendwo stranden? Im Moment weiß doch niemand so recht, wie das mit dem Grenzübertritt läuft. Vielleicht lassen die uns gar nicht rüber, du bist ja noch nicht mal volljährig."

„Danke, dass du mich darauf aufmerksam machst. Das habe ich jetzt gebraucht", sagte Sarah und verschränkte beleidigt die Arme.

Aber sie ließ nicht locker und sagte: „Also, ich weiß genau, wie wir das anstellen. Meine Eltern kriegen das gar nicht mit, die sind bestimmt wieder den ganzen Tag unterwegs. Und deine Eltern gehen sowieso davon aus, dass du mir Nachhilfe gibst. Wie jeden Sonnabend. Und dieses Mal erzählst du ihnen einfach, dass du dieses Wochenende bei mir übernachtest. Dann wundern sie sich nicht, wenn du zum Abendessen nicht zurück bist. Und der Rest findet sich schon. Die lassen uns schon rüber, wirst sehen."

Die Idee klang in der Tat verlockend. Einmal über den Ku´damm schlendern, die Schaufenster bestaunen. Ob es in diesen Geschäften genauso gut roch wie im Intershop?

Im August waren wir mit Marc in einem Intershop gewesen, natürlich heimlich. Dort hatte es vielleicht geduftet. Eine Mischung aus Kaffee und Westseife. Doch bei aller Neugier fragte ich mich auch, was uns da drüben wohl erwarten würde.

„Aber was, wenn die die Grenzen wieder dichtmachen? Dann sitzen wir da drüben fest", sagte ich.
Sarah winkte ab.

„Also wirklich, Katja, sonst bist du so eine Klugscheißerin, und jetzt tust du beinah so, als würde dir dann nicht auch irgendwas einfallen. Außerdem, du glaubst doch nicht wirklich, dass die nach dieser Nacht alles wieder zumachen? Und wenn doch, na, was soll´s. Wir wollten doch eh raus. Dann fahren wir eben weiter nach Hannover zu Marc."
Wieder lachte ich, dieses Mal etwas zu laut, und schüttelte den Kopf.

„Nicht wir wollten raus, *du* willst raus, und eben hast du noch behauptet, Marc sei eine treulose Tomate. Der wird ganz sicher nicht in Hannover sitzen und auf dich warten. Außerdem", fügte ich hinzu, „wie sollen wir das alles hinkriegen, ich meine, so ganz ohne Geld? Auch im Westen wird man die Dinge nicht umsonst bekommen."

Sarah sah mir tief in die Augen, und ich wusste sofort, dass meine Freundin auch darauf längst eine Antwort hatte.

„Im Bus heute früh haben sie erzählt, dass man drüben in die erstbeste Bank gehen kann und einhundert Westmark kriegt. Begrüßungsgeld nennen die das."
Sie legte mir den Arm um die Schulter und fing an, leicht zu schunkeln.

„Stell dir mal vor, Katja, wir beide in Westberlin. Weißt du, wie viele Palli-Tücher wir für hundert Westmark kaufen können?"

„Und wenn nicht?", fragte ich. "Wenn die uns kein Geld geben oder einfach nicht stimmt, was sie im Bus erzählt haben?" Es war der letzte Versuch, Sarah von dieser verrückten Idee abzubringen, die ich jedoch selbst insgeheim zunehmend spannend fand.

„Meine Eltern haben einen kleinen Vorrat an Westgeld im Wäscheschrank versteckt", sagte Sarah. „Ich nehme sicherheitshalber einfach fünfzig Mark mit. Wir packen uns ein paar belegte Brote und eine Thermoskanne Tee ein. Dann kann uns erst mal nix passieren."

Sarah überließ wirklich nichts dem Zufall. Wenn sie doch nur in Sachen Schulabschluss auch so eifrig wäre, dachte ich.

Ich sah mich auf dem Schulhof um. Er war halb leer, viele Mitschüler fehlten, und ich ahnte längst, dass diese der Versuchung erlegen waren, es an der Grenze zu probieren. Vermutlich hatte Sarah recht. Es würde kaum auffallen, wenn wir anderntags schwänzten.

„Ungewöhnliche Zeiten erfordern wohl ungewöhnliche Maßnahmen", flüsterte ich Sarah zu, die sofort heftig nickte.

„Jetzt hast du es endlich kapiert!"
Natürlich war auch mir klar, dass in der Nacht zuvor eine neue Zeit angebrochen war. Jetzt hatten wir die Wahl: mutig sein und mitmachen oder feige zu Hause bleiben und verpassen, was gerade unsere kleine Welt aus den Angeln hob.

Aber wenn wir den unbegreiflichen Ereignissen schon hinterherliefen, wollte ich es wohlüberlegt tun. Schließlich wusste niemand genau, was nun wirklich stimmte und was nicht. Außerdem sah ich keinen Grund, einfach abzuhauen und die Gefahr einzugehen, dass ich nicht mehr nach Hause zurückkonnte. Aber ich war auch neugierig, sehr neugierig, wie es wohl auf der anderen Seite der Mauer aussah.

Über Sarahs Schulter hinweg sah ich plötzlich Adolf Wagner, der wie ein neugieriger Kater über den Hof schlich und aus den Augenwinkeln die kichernden Schülergruppen beäugte. Wieder packten mich Zweifel.

Nächsten Sommer wollten wir Abitur machen. Was, wenn wir von der Schule flogen, weil wir geschwänzt und heimlich nach Westberlin gefahren waren? Fiel das schon unter Republikflucht? Und nicht nur das: Wenn das rauskam, würden wir riesigen Ärger bekommen, und meine Mutter hätte endlich einen triftigen Grund, meine Freundschaft zu Sarah zu unterbinden.

Aber egal, dachte ich, ich bin volljährig, Mutti kann mir gar nichts mehr.

Die Schulglocke läutete, und Wagner kam zu uns herüber.

„So, meine Damen", rief er und rieb sich die Hände. Schnell ließ ich die Zeitungsseite in meiner Jackentasche verschwinden.

„Die Pause ist um, haben Sie das Klingeln nicht gehört?" Dann kniff er die Augen zusammen und starrte auf meine Jackentasche.

„Was haben Sie denn so Wichtiges zu bereden?"

„Nix", gab ihm Sarah ruppig zur Antwort, „wir haben uns bloß gefragt, was jetzt aus uns allen wird."
Wagner zog die rechte Augenbraue hoch.

„Wie meinen Sie das, Fräulein Neumann?"

„Jetzt, wo die Grenzen offen sind und alle abhauen, werden Sie bald niemanden mehr haben, den sie drangsalieren können", fuhr Sarah fort.
Ich rammte Sarah den Ellenbogen in die Seite.

„Fräulein Neumann", sagte Wagner streng, „ich verbitte mir derartige Anspielungen!" Und mit erhobenem Zeigefinger fügte er hinzu: „Sie werden schon noch merken, dass das Ganze nur eine vorübergehende Irritation ist. Und bei der Gelegenheit schaffen wir gleich mal all die Dissidenten aus dem Land, die der Disziplinlosigkeit des Kapitalismus Vorschub leisten."

„Ja, ja, ich weiß schon", stöhnte Sarah und verdrehte die Augen. „Ein bisschen viele Leute, die Sie da loswerden müssen. Verteilt die Polizei deswegen jetzt so großzügig Visa an alle? Au, was soll das?" Sarah schaute mich böse an, denn ich hatte ihr noch einmal meinen Ellenbogen in die Seite gerammt.

„Halt endlich die Klappe!", zischte ich.

Doch Wagner war nun hellwach und angespannt wie ein Kater vor dem Mäuseloch.

„Fräulein Neumann, wo haben Sie das denn her?"

„Steht im *Neuen Deutschland* heute, auf der Titelseite. Lesen Sie denn keine Zeitung?", fragte Sarah schnippisch.

Wagner nestelte an seinem Parteiabzeichen herum, das er am Revers seines graumelierten Jacketts trug. Dann baute er sich bedrohlich vor uns auf.

„Höre ich da eine gewisse Respektlosigkeit heraus, Fräulein Neumann? Halten Sie sich bitte mit derartigen Äußerungen zurück, ansonsten sehe ich mich gezwungen, Sie der Schulleitung zu melden!"

Dann sah er mich an.

„Und dass Sie da mitmachen, Fräulein Winter. Bisher habe ich Sie für die Klügere gehalten."

Mein Blick verfinsterte sich.

„Geht´s noch?", rief Sarah. Doch bevor sie weiterreden konnte, zog ich sie Richtung Schulhaus.

„Verdammt, das hat doch keinen Sinn!", zischte ich.

„Aber man muss doch diesem Wichtigtuer mal zeigen, wo es langgeht", zischte Sarah zurück.

„Das habe ich gehört, Fräulein Neumann", rief Wagner. „Gehen Sie sofort in Ihre Klasse, sonst…"

In diesem Moment wurde Wagners Blick abgelenkt von zwei Neuntklässlern, die hinter den Mülltonnen Zigaretten rauchten.

„Also, das ist doch wohl…" Empört marschierte er auf die Jungs zu, und wir nutzten die Gelegenheit, ihm zu entwischen.

„Kannst du nicht einmal den Mund halten, wenn es drauf ankommt?", schimpfte ich, obwohl ich mächtig erleichtert war, Wagners Klauen entkommen zu sein.

„Warum?", protestierte Sarah. „Irgendwann muss man doch damit anfangen."

„Aber doch nicht jetzt. Wer will denn heute Nachmittag den Visumsstempel holen?", fragte ich. „Du hast nur Glück gehabt, dass er jetzt abgelenkt wurde. Sonst würdest du den Nachmittag bei der Schulleitung verbringen, statt mit mir zur Polizei zu gehen."

Sarah blieb stehen, und ihre Augen begannen zu strahlen.

„Heißt das, du kommst mit?"

„Was glaubst du denn?", antwortete ich. „Wenn die Welt im Umbruch ist, will ich doch dabei sein. Und außerdem, dich kann man sowieso nicht allein lassen."

„Klugscheißerin", erwiderte Sarah und streckte mir die Zunge raus.

Nach dem Mittagessen verließen wir die Schule, um zu Hause unsere Reisepässe zu holen. Als wir danach auf unseren Fahrrädern in die Straße einbogen, in der das Kreispolizeiamt lag, erlebten wir eine große Überraschung.

„Da brauchen wir ja drei Tage", rief ich, als ich die Menschentraube vor dem Haupteingang sah. Vom Eingang des Gebäudes bis zur nächsten Kreuzung standen mehrere hundert Leute an.

Als wir einen der Anstehenden ansprachen, erhielten wir zur Antwort, dass er sich bereits seit vier Stunden die Beine in den Bauch stehe. Aber das sei man ja gewohnt, Schlange stehen, meinte er.

„Ich glaube, das hat keinen Sinn", sagte ich und sah auf meine Armbanduhr. „Es ist schon gleich drei, und die machen um vier zu. Heute kriegen wir da keinen Stempel mehr."

„Das werden wir ja sehen", rief Sarah und schwang sich wieder auf ihr Rad. „Los komm, fahr mir einfach nach."

Wir bogen in die nächste Querstraße ab, fuhren an verfallenden Altbauten entlang, bis wir die nächste Kreuzung erreichten. Die Straßenzüge waren menschenleer. An diesem Tag schien ganz Fürstenwalde in der Schlange vor dem Kreispolizeiamt auf einen Stempel zu hoffen. Auf der anderen Seite der Kreuzung erreichten wir zwei siebenstöckige Plattenbauten. Sarah fuhr zügig über den Bürgersteig und bog dann zielsicher in eine schmale Gasse zwischen den beiden Gebäuden ein. Ich hatte Mühe, ihr so schnell zu folgen. Hier war ich noch nie gewesen. Schließlich erreichten wir den Hintereingang des Polizeigebäudes, und Sarah stieg vom Rad.

Wir lehnten die Räder an eine Mauer und huschten über den Hinterhof, in dem nur ein einziger Polizei-Barcas parkte. Aus den Augenwinkeln nahm ich wahr, dass auf dem Dach des Kleinbusses ein rot getigerter fetter Kater stand und einen Buckel machte, als er uns wahrnahm.

„Woher weißt du, dass wir hier reinkommen?", fragte ich.

„Ich weiß es nicht, ich hoffe es", antwortete Sarah und schlich die fünf Treppenstufen zum Hintereingang hinauf. Die Tür war tatsächlich unverschlossen und das hintere Pförtnerkabuff unbesetzt, und so konnten wir unbemerkt ins Gebäude schlüpfen.

„Los komm!", flüsterte Sarah und winkte mich zu sich. „Weißt du noch, als meine Mutter vor zwei Jahren zu ihrer Schwester nach Westberlin reisen wollte?", flüsterte sie mir zu, während sie sich mit einem schnellen Blick umsah.

„Haben sie den Antrag damals nicht abgelehnt?", gab ich zurück.

„Genau", antwortete Sarah. „Aber Mutti ist mit mir damals noch mal hergekommen. Sie wollte beweisen, dass sie auf jeden Fall zurückkommen würde. Schließlich habe sie ihre Familie hier, war ihr Argument. Warte!" Sarah hob die Hand. Sie schien sich wieder daran zu erinnern, welchen Weg in dem Gebäude sie damals mit ihrer Mutter genommen hatte. Nun huschten wir die Treppe in den ersten Stock hinauf, geduckt wie zwei Einbrecher, die nicht ertappt werden wollten. Niemand war auf dem langen Flur zu sehen, über dem eine gespenstische Stille lag. Unvorstellbar, dass unten auf der Straße Hunderte von Menschen warteten.

Wir richteten uns auf und gingen den Gang entlang. Plötzlich klappte irgendwo eine Tür. Wir blieben ruckartig stehen und lauschten. Was, wenn jetzt jemand um die Ecke kam?

Dann hörten wir, wie eine andere Tür ins Schloss fiel. Erleichtert schlichen wir weiter, bis Sarah vor einer Tür stehen blieb. Sie sah auf das Türschild.

„Hier ist es."

„Hier ist was?", fragte ich.

„Hier müssen wir rein", antwortete sie.

Ich griff nach ihrem Arm. „Du willst doch da nicht einfach reinmarschieren?"

„Na, was glaubst du denn? Deswegen sind wir doch hergekommen."

„Sarah, nein!", sagte ich. „Die werden uns hochkant rausschmeißen, wenn wir Glück haben. Wenn die uns einsperren wegen…?"

„Wegen was? Widerstand gegen die Staatsgewalt?" Sarah grinste, und noch bevor ich erneut protestieren konnte, drückte sie die Klinke und betrat das Büro.

Eine Woge abgestandener Luft schlug uns entgegen. Es roch nach verstaubten Akten, Bohnerwachs und Kaffee. Am Fenster, mit dem Rücken zu uns, standen zwei Polizisten in Uniform mit Kaffeetassen in der Hand.

Sarah legte den Finger auf die Lippen, und wir lauschten kurz dem Gespräch.

„Sieh dir das an, Jürgen", lachte der eine Polizist, „die stehen da jetzt schon Stunden und hoffen auf ein Visum, unglaublich."

„Ich kann gar nicht verstehen, warum die alle so scharf darauf sind, in den Westen zu fahren", antwortete besagter Jürgen.

„Ich schon", sagte sein Kollege, „oder schmeckt dir der Kaffee etwa nicht?"

„Doch, wieso?" Besagter Jürgen nahm einen Schluck und nickte. „Jetzt merke ich es auch. Das ist mal wieder Westkaffee."

„Habe ich aus der letzten Paketöffnung abgezweigt. Du weißt doch, wenn die in der Hauptpoststelle die Westpakete kontrollieren, fällt immer was für mich ab."

Jürgen trank noch einen Schluck aus seiner Tasse.

„Hab mich schon gewundert, dass der Kaffee heute so anders schmeckt", sagte er und schüttelte dann den Kopf. „Aber dafür in den Westen wollen? Ich weiß nicht, ob sich das lohnt."

„Ich habe auch noch ein paar Kekse in der Schublade, die Guten, weißt du, mit Schokoguss."
Der Polizist drehte sich um und zog die oberste Schublade seines Schreibtisches auf. Wir erstarrten.

„Also die mag ich schon", sagte der Polizist namens Jürgen, „die sind viel besser als die staubtrockenen Haferdinger, die die Huber vom Empfang immer bäckt."

Sein Kollege hielt über der Keksschublade inne und starrte uns an. Er öffnete den Mund und klappte ihn wieder zu. Dann schob er die Schublade wieder zu und richtete sich auf.

„Äh, Jürgen", sagte er. „Sieh mal, wen wir da haben. Ich glaube, wir müssen was klären."

Jürgen drehte sich um, etwas zu schnell, so dass Kaffee aus seiner Tasse schwappte. Er blickte angewidert auf seine Hand.

„So ein Mist", rief er und stellte die Tasse auf das Fensterbrett, schob die andere Hand in die Hosentasche und holte ein großes Stofftaschentuch heraus.

Ich konnte sehen, dass es feinsäuberlich gebügelt war und es seinen Besitzer sichtlich reute, es nun benutzen zu müssen, um seine bekleckerte Hand zu trocknen. Dabei starrte auch er uns an, ließ sich aber nicht aus der Ruhe bringen.

„Also", Jürgen faltete das feuchte Taschentuch wieder zusammen und schob es zurück in die Hosentasche,

„darf man fragen, was ihr zwei Grünschnäbel hier zu suchen habt?"

Er baute sich vor uns auf, so dass seine Uniformjacke über seinen breiten Schultern spannte und die Knopfleiste über seinem Bauch auseinanderklaffte. Sein fleischiges Gesicht mit grünen Augen unter buschig roten Augenbrauen und einem roten Schnauzer standen in einem scharfen Kontrast zu seinem kurzgeschorenen Haupthaar. Er erinnerte mich an einen Wikinger und war sichtlich darauf aus, uns einzuschüchtern. Was ihm auch gelang, zumindest bei mir. Sarah wirkte unerschrockener und hielt ihm unsere Pässe hin.

„Wir hätten gern zwei Visa", sagte sie ungewohnt höflich.

Jürgen rührte sich nicht und hielt den Blick starr auf sie gerichtet. Ich konnte ihm ansehen, dass er nicht weichen würde, nicht vor so Hühnchen, wie wir es waren. Mist, dachte ich, was jetzt?

„Bitte!", fügte Sarah noch hinzu.

Jürgens Blick wanderte zu mir herüber. Auf seiner Stirn geschrieben stand ihm die Frage, ob ich wohl auch hinter dieser Aktion stand, die meine Freundin da gerade abzog. Ich zwinkerte kurz, dann streckte ich den Rücken durch. Ich wollte keinen Zweifel an unserer Absicht aufkommen lassen.

Sein Kollege trat neben ihn. Jetzt standen die beiden wie eine Wand vor uns, nur ein schmaler Tisch, auf dem sich Akten stapelten, trennte uns voneinander.

„Und ich dachte, die zwei Küken haben sich nur in der Tür geirrt, aber nein", sagte er, „die zwei Küken wollen in den Westen. Mutig, was, Kollege?"

„Dumm wohl eher", antwortete Jürgen.

„Hätten sich ja auch unten anstellen können, was?", sagte der andere.

„Hätten wir", sagte Sarah, und ich wunderte mich darüber, wie entschlossen ihre Stimme klang. Und ich hatte das Gefühl, auch etwas zu unserer Stärke beitragen zu müssen.

„Dauert aber zu lange!", sagte ich daher.

Jetzt grinste der Polizist.

„Hast du das gehört?", sagte er an seinen Kollegen Jürgen gerichtet. „Es dauert den Damen zu lange."

„Nun", antwortete Jürgen, „jetzt dauert es wohl noch etwas länger, nicht wahr, Kollege?"

Jürgen griff nach unseren Pässen, die Sarah ihm unbeirrt entgegenhielt und blätterte darin. Dabei schielte er immer wieder zu mir.

„Na, sieh einmal an", sagte er, „Katja Winter und Sarah Neumann. Und die Sarah ist noch nicht mal volljährig. Dachte ich mir doch."

Sein Kollege ging unterdessen zu seinem Schreibtisch, nahm ein Formular aus der Schublade und spannte es in die Schreibmaschine ein.

„Na, dann werden wir jetzt mal die Personalien aufnehmen und Fräulein Neumann in Gewahrsam nehmen, bis wir die Eltern ausfindig gemacht haben", sagte er.

„So sieht es aus", sagte Jürgen.

Sarahs Hand, die eben noch die Pässe gehalten hatte, begann in der Luft zu zittern. Als ich das sah, griff ich nach ihr und zog sie nach unten. So standen wir da – Hand in Hand –, und ich wurde das Gefühl nicht los, dass die Sache hier in die falsche Richtung lief.

Mir schossen die wildesten Gedanken durch den Kopf. Wenn wir jetzt einfach diesem Jürgen die Pässe entreißen und aus dem Büro rennen würden, wären wir aus dem Schneider. Aber dann hätten wir kein Visum und könnten nicht nach Westberlin fahren. Und die beiden kannten ja immerhin schon unsere Namen. Vermutlich wäre es ein Leichtes für sie, auch unsere Adressen herauszubekommen. Dann hätte die ganze Sache hier womöglich noch ein unangenehmes Nachspiel. Nein, mir musste etwas anderes einfallen.

Sarahs Hand hörte allmählich auf zu zittern, und sie sagte noch höflicher als zuvor:

„Wissen Sie, das alles macht doch nur Arbeit, und Sie wollten doch gerade in Ruhe ihren Westkaffee genießen."

Dabei betonte sie das Wort West ganz besonders, um zu zeigen, dass wir ihr Gespräch mitbekommen hatten. Dann ergänzte sie: „Wir wollen Sie auch gar nicht stören, geben Sie uns einfach die Stempel, und schon sind wir wieder weg."

„Genau", sagte ich und fasste mir erneut ein Herz. „Da unten", ich deutete zum Fenster, „da werden heute so viele Visa verteilt, da werden zwei mehr doch gar nicht auffallen. Und ihr Kaffee wird kalt."

Der Polizist am Schreibtisch rückte seinen Stuhl zurecht, trank demonstrativ noch einen Schluck aus seiner Tasse und legte die Finger auf die Tastatur seiner Schreibmaschine.

„Bist du soweit, Kollege?", fragte Jürgen.

„Ja, ich höre: Name?"

„Katja Winter."

Der Kollege tippte betont langsam mit zwei Zeigefingern, und das Klackern der Tastatur hallte bedrohlich durch die Amtsstube.

„Geboren am?"

„Siebter Oktober neunzehnhunderteinundsiebzig", diktierte ihm Jürgen.

Der Kollege an der Schreibmaschine hielt inne.

„Sieh mal an, ein echtes Kind der Republik."

Ich verdrehte die Augen.

Wie oft war ich schon damit aufgezogen worden, weil ich am Tag der Republik, der neben dem ersten Mai vermutlich der wichtigste Feiertag in unserem Land gewesen war, Geburtstag hatte. Gleichzeitig war ich enttäuscht, dass die Nummer mit dem Kaffee nicht geklappt hatte. Was jetzt?

Jürgen schüttelte den Kopf. „Und dann so ein aufmüpfiges Mädchen. Ich bin wirklich enttäuscht von Ihnen, Fräulein Winter." Dabei sah er mich gespielt traurig an.

Wieder klackerte die Schreibmaschine.

„Wo geboren?"

„Frankfurt/Oder", antwortete ich jetzt selbst.

„Wohnhaft in?"

„Fürstenwalde", sagte ich und wollte schon die Straße und Hausnummer hinzufügen, als Sarah mich anstieß.

Die fragte sich vermutlich, was ich damit bezwecken wollte, dass ich die Feststellung unserer Personalien auch noch beschleunigte. Ich signalisierte ihr mit einem kurzen Blick, dass ich schon wusste, was ich tat, auch wenn ich eigentlich nicht sicher war. Aber in diesem Moment war es mir einfach wichtig, Zeit zu schinden und zu hoffen, dass irgendetwas passierte. Doch wenn das nicht bald geschah, sahen wir alt aus. Ich würde Sarah auf keinen Fall hier allein zurücklassen. Wenn, dann würden wir gemeinsam hinter Gitter gehen, das stand für mich fest.

Im Geiste sah ich schon meine Mutter vor mir: Sie würde ausflippen, wenn sie wüsste, was hier gerade passierte. Wie oft hatte sie mir in letzter Zeit eingeschärft, stillzuhalten, egal was auf den Straßen ablief. Denn niemand wisse, wo das hinführe. Ich solle mich auf mein Abitur konzentrieren, damit ich einen ordentlichen Abschluss in der Tasche hatte. So kurz davor möglicherweise von der Schule zu fliegen, wäre eine Katastrophe.

Ohne Abitur würde man mich vermutlich zu irgendeiner Facharbeiterausbildung in irgendeiner LPG zwingen, und das war nun wirklich das Allerletzte, was ich wollte. Dann konnte ich meinen Traum, Fotografin zu werden, ganz sicher vergessen. Überhaupt würde mir ein Studium dann verwehrt bleiben. Mir wurde heiß, und gleichzeitig lief es mir eiskalt den Rücken hinunter, wenn ich an die möglichen Konsequenzen dachte. Die ganze Arbeit für gute Abschlussnoten wäre dann umsonst gewesen, und das alles wegen einer einzigen unüberlegten Aktion?

Was hatten wir uns nur dabei gedacht? Warum nur hatte ich mich darauf eingelassen? Hatte ich wirklich geglaubt, wir könnten hier einfach reinmarschieren und uns zwei Stempel holen?

Ich hätte Sarah davon abhalten oder zumindest dazu bewegen müssen, uns auf ganz normalem Wege ein Visum zu besorgen. Stünden wir jetzt unten auf der Straße in der Schlange, würden wir zwar vielleicht leer ausgehen, aber wir wären immerhin frei.

In diesem Moment ging die Tür vom Nachbarbüro auf, und ein hoch aufgeschossener rothaariger Junge mit Brille kam herein. Auf seiner Oberlippe schimmerte ein rötlicher Flaum.

„Ich habe die entsprechenden Akten jetzt aussortiert, Vati. Hier sind sie", sagte er mit einem Blick auf den dicken Stapel, den er in den Händen hielt.

Ich blickte zu ihm, dann zu den beiden Polizisten hinüber. Der rechte Mundwinkel von Jürgen zuckte.

„Jetzt nicht!", zischte der.

Der Junge sah erschrocken von seinen Akten auf. Die Brille war ihm fast von der Nase gerutscht, und er kniff die Augen zusammen, als er Sarah und mich endlich wahrnahm.

Dann sah er wieder zu Jürgen hin.

„Aber Vati, du hast doch gesagt, ich soll die schleunigst in den Ofen stecken…"

Jürgens Nasenflügel blähten sich auf, und seine Stimme wurde schärfer.

„Jetzt nicht, Anwärter! Und wie oft soll ich noch sagen, dass die korrekte Anrede Herr Oberwachtmeister lautet?"

Der Junge wurde hochrot im Gesicht und versuchte, die Akten auf einem Arm zu balancieren, um sich mit der freien Hand die Brille wieder auf die Nase zu schieben.

„Verzeihung, Herr Oberwachtmeister", sagte er kleinlaut, und der Aktenstapel kam ins Wanken.

„Wegtreten, Anwärter!", brüllte Jürgen.

Wir zuckten alle zusammen, als seine Stimme durch den Raum donnerte, und dem Jungen rutschte die oberste Akte von dem Stapel. Lose Blätter segelten durch das Büro und verteilten sich auf dem Linoleumboden.

Sein Vater verdrehte die Augen.

„Du bist aber auch wirklich zu nichts zu gebrauchen, Junge!", rief er. „Räum das auf, aber zackig, und dann wegtreten!"

Schon segelte die nächste Akte auf den Boden, und dann war es zu spät. Der gesamte Stapel purzelte vom Arm des Jungen, und Blätter über Blätter fielen zwischen ihm und mir auf dem Boden.

Jürgen drehte sich weg. Ungerührt diktierte er seinem Kollegen nun meine Straße und Hausnummer, während sein Sohn auf die Knie ging und damit begann, die Papiere zusammenzuklauben. War das nicht genau der Zwischenfall, auf den ich schon die ganze Zeit gewartet hatte?

Ich ging ebenfalls auf die Knie, während Sarah mich verständnislos ansah. Ich griff nach mehreren Blättern und begann, sie fein säuberlich aufeinanderzustapeln. Der Junge tat es mir gleich, und unsere Blicke trafen sich. Seine Brille war ihm schon wieder nach vorn gerutscht, doch aus der Nähe schien er mich gut sehen zu können. Seine Augen waren dunkelbraun.

„Danke!", flüsterte er und lächelte.

„Keine Ursache", antwortete ich.

„Was macht ihr hier?", fragte er leise.

„Wir wollen ein Visum für den Westen", antwortete ich schnell, „aber dein Vater will uns keines geben."

„Das ist typisch", sagte der Junge mit einem Grinsen. „Er hasst den Westen!"

„Was gibt es da zu quatschen, Anwärter?", donnerte da die Stimme seines Vaters durch den Raum, und sein stahlkappenbesetzter rechter Stiefel stand plötzlich knapp neben meiner Hand, mit der ich mich vom Boden abstützte.

Schnell griff ich nach einem weiteren Blatt Papier, nach dem der Junge ebenfalls gerade greifen wollte. So hielten wir für einen Moment das gleiche Blatt fest und sahen uns dabei tief in die Augen. Er hatte wirklich schöne braune Augen, dunkel und sanft. Kaum zu glauben, dass er der Sohn dieses wildgewordenen Wikingers war.

Für einen Moment war ich verwirrt. Der Junge schien wirklich nett zu sein, im Gegensatz zu seinem Vater. Während er mir weiterhin in die Augen sah, ließ er das Blatt los und berührte dabei fast unmerklich meine Hand. Ich zuckte kurz zusammen und blickte auf seine Hand, dann auf das Blatt, das am oberen rechten Rand den Stempelaufdruck *Vernichten* trug.

Ich stutzte.

„Zeig mal her", flüsterte ich und überflog das Papier. *An den Rat des Stadtbezirkes Fürstenwalde, Antrag auf Wohnsitzänderung - Verlegung nach Berlin West. Abgelehnt* hatte jemand auf den unteren Rand des Dokuments gestempelt. Ich sammelte schnell weitere Blätter ein, auf denen überall das gleiche stand. Lauter abgelehnte Ausreiseanträge, die vernichtet werden sollten.

„Warte mal!", sagte ich zu dem Jungen.

„Schluss jetzt damit", donnerte dessen Vater, „was soll das, Fräulein Winter?"

Ich starrte gebannt auf den sauber gewienerten Stiefel mit Stahlkappe, der sich nicht von der Stelle rührte.

„Lassen Sie die Finger von diesen Papieren, das geht Sie nichts an!", donnerte es auf mich herab.

Ich schloss kurz die Augen und atmete kräftig ein. Dann stand ich auf und hielt ihm eines der Blätter unter die Nase.

„Das sind alles abgelehnte Ausreiseanträge, die vernichtet werden sollen?", fragte ich laut.

Jürgen entriss mir das Blatt.

„Ich sagte bereits, das geht Sie gar nichts an!", brüllte er.

Der Oberwachtmeister stand jetzt so dicht vor mir, dass ich die Mottenkugeln und den Zigarettenrauch riechen konnte, der von dem dicken Stoff seiner Uniform ausging. Der Geruch nahm mir fast den Atem, aber jetzt ging es um alles.

„Sie vernichten hier Beweismittel", stellte ich mit fester Stimme in den Raum. Dann sah ich an ihm vorbei, sah die Kaffeetasse auf dem Fensterbrett stehen. Westkaffee, dachte ich. Die klauten aus den Westpaketen von fremden Leuten den Kaffee und tranken ihn hier heimlich in ihrer Amtsstube, während unten auf der Straße tausende Ahnungslose auf den Stempel der Freiheit warteten.

„Ich bin sicher, bei der derzeitigen Lage wird so manchen da unten auf der Straße brennend interessieren, was sie hier treiben", sagte ich betont ruhig.

Ich nahm dem verdutzten Jürgen das Blatt wieder aus der Hand und blickte demonstrativ darauf. „Ich jedenfalls", sagte ich, „weiß jetzt davon." Dann drehte ich mich um und sah Sarah an. Die kapierte sofort, worauf ich hinauswollte.

„Die deutsche Volkspolizei", sagte Sarah, „dein Freund und Helfer. Nun, was hier so passiert, während da unten auf der Straße die Leute reihenweise auf Visa hoffen, wird bestimmt jemanden von der westdeutschen Presse interessieren."

Jetzt trug sie aber dick auf, dachte ich. Macht nichts, wenn es hilft.

Jürgen sah sichtlich irritiert seinen Kollegen an. Der sprang von seinem Schreibtischstuhl auf.

„Meine Damen", sagte er, „Sie verlassen jetzt sofort dieses Büro!"
Schnell griff ich nach weiteren Akten, die vor mir auf dem schmalen Tisch lagen.

„Und was ist damit", hielt ich sie in die Luft, „auch alles Ablehnungen, die vernichtet werden sollen? Was, wenn ich die jetzt einfach runter auf die Straße schmeiße?" Rief ich und blickte zum Fenster. Vielleicht mussten wir einen Tumult anzetteln, um zu entkommen.

„Sie", sagte ich zu Jürgen und war jetzt voll in Fahrt. Der hielt immer noch unsere Pässe in der Hand. Ich besann mich und wurde wieder höflicher.

„Herr Oberwachtmeister", jetzt betonte ich es genauso, wie er es kurz zuvor gegenüber seinem Sohn betont hatte, „Sie werden uns jetzt augenblicklich zwei Visa in unsere Pässe stempeln. Bitte!"

Ich blickte erneut zum Fenster und eine seltsam gespannte Stille stand plötzlich zwischen uns. Aus den Augenwinkeln nahm ich den Jungen wahr und konnte es kaum glauben, als ich sah, wie er zwei Schritte in Richtung Fenster machte.

Seine Hand schob sorgfältig die Kaffeetasse, die sein Vater zuvor dort abgestellt hatte, zur Seite. Von der Straße drangen Rufe zu uns herauf und durchbrachen die Schweigsamkeit. Wie spät war es? Würde das Revier gleich schließen und die Leute, die noch keinen Stempel erhalten hatten, rebellierten? Das käme uns natürlich entgegen.

Dann konnte ich sehen, wie Jürgen durchatmete und seinem Kollegen die Pässe reichte, der daraufhin die linke Schublade seines Schreibtisches aufzog und einen Stempel herausnahm.

„Dass eines klar ist", sagte er, ohne jemanden anzusehen, „dieses Gespräch hat nie stattgefunden!"

Ich legte die Akten langsam zurück auf den Tisch, während der andere Polizist Sarah die abgestempelten Pässe gab.

Ich blickte auf das Blatt Papier mit meinen Personalien, das noch in der Schreibmaschine steckte. Dann sah ich den Kollegen von Jürgen eindringlich an. Der riss es aus der Rolle und warf die Fetzen in den Papierkorb.

„Welches Gespräch?", fragte ich. Dann nickte ich dem Jungen zu, der immer noch am Fenster stand. Der lächelte. Ich glaube, wären wir uns in einem anderen Leben begegnet, hätte ich ihn gefragt, ob er Lust hat, mal mit mir ins Kino zu gehen.

Ich griff nach Sarahs Hand, und wir stürzten zur Tür hinaus, den Flur entlang, die Treppe hinunter, am leeren Pförtnerkabuff vorbei, in den Hinterhof. Dort schnappten wir gierig nach Luft, als wären wir den Flammen eines brennenden Hauses entkommen.

Sarah reckte ihre Hand mit den Pässen in die Luft und rief: „Yeah, strike!"

Der getigerte Kater saß noch immer auf dem Dach des Barcas. Diesmal hob er nur müde den Kopf, als wir zu unseren Fahrrädern liefen.

Kapitel 3

Sonja

D er Tod. Zum ersten Mal in meinem Leben bin ich wirklich gezwungen, mich mit dem Tod auseinanderzusetzen. Zum ersten Mal in meinem Leben ist der Tod ganz nah bei mir, ich spüre ihn, empfinde ihn als körperlichen Schmerz in einer ungekannten Dimension.

Am vergangenen Sonntag, als ich im Morgengrauen die Haustür aufschloss und betrunken, wie ich war, kaum das Schlüsselloch fand, wusste ich plötzlich, dass er da gewesen war. Er hatte seine Spuren hinterlassen, fast schien es, als sei er noch greifbar, und doch war er bereits wieder entschwunden. Die Seele meines Vaters hatte er mitgenommen.

Mein Vater saß zusammengesunken auf der Treppe. In diesem Moment wurde mir klar, dass ich dem Tod genauso wenig entgehen konnte wie dem Leben, dem ich mich jetzt und hier zu stellen hatte. Er ließ mir keine Wahl.

Ich war die ganze Nacht unterwegs gewesen, mit Freunden in Berlin um die Häuser gezogen, und hatte dann eine frühe S-Bahn nach Hause genommen. Seit meiner Rückkehr aus Paris empfand ich die Orientierungslosigkeit meines Daseins als unerträglich und versuchte sie in exzessiven Partynächten zu ertränken. Übermüdet stand ich im Flur.

Mein Vater sah ganz friedlich aus, als habe er auf mich gewartet. Die Hände in den Schoß gelegt, die Augen geschlossen, den Kopf an die Wand gelehnt.

Als ich ihn ansprach, reagierte er nicht, und als ich vorsichtig an seiner Schulter rüttelte, sackte er in sich zusammen. Aus einem für mich untypischen Reflex der Vernunft heraus griff ich mit Zeigefinger und Mittelfinger an seinen Hals und suchte seinen Puls. Doch da war nichts, keine pulsierende Ader, die gegen meine Finger pochte, kein Atemgeräusch, als ich mein Ohr an sein Gesicht hielt. Im Nachhinein denke ich, stellte ich unerwartet routiniert fest, dass er tot war.

Ich richtete mich auf und sah auf die Uhr, deren Ticken mir in der Stille des Moments so laut vorkam wie das Schlagen einer Kirchturmuhr. Sieben Uhr zehn an einem Sonntag im November.

Das Licht im Flur brannte noch, mein Vater hatte wohl die ganze Nacht hier gesessen. Ich blickte mich um. Nichts erschien mir ungewohnt. Das Telefon stand auf seiner Station, eine einzelne Jacke hing an der Garderobe, es roch vertraut nach Orange mit Zimt von einem Duftkranz aus getrockneten Zweigen und Orangenscheiben, der an der Innenseite unserer Haustür hing.

Mein Vater trug seine übliche Kleidung, Jeans, blaukariertes Hemd mit offenem Kragen, er mochte keine Krawatten. Darüber trug er sein Lieblingssakko aus Cord, das mit den beigekarierten Flicken an den Ellenbogen, seine Lesebrille steckte in der Brusttasche. Hatte er ausgehen wollen?

An den Füßen trug er seine Filzpantoffel. Vielleicht hatte er sich nur etwas zu trinken holen wollen, und da hatte der Tod auf der Treppe sitzend auf ihn gewartet. Eine seltsame Vorstellung: Du willst nur in die Küche gehen, und auf der Treppe sitzt der Tod und fordert dich auf, dich neben ihn zu setzen. Dann sagt er dir, dass er dich jetzt mitnimmt und du nichts dagegen machen kannst. Mein Vater sah jedenfalls so aus, als wäre er einverstanden gewesen.

Erst jetzt wurde mir klar, dass das nun alles keine Rolle mehr spielte. Ich setzte mich neben ihn auf die Stufe, stützte die Ellenbogen auf die Knie und legte mein Kinn in meine Hände. Ich starrte geradeaus. Die Zeit blieb stehen. Und ich mit ihr.

Der Todestag meines Vaters ist der bisher längste Tag in meinem Leben gewesen. Seitdem habe ich weder geschlafen noch gegessen, geschweige denn wahrhaft existiert. Die Zeit ist zu einem Vakuum geworden, gefüllt mit nichts.

Mein Vater ist an einem Herzstillstand gestorben. Gerade mal sechzig Jahre alt. Andere fangen in dem Alter nochmal ein neues Leben an.

Auch wenn er einen friedlichen Tod gehabt hat, so kann ich mich nicht mit dem Gedanken arrangieren, dass er nicht mehr da ist. Ist es nicht brachial, so früh zu sterben?

Aus der Sicht der Lebenden ist das Alter ein Gradmesser dafür, ob wir es als gerecht empfinden, dass jemand stirbt. Ist jemand erst vierzig, dann hat er doch noch sein ganzes Leben vor sich, könnte noch so viel machen, und wir empfinden es als ungerecht, dass er jetzt schon gehen muss. Wenn jemand mit neunzig stirbt, dann denken wir, das sei schon in Ordnung, derjenige hat ja sein Leben gelebt.

Für diejenigen, die zurückbleiben, kommt der Tod niemals zum richtigen Zeitpunkt. Sie müssen sich mit einer nie gekannten Leere auseinandersetzen, sehen sich plötzlich mit einer inneren Einsamkeit konfrontiert, aus der es kein Entrinnen gibt. Jeder tut das auf seine Weise.

Der eine fällt in sich zusammen, der andere strotzt, zumindest für eine Weile, vor Aktionismus.

Ich persönlich fühle mich jetzt als Waisenkind. Mein Vater war mein Seelenverwandter, bei allen Differenzen, die wir in letzter Zeit hatten. Bisher hat es noch keinen Menschen in meinem Leben gegeben, dem ich so vorbehaltlos vertraut habe wie ihm. Jetzt frage ich mich, wie das Leben ohne ihn funktionieren soll.

Dennoch, ich glaube, dass wir Lebenden den Tod und den Zeitpunkt, an dem er in welcher Art und Weise auch immer in unser Leben tritt, falsch beurteilen. Es ist eben genau die Situation, die wir nicht in der Hand haben, nicht beeinflussen können, die wir hinnehmen müssen, der wir mit der allseits bekannten und doch schwer umzusetzenden Demut vor dem Leben begegnen müssen. Und wir sind überzeugt, dass der Tod für denjenigen, der gestorben ist, zum falschen Zeitpunkt gekommen ist.

Wie können wir da so sicher sein? Vielleicht wäre der Neunzigjährige schon gern mit vierzig gestorben, um sich nicht jahrzehntelang mit einer schweren Krankheit herumzuquälen. Vielleicht wäre er gern als gutaussehender, dynamischer Mensch aus dem Leben gegangen anstatt als vom Alter gezeichneter Greis.

Mein Vater jedenfalls hat mit dem Älterwerden gehadert, mit dem körperlichen Verfall, den er zwar noch nicht massiv, aber dennoch als einschränkend empfunden hat. Mein Vater wollte immer der Held in meinem Leben sein, der Beschützer. Und als ich erwachsen wurde und alles, was ich anpackte, nicht zu Ende brachte, versuchte er immer wieder, mich aus dem Sumpf zu ziehen. Dabei hat er versäumt mir beizubringen, wie man das macht, was er mir vor Jahren riet. Wie man das macht, sich auf sich selbst zu verlassen.

Vielleicht war es richtig, dass ausgerechnet ich meinen Vater finden sollte. Vielleicht war es seine letzte Lektion für mich.

Wenn jemand stirbt, wie mein Vater stirbt, dann kommt die Kriminalpolizei, um festzustellen, ob auch alles mit rechten Dingen zugegangen ist.

Nachdem ich den ersten Schock zumindest ansatzweise überwunden hatte, hatte ich den Notarzt gerufen. Der wiederum hatte wenige Minuten später in unserem Flur gestanden, die Lage sondiert, unseren Hausarzt Dr. Brönner verständigt und die Polizei gerufen.

Brönner konnte nur noch den Totenschein ausstellen. Zeitgleich betrat ein Polizeibeamter in Zivil unser Haus. Er sah sich um und stellte mir ein paar Fragen, an die ich mich nicht mehr erinnere. Dann erklärte er mir, dass man die Leiche meines Vaters in die Gerichtsmedizin überstellen und obduzieren müsse. Erst wenn zweifelsfrei der natürliche Tod feststünde, würde man die Leiche freigeben. Dann kamen zwei Männer mit einem Metallsarg, trugen Vater aus dem Haus.

Ich rief Regina an, die an diesem Wochenende auf einem Seminar war, legte bald wieder auf, weil ich ihr stilles Leiden am anderen Ende der Leitung nicht ertrug.

Der Kriminaloberkommissar stand in der Tür und sah mich mitleidig an. Er erklärte mir den weiteren Verlauf der Ermittlungen und dass ich auch gern schon ein Bestattungsinstitut anrufen könne. Dann verabschiedete er sich.

Ich glaube, Brönner machte Tee für uns. Ich weiß noch, dass mich seine Anwesenheit erdrückte und ich ihm versicherte, er könne mich ruhigen Gewissens allein lassen. Er schien erleichtert und ging.

Vater hat mir vieles mitgegeben, was ich brauche, um durchs Leben zu kommen. Selbstbewusstsein, Vertrauen in das Gute, aber auch gesundes Misstrauen gegenüber dem weniger Guten und die nötige Fantasie, um aus einer unguten Situation das Beste zu machen. Beruflich bin ich ein hoffnungsloser Fall und wirtschaftlich vollkommen unselbstständig noch dazu. Aber der Tod scheint nun anzuordnen, was mein Vater nie geschafft hat: dass ich endlich erwachsen werden muss. Seltsam, wie sich das Leben wandelt, wenn der Tod es aus den Angeln hebt.

Kapitel 4

November 1989

Das Hochgefühl, das uns seit dem Erlebnis auf der Polizeiwache beflügelte, hielt auch noch an, als wir am nächsten Morgen den ersten Zug nach Berlin Lichtenhagen nahmen. Auf dem Bahnhof in Fürstenwalde herrschte hemmungsloses Gedränge. Ich krallte meine Finger in Sarahs Parka-Ärmel, um sie nicht zu verlieren. Mein Rucksack, gut gefüllt mit belegten Broten und einer Thermoskanne Tee, trug ich vor der Brust. Na wenigstens könnten wir in diesem Gedränge problemlos untertauchen, dachte ich. Nicht dass wir noch jemanden trafen, der uns hätte verraten können. In einer Kleinstadt wie Fürstenwalde kannte man sich, und ich wollte auf jeden Fall vermeiden, dass uns irgendwer bei den Eltern verpfiff.

Ich hatte meinen Fotoapparat um den Hals gehängt und hielt ihn mit der anderen Hand über meinem Rucksack fest.

Auf dem Trittbrett des Zuges ließ ich den Ärmel von Sarah los. Die Versuchung war einfach zu groß, ich musste diese Szene festhalten. Sarah verschwand schon im Zug, als ich mich umdrehte, um durch die Linse meiner Kamera die Menschenmassen zu fokussieren, die sich auf dem Bahnsteig drängten.

„Musst du ausgerechnet jetzt ans Fotografieren denken?", rief Sarah. „Los, komm rein, sonst verlieren wir uns noch."

„Gleich", antwortete ich, stellte erneut den Sucher scharf und drückte auf den Auslöser. Das war einer die-

ser Momente, der sich auf ewig in mein Gedächtnis ein-
brennen sollte und von dem das untrügliche Gefühl
ausging, dass er mein weiteres Leben auf einzigartige
Weise prägen würde. In diesem Augenblick war ich fasziniert davon, wie Menschen Geschichte schreiben können. Und ich war plötzlich Teil dessen. Herkunft und
Zugehörigkeit hatte ich bisher nur auf meine Familie,
meine Eltern und vielleicht noch meine Freunde bezogen. Doch an diesem Morgen wurde mir klar, dass Herkunft und Zugehörigkeit auch anders definiert werden
konnten.

Die DDR hatte Nationalstolz verordnet, und solange
es sie gab, hatten wir diesen oft nur vorgetäuscht,
pflichtbewusst auf den Kundgebungen zum ersten Mai
oder bei Sportveranstaltungen im Ausland. Doch jetzt,
im Angesicht des Untergangs dieses kleinen Landes empfand ich plötzlich mehr Stolz auf mein Land, auf das
Volk, zu dem ich gehörte, als je zuvor. Gemeinsam hatten wir die Freiheit erkämpft, und an diesem Morgen, in
diesem Moment auf dem Bahnsteig war ich Teil dieses
friedlichen Kampfes.

„Mädchen, jetzt mach endlich mal Platz", zischte jemand wütend, und ich wurde in ein Abteil geschoben.

Ich hatte Mühe, Sarah, die auf dem Gang weiter vor
mir war, nicht aus den Augen zu verlieren. Schließlich
kämpfte ich mich zurück auf den Gang hinaus und stand
irgendwann, dicht gedrängt zwischen Menschen, Taschen und Koffern, neben Sarah, als sich der Zug langsam in Bewegung setzte.

Die Reichsbahn war von dem Ansturm derart überfordert, dass wir während der gesamten Fahrt kein einziges Mal auf gültige Fahrscheine kontrolliert wurden.

„Das ist fast wie im Winter vierundvierzig, als wir vor den Russen fliehen mussten", sagte eine alte Frau, die einen der wenigen Klappsitze auf dem Gang ergattert hatte. „Damals wollten wir auch alle nach Westen."

„Nun ja", sagte ein älterer Herr, „daran scheint sich in den letzten vierzig Jahren nichts geändert zu haben."

Ein paar Fahrgäste lachten zurückhaltend über diesen zutreffenden Vergleich und sahen sich zugleich beschämt um. Schließlich konnte man ja nicht wissen, ob man nicht doch beobachtet wurde.

Ich saß inzwischen neben Sarah auf dem Boden und war eingenickt. Der Zug schaukelte im Schneckentempo dahin, und die Luft roch nach Ausdünstungen von schwitzenden Menschen in feuchten Winterjacken. Irgendjemand schob ein Fenster auf, um zu rauchen. Im Halbschlaf nahm ich kalten Zigarettenrauch wahr, der über den Gang zog.

Ich schob meine Nase in den Wollschal und fragte Sarah:

„Wie spät ist es?"

„Gleich dreiviertelzehn", antwortete sie und rappelte sich auf. Sie warf einen Blick aus dem Fenster.

„Ich bin nicht sicher, aber ich glaube, wir haben es bald geschafft."

„Wird auch Zeit", sagte ich.

Normalerweise benötigte der Zug gut eine Stunde zum Hauptbahnhof von Ostberlin. Doch dieser hier, so hatte man es schon am Bahnsteig durchgesagt, endete in Lichtenhagen. Von dort aus mussten wir uns mit anderen öffentlichen Verkehrsmitteln oder zu Fuß durchschlagen.

Wir hatten geplant, an einem unscheinbaren Nebenübergang die Grenze zu queren, also nicht gerade Bornholmer Straße oder Checkpoint Charly. In der Stadt war bestimmt die Hölle los und wir hofften darauf, dass man, ähnlich wie im Zug, nicht flächendeckend kontrollierte.

Genauer kannten wir nur den Grenzübergang in Staaken, von den Besuchen bei Sarahs Oma, die dort einen Schrebergarten hatte. Ich war ein paar Mal mitgefahren, wenn Sarah ihre Oma besuchte. Wir waren zu dritt zum Grenzübergang spaziert, hatten hinübergespäht und uns vorgestellt, wie es wohl wäre, einfach mal nach Westberlin zu gehen.

Dann hatte Sarahs Oma von den Besuchen bei ihrer Tochter in Westberlin erzählt. Als Rentnerin hatte sie auf offizielle Einladung ihrer Verwandtschaft in den Westen fahren dürfen. Ich hatte sie mal gefragt, was sie glaubte, warum man ausgerechnet Rentner rüber ließ, während alle anderen nur schwerlich, zumeist gar keine Reisegenehmigung bekamen. Sie hatte lachend geantwortet, dass die DDR vielleicht hoffte, dass sie drübenblieb, um die ohnehin spärliche Rente, die sie bekam, auch noch einzusparen. Dann hatte sie den Kopf geschüttelt und gemeint, diesen Gefallen würde sie dem Staat allerdings nicht tun. Sie habe es doch gut hier, und die Nähe zu Sarahs Familie sei ihr wichtiger als eine Freiheit, die sie mit niemandem teilen konnte.

Doch der Grenzübergang Staaken lag auf der anderen Seite der Stadt und kam für uns an diesem Tag nicht in Frage. Es würde viel zu lange dauern, sich dorthin durchzuschlagen. Wir mussten es woanders auf der Ostseite der Stadt probieren.

„Vielleicht finden wir ja irgendeine Stelle an der Mauer, durch die wir einfach so hindurchschlüpfen können", flüsterte Sarah. Auch sie hatte die Bilder im Fernsehen gesehen, wo Menschen ganze Mauerblöcke umwarfen und anschließend darauf tanzten.

„Das wäre mir auch das Liebste. Nicht dass die uns noch ewig filzen", antwortete ich.

Sarah zuckte mit den Schultern.

„Bei dem Chaos schauen die sicher nicht so genau hin." Dann grinste sie. „Außerdem, nach der Nummer, die du gestern bei der Polizei abgezogen hast, wird dir ja hoffentlich auch etwas einfallen, wenn die uns nicht rüber lassen wollen."

Ich bekam noch immer Gänsehaut, wenn ich an die Szene in der Polizeistation dachte. Was hätte da alles schiefgehen können! Woher ich den Mut genommen hatte, mich diesem Oberwachtmeister entgegenzustellen, wusste ich selbst nicht so genau.

Wirklich schwergefallen war mir jedoch, meine Eltern zu belügen. Auch wenn wir in den vergangenen Wochen immer wieder Streit gehabt hatten, weil ich, seit ich volljährig war, mehr meine eigenen Vorstellungen hatte durchsetzen wollen, so war das Verhältnis zu meinen Eltern doch immer ehrlich gewesen. Hinzu kam, dass meine Mutter unter einer besonderen Anspannung stand, bedingt durch die politischen Veränderungen.

Die Grenzöffnung löste eine riesige Unsicherheit unter uns aus. In der Schule bekam meine Mutter das als Lehrerin täglich zu spüren und hatte in den letzten Tagen oft gesagt, dass sie bald nicht mehr wisse, wie sie ihren Schülern das alles erklären solle. Sie unterrichtete zwar hauptsächlich Musik, aber uns Schüler interessierte nicht, welches Fach gerade anstand. Wir wollten Antworten. Und dann waren da die linientreuen Lehrer wie Wagner, die die Ereignisse nur als vorübergehende Missstände bezeichneten. Leute wie Adolf Wagner waren davon überzeugt, dass die Regierung bald ein Machtwort sprechen würde oder die Sowjets mit Panzern in Berlin einfahren würden, um die Verrücktgewordenen zur Vernunft zu bringen.

Wenn ich meiner Mutter nun gesagt hätte, dass ich mit Sarah ausgerechnet nach Westberlin fahren würde, wäre sie vor Sorge um uns gestorben.

Meine Familie hatte keinerlei Bezug zum Westen. Die Bundesrepublik war für uns ein unbekanntes Land mit einer unbekannten Lebensweise. Ich wusste, genau das machte meinen Eltern Angst. Mein Vater arbeitete in einer staatlichen Behörde, und wenn die DDR wirtschaftlich wirklich so marode war, wie Marc es im Sommer behauptet hatte, wäre er womöglich bald arbeitslos. Aber vielleicht hatte ich mich gerade deshalb von Sarah dazu überreden lassen, mit nach Westberlin zu fahren. Ich wollte mir selbst ein Bild vom Leben im Westen machen.

„Das war doch nur Glück", sagte ich jetzt, „wenn dieser Junge die Akten nicht hätte fallen lassen, säßen wir vermutlich jetzt noch in einer Zelle."

„Ja, aber du warst ganz schön taff, das muss ich sagen. So kannte ich dich bisher überhaupt nicht."
Ich lächelte meine Verlegenheit weg.

In Lichtenberg endete der Zug, und wir ließen uns mit den Menschenmassen Richtung Westen treiben. Irgendwann erreichten wir die Mauer, und die Frage nach dem passenden Grenzübergang hatte sich schnell erledigt. Den ganzen Grenzwall entlang drängten sich die Leute, und an einigen Stellen waren tatsächlich erste Betonblöcke herausgebrochen worden. Der unüberwindbare antifaschistische Schutzwall war über Nacht zu einem Schweizer Käse mutiert.

Wir schlüpften durch ein Loch in der Mauer und wurden auf der anderen Seite von wildfremden Menschen umarmt. „Wahnsinn, das war ja irre einfach", rief Sarah und hüpfte übermütig herum.

Und dann riss sie mich mit sich, obwohl ich noch gar nicht fassen konnte, dass wir auf Westberliner Boden standen.

Ich machte ein paar Fotos von den lachenden Gesichtern völlig fremder, haltlos fröhlicher Menschen. Dann bat ich einen Mann, ein Bild von Sarah und mir zu machen, und wir rissen freudig die Arme hoch, umarmten uns und tanzten auf dem Bürgersteig, während der Mann uns fotografierte. Ich nahm meinen Fotoapparat wieder an mich, und wir zogen los.

„Komm", sagte Sarah, „wir suchen uns jetzt erst mal eine Bankfiliale."

„Aber wie sehen die hier denn aus?", fragte ich.

„Keine Ahnung", antwortete Sarah, „wir werden schon eine finden."

Wir waren mitten in Berlin Kreuzberg gelandet und konnten unser Glück kaum fassen. Auch fanden wir bald die Filiale einer Bank, vor der sich bereits eine dichte Menschentraube gebildet hatte.

„Wie gut, dass wir gelernt haben, Schlange zu stehen", sagte ich. „Im Westen scheint das auch nicht anders zu sein."

Nach etwa einer halben Stunde kamen wir endlich dran, und die Bankangestellte lächelte uns freundlich über den Rand ihrer Lesebrille hinweg an, nahm unsere Pässe entgegen und stempelte schwungvoll einen Vermerk über ausgezahltes Begrüßungsgeld hinein.

„Genau wie bei uns, Stempel und Unterschriften, wohin man auch kommt", flüsterte Sarah. Die Bankangestellte blickte kurz hoch und nahm dann zwei Hundert-D-Mark-Noten aus ihrer Kasse.

„Leider habe ich nur noch große Scheine", sagte sie, „dafür aber druckfrisch."

„Das macht gar nichts", winkte Sarah ab. „Sie können sich gar nicht vorstellen, wie glücklich wir sind, dass Sie überhaupt noch Geld in Ihrer Kasse haben."

Die Bankangestellte nahm ihre Brille von der Nase und sah uns mit einem Lächeln an.

„Oh doch", antwortete sie, „das kann ich mir sogar sehr gut vorstellen. Sie glauben ja gar nicht, wie viel Jubel ich hier heute schon erlebt habe."

Ich beobachtete unterdessen die ganzen Leute, die in die Bank strömten. Noch nie hatte ich so viele gut gelaunte Mienen auf einmal gesehen.

„Möchten Sie vielleicht noch was zum Naschen?", fragte mich die Bankangestellte höflich, und ich nahm mir ein grünes, in Cellophan eingewickeltes Bonbon aus der mir angebotenen Schale. Campino stand auf der

Folie. Diese Bonbons kannte ich. Sarahs Oma hatte mir mal eine Tüte aus dem Westen mitgebracht, und ich hatte einen Teil der bunten Dinger gegen Sammelbildchen und Abziehbilder eingetauscht.

„Greifen sie nur ordentlich zu, ich habe noch mehr davon", forderte die Frau mich auf, und ich griff noch einmal in die bunte Schale, um mir ein rotes Bonbon zu nehmen.

„Nur nicht so bescheiden", sagte die Frau, stellte die Schale ab und griff selbst hinein.

„Hier, nehmen Sie!" Damit drückte sie mir eine ganze Ladung Bonbons in die Hand.

Als wir wieder draußen auf der Straße standen, nieselte es. Ich starrte auf die vielen Bonbons in meiner Hand, als überlegte ich, wie viele Abziehbilder ich wohl dafür bekommen könnte, als mich ein Fremder anrempelte.

„Nu guck nicht so, Mädchen", rief dieser angesichts des schillernden Häufchens in meiner Hand und nahm sich ein gelbes Bonbon.

„So bunt und süß ist der Westen, freu dich!"
Dann winkte er mir mit seinem druckfrischen Hundert-D-Mark-Schein zu und verschwand in der Menge.
Ich sah ihm nach und verstaute die Bonbons in meiner Jackentasche.

„Für später. Muss man sich doch einteilen", sagte ich zu Sarah und zuckte mit den Schultern.
Die grinste, wickelte ein Bonbon aus und steckte es sich in den Mund.

„Ich glaub, der Typ hat Recht", sagte sie, „der Westen schmeckt wirklich süß. Aber das wussten wir ja schon, oder?"

Dann hakte sie sich bei mir unter.

„Los komm, auf zum Ku´damm."

Wie wir schließlich dorthin gelangt waren, wussten wir später nicht mehr so genau. Nun bestaunten wir die Leuchtreklamen, die den gesamten Kurfürstendamm in der nachmittäglichen Novemberdämmerung in ein schillerndes Farbenmeer verwandelten. Die Straßen waren voller Menschen, und wir schafften es kaum, einen Blick in die vielen Schaufenster zu werfen, so ein Gedränge herrschte überall. Bananen und Orangen waren an den kleinen Obstständen längst ausverkauft. Schließlich retteten wir uns vor der nassen Kälte mit Hunderten anderen ins KaDeWe. In den Auslagen glitzerten teure Uhren und Parfumflakons, und ich zeigte auf die Preisschilder.

„Hast du gewusst, dass der Westen so teuer ist? Ich fürchte, da werden wir mit unseren hundert Westmark nicht weit kommen."

„Egal", meinte Sarah, „es reicht mir schon, diese ganze Pracht mal zu sehen. So was gibt es bei uns nicht mal im *Exquisit.*"

Wir fuhren mit der Rolltreppe von einem Stockwerk zum nächsten. Immer wieder nahm ich meinen Fotoapparat zur Hand. Dabei achtete ich genau darauf, eine gute Perspektive zu finden, um ja kein Bild zu verschwenden. Jedes Foto musste einmalig werden. Schließlich kosteten die Filme eine ganze Stange von meinem Taschengeld.

Irgendwann hatten wir alle Etagen des KaDeWe besichtigt. Zu guter Letzt waren wir in der Feinkostabteilung gelandet und bestaunten Kuchen und Pasteten, deren Namen wir noch nie gehört hatten, geschweige denn wussten, wie eine Mango-Sahnetorte oder eine Trüffelpastete schmeckten.

„Egal", sagte Sarah beim Anblick winziger Petits Fours in rosa und mintgrünem Zuckerguss, „wir haben ja noch etwas von unseren Leberwurststullen übrig. Davon wird man wenigstens satt."

Wir fuhren mit der Rolltreppe wieder ins Erdgeschoss und streiften an den Auslagen mit Uhren und Schmuck entlang. An einem Drehständer mit Modeschmuckketten blieb Sarah stehen.

„Guck mal", sagte sie und zeigte auf Kettenanhänger, die an Lederbändern hingen. Es waren silberne Kraniche, in deren Körpermitte jeweils ein kleiner Bernstein eingelassen war. Die Kraniche reckten Kopf und Schnabel in die Höhe und hatten ein Bein leicht angewinkelt.

Beim Anblick der Kettenanhänger musste ich sofort an meine letzte Tour durch den Wald denken. Dieser verregnete Sommertag schien ewig her, beinah kam es mir vor, als habe er in einem anderen Leben stattgefunden.

„Die sind wunderschön", sagte ich.

„Was meinst du? Sollen wir uns zwei kaufen, als Erinnerung an den heutigen Tag?", fragte Sarah mit einem Blick auf das Preisschild, demzufolge die Anhänger fünfzehn Mark kosteten.

„Aber die sind doch viel zu teuer", antwortete ich. „Wir sollten unser Geld für Sinnvolleres ausgeben."

Sarah drehte einen der Anhänger hin und her, in dessen Bernstein sich die Neonlichter der Verkaufsstände widerspiegelten.

„Du liebst doch diese Vögel", sagte sie. „Komm schon, das wird das Symbol für unsere Freiheit, die wir uns so hart erkämpft haben." Sie grinste, und ich vermutete, dass sie damit die Aktion vom Vortag bei der Polizei meinte.

„Ja, die sind schon sehr schön, das stimmt", sagte ich zurückhaltend. „Aber trotzdem, wir müssen sparsam sein."

„Aber nicht heute", sagte Sarah, „heute ist der Tag der großen Freiheit, und die Anhänger werden uns immer daran erinnern."

Sie griff nach zwei der Ketten, die sich nur in der Schattierung des Bernsteins unterschieden.
Ich legte meine Hand auf Sarahs Arm.

„Okay, wir machen es", sagte ich, „aber nur unter einer Bedingung."

„Und die wäre?", fragte Sarah.

„Ich kaufe dir eine Kette, und du kaufst mir eine", sagte ich.

„Einverstanden", sagte Sarah und besah noch einmal prüfend die beiden Anhänger. Dann wählte sie einen aus, dessen Bernstein etwas gelblicher schimmerte als der andere und reichte ihn mir.

„Ich nehme den", sagte sie. Dann hielt sie den anderen Anhänger hoch, dessen Bernstein mehr ins Orange ging. „Und den schenke ich dir."

Als ich an der Kasse meinen Einhundertmarkschein aus dem Brustbeutel nahm, wurde mir ganz feierlich zumute. Zum ersten Mal in meinem Leben bezahlte ich mit Westgeld, und bei genauerer Betrachtung waren einhundert Mark ja doch gar nicht so wenig Geld.

„Soll ich die Ketten einpacken?", fragte die Kassiererin.

„Nein", antworteten wir beide wie aus einem Mund, nahmen die Ketten an uns und traten neben die Kasse. Dann wendeten wir uns einander zu wie bei einem gegenseitigen Versprechen. Die Geschäftigkeit um uns herum blendete ich für einige Sekunden aus, während Sarah mir die Kette über den Kopf streifte.

„Auf ewige Freundschaft, egal was kommt", sagte sie. Dann neigte sie mir ihren Kopf entgegen, damit ich ihr die andere Kette umhängen konnte.

„Auf die große Freiheit, egal was kommt", ergänzte ich und schlang die Arme um Sarahs Hals.

„Danke, dass du mich überredet hast, mitzufahren", sagte ich.

„Jetzt lass das Getue", sagte Sarah verlegen. „Lass uns lieber sehen, wie wir hier rauskommen. Ich habe genug vom westdeutschen Konsum."

Ich fingerte nach meinem Anhänger, spürte, wie das Silber meine Körperwärme annahm. So viel Glück an einem einzigen Tag, ich konnte es kaum fassen.

Es dämmerte bereits, als wir auf die regennass glänzende Straße traten, doch noch immer schoben sich die Menschenmassen über den Ku´damm, als gäbe es kein Morgen, als wäre diese Straße, diese Stadt der einzige Platz auf der Welt, wo es sich zu sein lohnte.

In einem überdachten Hauseingang stellten wir uns unter, und ich zog die Thermoskanne aus meinem Rucksack. Doch als ich mir einen Schluck einschenken wollte, stellte ich fest, dass die Kanne so gut wie leer war. Auch von den belegten Stullen war nur noch eine übrig, die ich nun redlich mit Sarah teilte.

„Ich denke, dass wir uns langsam auf den Nachhauseweg machen sollten", sagte ich.

Sarah nickte.

„Die Frage ist nur, wie?" Sie suchte einen Anhaltspunkt in der Umgebung. "Wo hier wohl der nächste Bahnhof ist?"

Ich trat aus dem Hauseingang und studierte die Straßenschilder.

„Selbst wenn wir den finden", sagte ich, „keine Ahnung ob wir überhaupt einen Zug nach Hause kriegen. Ganz abgesehen davon, dass wir bei diesen Menschenmengen Stunden brauchen werden, um überhaupt irgendwo hinzukommen."

„Na großartig", sagte Sarah, „unsere erste Nacht im Westen, und wir schlafen unter einer Spreebrücke. Das geht ja schon gut los hier im Kapitalismus."

Ich sah das Blitzen in ihren Augen. Wie mochte ich ihre flapsig dramatische Art. Sie war ein wunderbarer Gegensatz zu der mir eigenen Ernsthaftigkeit. Doch jetzt war auch ich zum Scherzen aufgelegt.

„Immerhin haben wir dem Klassenfeind zweihundert Westmark abgetrotzt", sagte ich.

„Das ist doch schon mal was", sagte Sarah.

Wir waren immer noch in einer feierlichen Hochstimmung, aber gleichzeitig auch müde und erschöpft. Meine Beine schmerzten vom vielen Herumlaufen, und ich empfand das Gedränge um mich herum zunehmend als anstrengend. Dagegen wirkte Fürstenwalde wie ein friedlich schlummerndes Nest, dessen Einwohner wussten, wie man sich vor dem Weltgeschehen verstecken konnte.

„Was jetzt?", fragte Sarah, deren Begeisterung nach wie vor ungebrochen schien.

„Erst mal raus aus dem Trubel", sagte ich. „Lass uns da vorn abbiegen, und dann fragen wir in einem Geschäft nach dem Weg zum nächsten Bahnhof."

Wir verließen den schützenden Hauseingang, schoben uns bis zur nächsten Straßenecke vor und bogen in eine ruhige Seitenstraße ab.

Direkt an der Ecke war ein Zeitschriftenladen, und ich blieb vor dem Schaufenster stehen. Aus den Augenwinkeln hatte ich einen Schriftzug wahrgenommen, dessen Wortlaut eine Erinnerung in mir wachrief.

National Geographic stand da in großen Buchstaben. *Jetzt die neue Ausgabe kaufen.* „Kanadas Bären" lautete der Titel. Auf dem gelbgeränderten Titelblatt des Heftes war die beeindruckende Aufnahme eines Schwarzbären zu sehen, der sich auf seinen Hinterläufen aufgerichtet hatte.

„Na, Frau Tierfotografin", sagte Sarah, „inspiriert?"
Ich konnte den Blick nicht von dem Foto abwenden.

„Eines Tages will ich auch so was machen", sagte ich.

„Die Chancen stehen gar nicht so schlecht dafür", sagte Sarah, „schließlich sind die Grenzen jetzt offen, und wer weiß, vielleicht fliegen wir tatsächlich irgendwann mal nach Amerika."

„Kanada", sagte ich.

„Ach, das ist doch alles dasselbe", sagte Sarah.

„Ist es nicht", sagte ich und hob gleich die Hand.
„Sag jetzt nicht Klugscheißerin!"

Sarah warf mir einen eindeutigen Blick zu, deutete auf sich und schüttelte dann den Kopf.

„Möchtest du reingehen und das Heft durchblättern?", fragte sie.

„Ich weiß nicht", antwortete ich, „ich möchte nicht noch mehr Geld ausgeben."
Trotzdem lugte ich durch die Fensterscheibe.

„Ich glaube, der Laden hat schon zu."
Als wir zur Eingangstür des Ladens gingen, sahen wir, dass dort auf den Stufen ein Mann lag und schlief. Er hatte sich in einen schmutzigen Schlafsack eingerollt und seine Füße in einen Pappkarton geschoben.

Schockiert von der Erkenntnis, dass in einem derart reichen Land tatsächlich Menschen auf der Straße leben mussten, sehnte ich mich mit einem Mal doch nach Zuhause.

„Los, komm, wir verschwinden!", sagte ich.
Wir gingen die Seitenstraße entlang, und um uns herum herrschte plötzlich eine gespenstische Stille.

Dunkle Häuserfluchten erstreckten sich zu beiden Straßenseiten, an deren Rändern Autos parkten. In den regennassen Karosserien spiegelte sich das Licht der Straßenlaternen, die lange Schatten auf den Asphalt warfen. Es schien, als seien wir aus einem glitzernden Märchen zurückgefallen in den kalten Gegenwartsnovember, wie Aschenputtel um Mitternacht.
Auf der anderen Straßenseite entdeckte ich einen Laden.

„Da drüben brennt noch Licht. Dort fragen wir nach dem Weg."

Wir überquerten die Straße und warfen einen Blick in die Auslagen des Geschäfts, das Hüte, Schals und Mützen anbot. Die Türglocke klingelte leise, als wir eintraten und feststellten, dass wir die einzigen Kunden waren.

Eine ältere Dame, bestimmt schon an die siebzig, kam aus einem Hinterzimmer. Sie trug einen karierten Faltenrock und eine elfenbeinfarbene Bluse mit Rüschen an Kragen und Ärmelenden. Ungelenk schob sie sich ein wollenes Dreieckstuch von den Schultern und legte es hinter den Verkaufstresen.

Wir strichen an den Regalen mit farbenfrohen Schals, Mützen und eleganten Hüten entlang.

„Sieh mal, den hier", rief Sarah und zeigte auf einen weißen Hut mit einer riesigen Stoffrose an der Krempe. „Wer trägt denn so etwas?"

„Ich zum Beispiel, wenn ich sonntags auf die Trabrennbahn gehe", sagte die Dame hinter dem Tresen.

„Pferderennen?", fragte Sarah und drehte sich begeistert zu mir um. „Da könnten wir doch unser Begrüßungsgeld beim Wetten verdoppeln."

Ich hörte nur mit halbem Ohr hin. Mein Blick war an einem grünen Schal hängengeblieben. Die behagliche Wärme im Laden tat mir gut und weckte neue Lebensgeister in mir.

„Darf ich den mal anfassen?", fragte ich.

„Selbstverständlich", antwortete die Verkäuferin. Ich zog meine Handschuhe aus und strich mit den Fingerspitzen über den feinen Wollstoff.

„So weich wie das Fell einer jungen Katze", sagte ich.

„Das ist echte Kaschmirwolle", sagte die Verkäuferin. „Ich muss sagen, du hast einen guten Geschmack."

„Die Schals, die meine Mutter immer strickt, kratzen wie noch mal was", sagte ich und lockerte meinen Wollschal, als sei es mir eben wieder besonders aufgefallen. Dann legte ich die Hand abermals auf den Kaschmirschal. „Aber der hier ist wirklich fantastisch."

„Seid ihr von weit her?", fragte die Verkäuferin.

„Wir kommen aus Fürstenwalde", erklärte ich, „das liegt nur eine Zugstunde von hier entfernt. Doch nach dem, was wir heute hier gesehen haben, kommt es uns vor, als kämen wir von einer fernen Galaxie."

„Das kann ich mir gut vorstellen", antwortete die Verkäuferin mit ernstem Gesicht. „Ihr seid bestimmt erschöpft."

„Sieht man uns das so sehr an?", fragte ich und zog mir die Mütze vom Kopf.

Die Verkäuferin schob einen Hocker hinter dem Tresen hervor.

„Hier, setzt euch", forderte sie uns auf. „Ich habe gerade Tee aufgebrüht."

Sie verschwand im Hinterzimmer, und ich ließ mich auf den Hocker sinken. Sarah betrachtete weiterhin die Auslagen und war geradezu hingerissen von all den verrückten Hutkreationen, die auf durchsichtigen Schaufensterpuppenköpfen saßen.

Die Verkäuferin kam mit einem Tablett zurück, drei dampfende Teegläser, ein Milchkännchen und eine Zuckerdose darauf. Sie stellte alles auf den Verkaufstresen.

„Wie trinkt ihr euren Earl Grey?", fragte sie.

„Unseren Örl was?", fragte Sarah und drehte sich um.

Die Verkäuferin blickte sie an.

„Earl Grey?" Dann begriff sie. „Ihr kennt doch schwarzen Tee?"

„Ach so, Schwarztee. Ja klar." Sarah nickte heftig. „Na ja, eigentlich trinken wir meistens Hagebutte oder Pfefferminze."

„Also dann probiert ihn doch mal mit Milch. Ich finde, dann kommt die Zitrusnote des Tees noch besser raus."

Die Verkäuferin goss Milch in die Teegläser und reichte sie uns.

„Superlecker", sagte Sarah, nachdem sie vorsichtig genippt hatte, „so was habe ich noch nie getrunken."

Ich beugte mich über mein Glas, pustete den Dampf weg und nippte ebenfalls.

„Und?", fragte die Verkäuferin.

„Herrlich", antwortete ich höflich, „und so schön heiß."

Ich schloss die Augen und atmete kurz durch. Der heiße Tee wärmte nicht nur meine Hände, sondern auch meinen leeren Magen. Ich trank noch weitere Schlucke und fühlte mich langsam besser. Ich linste zu dem dunkelgrünen Kaschmirschal hinüber. Noch immer fasziniert davon, dass es offensichtlich Wolle gab, die nicht kratzte. 89,99 stand auf dem Preisschild. Gab es tatsächlich Leute, die so viel Geld für einen Schal ausgaben?

Die Verkäuferin war meinem Blick gefolgt.

Sie griff nach dem Schal und reichte ihn mir.

„Möchtest du ihn vielleicht mal anprobieren? Da drüben ist ein Spiegel."

Ich sah zu Sarah, die mir auffordernd zunickte.

Dann wickelte ich mich aus meinem Parka, legte meinen Wollschal ab und zog den Pullover aus. Im V-Ausschnitt meiner Bluse lag der neue Kranichanhänger, als gehöre er da schon immer hin. Ich schlang mir den Schal um den Hals und betrachtete mich im Spiegel.

Meine braunen Locken standen wie üblich ungeordnet um meinen Kopf, aber der Blick in den Spiegel befremdete mich. Zum ersten Mal an diesem Tag realisierte ich, dass sich etwas verändert hatte. Und damit meinte ich nicht die Welt um mich herum. Die Veränderung war in mir selbst vorgegangen, und in dem Moment, da ich den Schal umlegte, trat sie zutage.

Mein ahnungsloses Ich, das an diesem trüben Novembermorgen in Fürstenwalde in einen Zug gestiegen war, gab es nicht mehr. Ich war jetzt eine Wissende, denn ich hatte die Freiheit entdeckt. Die Freiheit, entscheiden zu dürfen.

Wer wollte ich sein? Wie wollte ich über die Dinge denken, die ich heute erlebt hatte?

Erst jetzt wurde mir klar, dass ich diese Wahl, diese Form des freiheitlichen Denkens zuvor vermisst hatte. Ich hatte es nicht benennen können, doch mit dem Übertritt nach Westberlin hatte ich nicht nur eine physische, sondern auch eine innere Grenze überschritten. Mein begrenztes Wissen, was war erlaubt, was nicht, was war möglich, was nicht, schien jetzt um grenzenlose Möglichkeiten erweitert zu sein.

„Das Grün steht dir hervorragend, es passt gut zu deinen Augen", sagte die Verkäuferin. Sie war charmant und zuvorkommend, vermittelte mir das Gefühl, einen guten Geschmack zu haben. Das schmeichelte mir.

Von Zuhause kannte ich das nicht. Wenn wir dort in die *Jugendmode* gingen, waren wir alle gleich. Wir mussten froh sein, überhaupt etwas zum Anziehen kaufen zu können, und die Verkäuferinnen dort interessierten sich nicht für ihre Kundschaft.

Ich schob meine Nase in den kuscheligen Schal, vergrub meine Hände in der Wolle und schloss die Augen. Der grüne Kaschmirschal avancierte zu einem Sinnbild, dem Sinnbild meiner persönlichen Freiheit.

„Arbeiten Sie schon lange hier", fragte Sarah die Verkäuferin.

„Seit vierzig Jahren", antwortete diese. „Das Geschäft gehört mir."

Sarah nickte verlegen. „Bei uns gibt es das nicht, ich meine, dass Läden jemandem gehören, außer dem Friseurladen von Jennys Eltern. Die haben den schon von den Großeltern übernommen."

„Ich habe das Geschäft von meinem Vater übernommen, war damals schon dreißig und immer noch unverheiratet. Männer gab es ja so gut wie keine, die meisten waren im Krieg geblieben oder versehrt zurückgekommen. Meine jüngere Schwester war schon verheiratet, doch mein Schwager hatte kein Interesse an dem Laden. Also konnte ich meinen Vater überreden, das Geschäft mir zu übergeben."

Die Ladenbesitzerin wandte sich wieder an mich.

„Der Schal gefällt dir, das sehe ich dir an. Und er steht dir ungemein. Soll ich ihn dir einpacken?"

Ich zog tatsächlich einen winzigen Moment lang in Betracht, den Schal zu kaufen. Die Verlockung war groß und die Möglichkeiten, das wenige Geld schnell auszugeben, unbegrenzt.

Doch mir wurde klar: Ich war verantwortlich für das, was ich entschied. Dieser Obdachlose etwa, der auf der

Straße schlafen musste, hatte vielleicht nicht so genau hingesehen, hatte vielleicht seine Wahl verspielt, ob eigen- oder fremdverschuldete sei dahingestellt, vielleicht hatte er auch nie eine Wahl gehabt. Ich würde lernen müssen, abzuwägen, und ich würde vor allem lernen müssen, mich nicht blenden zu lassen. Das Privileg eigener Entscheidung war untrennbar mit dem Prinzip der Eigenverantwortung verbunden.

Ich hatte nur noch fünfundachtzig Westmark im Brustbeutel, und die Sache lag klar auf der Hand. Ich seufzte, wickelte mich aus dem Schal und gab ihn der Dame zurück.

„Der ist wirklich wunderschön, vielen Dank. Aber um ehrlich zu sein, ich kann ihn mir einfach nicht leisten."

„Und wenn ich dir von meinem Geld etwas dazu gebe?", fragte Sarah. „Du kannst ihn mir ja dann ab und zu leihen. Kriegst auch mein *Palli*-Tuch dafür."
Da war sie erneut, die Verlockung. Ich schüttelte den Kopf.

„Nein", sagte ich entschlossen.
Ich griff nach meinem Teeglas und trank es in einem Zug aus. „Ihr Tee, gnädige Frau, schmeckt ganz wunderbar, vielen Dank!", sagte ich. „Und seien Sie bitte nicht böse, wenn ich den Schal nicht kaufe, aber das Begrüßungsgeld ist das einzige Westgeld, das wir haben."
Die Ladeninhaberin wirkte keineswegs enttäuscht, im Gegenteil.

„Du musst dich nicht entschuldigen. Wenn man wenig hat, ist es nur vernünftig, genau zu überlegen, wofür man es ausgibt."
Dann kam mir eine Idee.

„Aber vielleicht darf ich ein Foto machen, ich meine mit dem Schal?", fragte ich und kramte meinen Fotoapparat aus dem Rucksack. Auf diese Weise würde mir der Schal wenigstens in Erinnerung bleiben. Mein erstes Stück echt gefühlter Westen.

„Es ist zwar nur ein Schwarzweißfilm drin, aber eine schöne Erinnerung ist es trotzdem", sagte ich.

Die Ladenbesitzerin schaltete eine zusätzliche Stehlampe neben dem Spiegel ein und drapierte mir den Schal sorgfältig um den Hals. Dann nahm sie mir den Fotoapparat ab und blickte durch den Sucher. Plötzlich ließ sie den Apparat sinken.

„Warte, ich habe eine Idee."

Sie legte die Praktika auf den Tresen, verschwand im Hinterzimmer und kam kurz darauf mit einem anderen, merkwürdig klobigen Fotoapparat zurück.

„Mein Neffe hat sich kürzlich diese Polaroid gekauft und sie hier vergessen. Dieses Ding macht Farbbilder, und die kommen sofort aus dem Apparat, eine fantastische Erfindung."

Sie drehte den Fotoapparat hin und her.

„Es ist ganz einfach, er hat es mir gezeigt."

Ich trat näher heran und betrachtete den Apparat. Ein viereckiger Kasten mit einer Art Schacht unterhalb des Objektivs, aus dem vermutlich die Bilder herauskamen. Unglaublich, ein Foto im Handumdrehen, dass es so etwas gab?

„Ich glaube, sie müssen hier drücken", sagte ich, zeigte auf einen Knopf und drückte vorsichtig drauf. Sofort sprang etwas heraus, ich schreckte zurück. Doch nun konnte man durch einen Sucher blicken.

„Ah ja, ich erinnere mich", sagte die Ladeninhaberin, „und dann muss man hier den Auslöser drücken. Jetzt kenn ich mich wieder aus."

Sie dirigierte mich erneut vor den Spiegel.

„Na, dann stell dich mal dort hin!"

Sie blickte durch den Sucher und ließ die Kamera wieder sinken.

„Es soll doch eine mondäne Aufnahme werden, oder?"

„Mondän?", fragte ich und wusste nicht so genau, was sie meinte.

„Sieh her", sagte die Ladenbesitzerin und posierte neben mir vor dem Spiegel.

„Du trägst ein elegantes Kleidungsstück, das dir gut steht. Und das soll man dir auch ansehen."

Mit dem Zeigefinger schob sie mein Kinn nach oben wie bei einem Modell.

„Kopf hoch, langer Hals, Augen auf. So machen wir das bei uns im Westen. Man zeigt, was man hat."

Das alles war verrückt, und ich kam mir lächerlich vor. Sarah kicherte und griff nach einem ausladenden Schlapphut und setzte ihn auf. Dann stellte sie sich neben mich vor den Spiegel, klimperte mit den Augen und sagte:

„Ich weiß gar nicht, was du hast, Katja, das ist doch total einfach."

„Also gut", sagte ich, „ich versuche es."

Ich schob Sarah zur Seite und begann damit, mich vor dem Spiegel hin und her zu drehen, stemmte die Hände in die Hüften und betrachtete mich von oben bis unten. Eine Haarsträhne fiel mir in die Stirn, wippte vor meinem Auge hin und her. Ich pustete dagegen und drehte mich zur Kamera.

Die Ladeninhaberin blickte erneut durch den Sucher der Polaroid, und plötzlich klickte und surrte etwas. Wenige Sekunden später kam der Abzug heraus.

„Sehr gut", sagte die Dame, zog das Foto aus dem Schacht und legte es auf den Tresen. „So wird ein Schuh draus, das gefällt mir. Ich mache gleich noch ein Bild." Und die Kamera klickte wieder und wieder.

Sarah schien das Ganze mächtig zu amüsieren, und ich sah aus den Augenwinkeln, wie sie nach meiner Praktika griff. Das Ganze begann mir Spaß zu machen.

Ich drehte mich seitlich zum Spiegel, sah hinein, blendete aus, was um mich herum passierte und nahm doch das leise Klingeln der Türglocke wahr. Ein Mann mittleren Alters betrat den Laden und zog sich die Mütze vom Kopf. Sein blondes wirres Haar leuchtete im Neonlicht. Er sah zu mir herüber, und unsere Blicke trafen sich im Spiegel.

Er betrachtete mich ganz unverhohlen, dann nickte er mir anerkennend zu. Schüchtern schob ich das Kinn wieder in den Schal. Der Mann räusperte sich.

Die Ladenbesitzerin, die eben noch konzentriert Fotos von mir gemacht hatte, drehte sich um.

„Daniel", rief sie eine Terz höher, „ich habe dich gar nicht hereinkommen hören."

Sie lief auf den Mann zu und umarmte ihn. Er küsste sie auf die Wange und blickte dabei an ihr vorbei weiterhin in meine Augen, als wolle er den Blickkontakt auf keinen Fall abreißen lassen. So zumindest kam es mir vor.

„Tantchen", sagte er lässig, „wie ich sehe, hast du dich mit meiner neuen Kamera vertraut gemacht."

Seine Augen reflektierten das Deckenlicht, und Lichtpunkte tanzten in seinen Pupillen. Ich kannte den Mann überhaupt nicht, und doch zog sein Blick mich magisch an und gab mir auf Anhieb das Gefühl, ihm vertrauen zu können.

Er zwinkerte mir zu.

„Was treibt ihr denn hier?", fragte er, „Und wer sind diese charmanten jungen Damen?"

„Darf ich vorstellen", sagte die Ladeninhaberin, „das ist mein Neffe Daniel."

Jetzt kam er direkt auf mich zu und reichte mir die Hand.

„Freut mich sehr", sagte er. Sein Händedruck war entschlossen, aber nicht zu fest. Kleine Fältchen umspielten seine Augen. Mit der freien Hand fuhr er sich durchs Haar, ohne dass es sich ordnete.

„Ich heiße Katja", sagte ich und starrte ihn an, immer noch fasziniert von seinen Augen. Er zögerte, meine Hand loszulassen. Obwohl er von draußen kam, waren seine Finger warm. Er wirkte auf mich wie ein Mann, der wusste, was er wollte.

„Katja also", sagte er.

Noch immer hielt er meine Hand, und ich genoss diese unsichtbare Energie, die durch die spontane körperliche Berührung unserer Hände in mich hineinfloss. Ein seltsames Gefühl, ein Gefühl, dass ich so noch nie gegenüber einem Fremden verspürt hatte. Hätte ich den Moment bildhaft beschreiben müssen, wäre es ein Sonnenstrahl gewesen, der am frühen Morgen durch ein dichtes

Blätterdach bricht und einen Lichtfleck auf den Waldboden zeichnet.

Während Sarah sich ihm vorstellte, bat ich ihn mit meinem Blick, bei mir zu bleiben. Doch Daniel blinzelte und ließ meine Hand los. Ich spürte noch immer seine Wärme, als er sich zu Sarah umdrehte, die ihm sogleich erklärte, was wir hier machten.

„Dabei wollten wir eigentlich nur nach dem Weg zum nächsten Bahnhof fragen", ergänzte sie dann.

„So ist sie, meine Tante Elli, die perfekte Gastgeberin", sagte Daniel.

„Nun, da es so gemütlich ist" sagte Elli, "was machen wir mit dem angebrochenen Abend? Ich habe eigentlich längst geschlossen, ich war nur noch hier, weil ich die Abrechnung machen wollte."

Widerwillig aber endgültig fiel ich aus dem intimen Moment heraus, legte den grünen Schal auf den Verkaufstresen und griff nach meinem Pullover. Dabei warf ich einen Blick auf die Fotos und erkannte mich kaum wieder. War das wirklich ich auf den Bildern? Daniel trat neben mich. Obwohl er mich nicht im Geringsten berührte, spürte ich seine Wärme an meiner ihm zugewandten Seite.

„Sie sind sehr fotogen", sagte er.

„Finden Sie?", fragte ich. „Eigentlich stehe ich immer hinter der Kamera."

„Sie sind Fotografin?" fragte er.

Ja, hätte ich gern geantwortet und traute mich dann doch nicht.

„Ich wäre es gern", antwortete ich stattdessen.

„Was hindert Sie daran?", fragte er.

„Ich gehe noch zur Schule", antwortete ich unbeholfen. „Aber nächsten Sommer mache ich mein Abitur."

„Ach so", sagte er. „Na aber dann", fuhr er fort,
„dann können Sie ja Fotografin werden, oder?"
Wer wusste schon, was nächsten Sommer war. Ich konnte ja noch nicht einmal die Frage beantworten, was in
den nächsten Minuten passieren würde.

„Haben Sie Ihren Traumberuf denn gefunden?", fragte ich zurück.

Er sah von den Polaroid-Aufnahmen hoch, die er
betrachtet hatte, und seine Augen strahlten eine tiefe
Zufriedenheit aus.

„Ich bin Dozent für alte Geschichte an der Freien
Universität hier in Berlin, und ja, das wollte ich immer
sein. Ich liebe es, in der Vergangenheit zu wühlen. Die ist
mir manchmal sogar lieber als die Gegenwart. Außerdem
teile ich mein Wissen gern mit anderen."
Lehrer also, dachte ich.

„Meine Mutter ist auch Lehrerin", erwiderte ich. „Ihr
wäre es lieber, wenn ich einen vernünftigen Beruf lernen
würde."

„Aber Fotografin ist ein vernünftiger Beruf", sagte
Daniel. „Die Faszination der Dinge in einem Bild festzu-
halten, ist eine echte Kunst."
Dann überlegte er kurz. „Genau genommen ist es doch
wie malen mit Licht, oder? Also werden Sie praktisch
eine Malerin", sagte er.

Das Bild, was er vom Beruf des Fotografen zeichnete,
gefiel mir, doch wusste ich auch, dass es vermutlich nicht
meiner Realität entsprechen würde.

„Wissen Sie, bei uns zu Hause ist das wohl alles ein bisschen anders als hier", sagte ich und überlegte, wie ich es ihm erklären sollte. „Die Faszination der Dinge beschränkt sich auf außergewöhnliche Angebote in der Kaufhalle, und malern tut man eigentlich nur mit Farbe, und zwar ganze Wände. Ich fürchte, Ihre Vorstellung vom Berufsbild des Fotografen ist ein wenig zu romantisch für unser reales Leben in der DDR."

„Verstehe", sagte Daniel. „Aber glauben Sie nicht, dass sich das jetzt ändern wird?" Er tippte auf die Fotos, die noch immer auf dem Tresen lagen.

„Sehen Sie selbst", sagte er, „noch vor wenigen Minuten haben Sie bestimmt noch nicht einmal gewusst, dass es Fotoapparate gibt, die sofort ein Bild ausspucken, wenn man auf den Auslöser drückt."
Er nahm ein Foto in die Hand und betrachtete es länger. Es schien ihm zu gefallen.

„Ich persönlich glaube", sagte er dann, „seit vorgestern sind zahlreiche Möglichkeiten dazu gekommen, von denen Sie noch gar nichts ahnen." Er legte das Foto wieder auf den Tresen.

"Und die Romantik kommt auch in unserem westdeutschen Leben oft viel zu kurz", sagte er. „Da haben wir doch schon mal etwas gemeinsam."

Ich mochte es, wie er sich mit mir unterhielt. Von Nahem betrachtet, war ich überzeugt davon, dass er mindestens Ende dreißig war. Ein Dozent von einer Uni im Westen, ein Mann mit einem festen Händedruck. Doch es schien keine Rolle zu spielen, dass ich eine seiner Studentinnen hätte sein können. Ein Mann wie er wusste, wie das Leben funktionierte. Dabei schien es ihn nicht zu stören, dass ich im Grunde genommen keine Ahnung von diesem Leben hatte.

„Tut mir echt leid", unterbrach uns Sarah, „aber ich glaube, wir müssen jetzt los, wenn wir heute noch nach Hause kommen wollen."

„Ich fürchte, das können Sie vergessen", sagte Daniel. „Ich komme gerade vom Bahnhof Zoo, da ist die Hölle los. Wir können unmöglich zulassen, dass Sie dort unter die Räder kommen, nicht wahr, Tantchen?", fügte er an Elli gewandt hinzu.

„Nun, das ist doch kein Problem", sagte Elli. „Ich habe eine große Wohnung mit Gästezimmer, gleich hier über dem Geschäft. Was haltet ihr davon, wenn ihr heute Nacht hierbleibt? Sicher seid ihr auch hungrig, und je später es wird, desto unwahrscheinlicher ist es, dass ihr heute noch einen Zug nach Hause bekommt. Ich habe zwar nicht viel im Haus, aber junge Leute wie ihr essen doch so gern Pizza. Daniel kann zur Pizzeria an der Ecke gehen, die bieten seit Neuestem auch Pizza zum Mitnehmen an."

Sarah und ich sahen uns kurz an. Sarah nickte heftig, und das Angebot klang wirklich sehr verlockend. Die Pizza im Westen schmeckte bestimmt besser als die karge Selbstgemachte meiner Mutter, und ich merkte auf einmal, dass ich wirklich hungrig war.
Dennoch, ich war nicht sicher.

„Du weißt, was das bedeutet?", sagte ich zu Sarah. „Wir werden auffliegen, wenn wir über Nacht wegbleiben."
Sarah winkte ab.

„Ach was, meine Eltern werden das gar nicht merken."

„Und wenn doch", sagte ich und kam mir dabei mal wieder wie eine Klugscheißerin vor, „werden sie bei meinen Eltern nachfragen, und ich möchte gar nicht an das Donnerwetter denken, das uns dann bevorsteht."

„Jetzt ist es so oder so längst zu spät", sagte Sarah, „wir kommen heute hier nicht mehr weg."

„Da muss ich Sarah zustimmen", sagte Daniel. „Aber ich mache einen Vorschlag."

Er blickte zu seiner Tante hinüber und sagte:

„Ihr bleibt heute Nacht bei Tante Elli, und morgen früh fahre ich euch mit dem Auto nach Hause. Dann kommt ihr auf jeden Fall sicher zu Hause an."

„Das können wir unmöglich annehmen", sagte ich sofort. „Und wir werden noch mehr Aufruhr verursachen, wenn wir von einem Fremden mit West-Auto abgesetzt werden."

„Na und", sagte Sarah. „Wir bekommen so oder so Ärger, aber dann hat es sich wenigstens gelohnt."

Meine Zweifel blieben. Wir konnten doch nicht so einfach bei wildfremden Leuten übernachten. Andererseits erschien mir diese Tante Elli nicht besonders gefährlich, und die Aussicht auf ein warmes Essen und etwas Schlaf war vielversprechender als die Wahrscheinlichkeit, am Bahnhof zu stranden und die Nacht in der Wartehalle verbringen zu müssen.

„Jetzt komm schon", sagte Sarah, „wenn schon Abenteuer, dann richtig, oder?"

Es war keine ernst gemeinte Frage, und am Ende siegte meine Erschöpfung über meine Vorsicht.

„Na gut, aber wirklich nur, wenn es Ihnen nicht zu viele Umstände macht", sagte ich und sah Tante Elli prüfend an.

Diese winkte ab.

„Macht es nicht, und ich freue mich, wenn etwas Leben in die Bude kommt." Sie griff nach ihrem wollenen Dreieckstuch und schlang es um ihre Schultern.

„Dann schließe ich jetzt mal den Laden zu. Ihr könnt schon mal mit Daniel überlegen, welche Pizza ihr essen wollt, und dann gehen wir nach oben." Sie griff nach dem Schlüsselbund und ging zur Tür.

Aus den Augenwinkeln sah ich, wie Daniel abermals nach einem der Fotos auf dem Tresen griff und es in die Innentasche seines Mantels schob.

Im Gästezimmer der großen Altbauwohnung, die eine bemerkenswerte Deckenhöhe von mehr als vier Metern aufwies, stand ein uraltes hölzernes Himmelbett. Tante Elli, wir duzten uns inzwischen, schloss das Fenster und zog die schweren Brokatvorhänge zu, als Sarah und ich satt und müde kurz nach Mitternacht unter die mit weißem Damast bezogenen Daunendecken schlüpften. Die Kopfkissen dufteten nach Lavendel, und ich kam mir vor, als sei ich noch einmal in die Rolle einer Prinzessin geschlüpft.

Tante Elli löschte das Licht und wünschte uns eine gute Nacht. Sarah drehte sich um und fing zwei Minuten später an, ganz leise zu schnarchen.

Ich starrte in die schattenhafte Dunkelheit. Meine Augen gewöhnten sich schnell daran, und ich konnte immer mehr Konturen erkennen. Dem Bett gegenüber stand ein Schrank, und an der Decke hing ein altmodischer Kristalllüster mit ausladenden Armen. Durch einen Spalt zwischen den Vorhängen drang das gelbliche Licht der Straßenlaternen herein. Lichtkreise glitten über die Wände, wenn unten auf der Straße ein Auto vorbeifuhr.

Beim Abendessen hatten wir lange darüber gesprochen, wie es nun weitergehen würde. Daniel war überzeugt davon, dass die DDR bald Geschichte sein würde, da auf Dauer sicherlich keine zwei deutschen Staaten mit derselben demokratischen Ordnung nebeneinander existieren konnten. Er ließ keinen Zweifel daran, dass der Mauerfall zwei Tage zuvor nicht mehr rückgängig zu machen war.

Ich hatte dagegengehalten und zum wiederholten Mal an diesem Tag so etwas wie Nationalstolz in mir zugelassen. Ein souveräner Staat wie die DDR konnte sich doch nicht so einfach von der Landkarte wischen lassen.

Doch Daniel war überzeugt davon, dass die Wirtschaft der DDR derart am Ende war, dass eine Angliederung an die Bundesrepublik unvermeidbar sei. Auf Dauer könne der Westen die DDR nicht weiter subventionieren. Genau das gleiche hatte Marc im Sommer auch schon behauptet.

Objektiv betrachtet wusste ich natürlich, dass die beiden Recht hatten. Auch wunderte ich mich ein wenig über mich selbst, denn bisher hatte ich einen ernsthaften Nationalstolz in mir nicht gekannt. Doch jetzt nagte es an mir, dass das Land, in dem ich geboren worden war, einfach so verschwinden sollte. Wenn die DDR sich auflöste, dann wären auch ihre guten Ideen am Ende, die Ideen von Gleichheit und Gerechtigkeit.

Auch wenn inzwischen selbst mir klar war, dass die DDR in Sachen Gerechtigkeit wohl vom Kurs abgekommen war. Aber die Ideen verloren dadurch ja nicht ihre Berechtigung.

Eines hatte ich an diesem Tag auf jeden Fall begriffen:

Die Menschen im Westen lebten anders. Wir sprachen zwar dieselbe Sprache, und doch verstanden wir einander nur wenig. Im Westen schien es viel mehr um Geld und Besitz zu gehen, und viel weniger um die Gemeinschaft geschweige denn um Gleichheit. Wie sonst sollte ich mir die Obdachlosen auf der Straße erklären, um die sich anscheinend niemand kümmerte?

Das Angebot in den Geschäften war enorm, geradezu erschlagend, doch vieles war auch sehr teuer, für unsere Verhältnisse viel zu teuer. Und auch im Westen schien sich das nicht jeder leisten zu können.

Daniel hatte die Prognose aufgestellt, dass wieder eine einheitliche Währung eingeführt werden könnte, anders würde es wohl kaum funktionieren.

Aus seiner Perspektive schien alles so klar und eindeutig vorgezeichnet zu sein. Würden wir tatsächlich bald wieder ein Land sein, und welchen Überzeugungen würde eine gemeinsame Gesellschaft dann folgen? Wir waren ja praktisch gesehen zwei unterschiedliche Völker.

Auch ging es hier um meine Heimat und nicht zuletzt um meine Identität, die mir bis dahin noch gar nicht so bewusst gewesen war. Wir hatten gelernt, uns anzupassen, mit Mangel umzugehen, aber würden wir auch damit umgehen können, dass all das, woran wir geglaubt hatten, plötzlich nichts mehr wert, vielleicht sogar gelogen war?

Ich schlüpfte aus dem Bett. An Schlaf war einfach nicht zu denken. Ich nahm mir das Kopfkissen, zog den schweren Brokatvorhang auf und legte das Kissen auf das breite Fensterbrett. Dann setzte ich mich darauf, lehnte mich mit dem Rücken an die seitliche Wand und zog die Beine an. Tante Elli hatte mir eines von ihren langen Nachthemden geliehen, das ich nun über meine angezogenen Knie stülpte und meine kalten Füße darin einschlug. Ich starrte auf die Straße hinunter. Das Pflaster glänzte immer noch vom Regen, und kein Mensch war unterwegs. Es schien, als wäre die Stadt in einen totenähnlichen Schlaf gefallen, erschöpft von den Ereignissen genau wie ich. Nur dass die Stadt Schlaf fand, im Gegensatz zu mir.

Im Haus gegenüber brannte Licht im zweiten Stock.

Mein Leben würde sich in den nächsten Monaten gravierend ändern. Der Mauerfall konnte nicht spurlos an mir oder an der Gesellschaft vorübergehen. Die Menschen auf den Straßen waren so begeistert gewesen, und ich hatte mich davon mitreißen lassen. Die neu gewonnene Freiheit würde ich mir ganz bestimmt nicht wieder nehmen lassen. Aber wie sollte diese Freiheit aussehen, wie sollte ich meine persönliche Identität in diesem Durcheinander an Möglichkeiten gestalten?

Daniel hatte schon Recht, wenn er sagte, die Möglichkeiten seien nahezu unbegrenzt und immer wieder überraschend. Im Westen konnte ich vermutlich tatsächlich Fotografin werden, aber wollte ich auch so leben?

Fürstenwalde zu verlassen, war für mich durchaus vorstellbar. Aber statt Leipzig oder Karl-Marx-Stadt könnte ich nun auch in Hamburg oder Düsseldorf leben.

Doch zu Leipzig hätte ich einen Bezug gehabt, zu Hamburg nicht.

Und dann Tante Ellis Laden zum Beispiel. Ihr Geschäft lief, weil es Leute gab, die viel Geld für einen Hut oder einen Schal ausgaben. Ein Schal war aber letztlich doch nur ein funktionales Kleidungsstück, es musste warmhalten, vielleicht noch lang genug sein, aber welche Farbe der Schal hatte, ob er zur Augenfarbe oder zum Mantel passte, spielte das wirklich eine Rolle? Und musste man dafür beinahe hundert D-Mark ausgeben?

In der Fotografie war es natürlich schon wichtig, dass die Dinge stimmig waren, gerade auf Farbfotos. Aber im Alltag? Natürlich war es viel eleganter, wenn der Schal zum Mantel passte, aber wichtig war es eigentlich nicht und möglicherweise auch nicht das Geld wert, das man dafür ausgab. Aber Tante Elli lebte davon, bestritt vom Modebewusstsein anderer Leute ihren Lebensunterhalt.

Wenn ich Fotografin werden wollte, müsste ich das verstehen lernen.

Im Fenster gegenüber ging das Licht aus, wenige Augenblicke später ging es im Nachbarfenster an. Jemand zog die Vorhänge auf. Ich konnte sehen, wie eine Frau sich eine Zigarette anzündete und den Rauch in die Novembernacht blies. Er verlor sich in der kalten Luft.

Noch einmal musste ich an unseren abendlichen Besuch in der Pizzeria denken. Als Daniel mir die Speisekarte in die Hand gedrückt hatte, war ich völlig überfordert gewesen. Ich sollte mir eine Pizza aussuchen und wählte ein Pizzabrot, weil es das günstigste Angebot war und den Zweck erfüllen würde, nämlich dass ich satt wurde. Außerdem, Teig mit Tomatensoße und Käse, ich konnte mir vorstellen, dass das schmeckte. Daniel hatte gelacht, und ich war mir wirklich blöd vorgekommen. Er meinte, ich solle mir doch etwas Anständiges aussuchen. Daraufhin hatte ich die Karte nochmal studiert und mich nicht entscheiden können. Das Angebot war zu groß.

Am Ende hatte Daniel für uns alle Pizza Hawaii mitgenommen. Ananas auf einer Pizza hatte ich noch nie gegessen!

Selbst wählen und entscheiden setzte voraus, dass man wusste, was man wollte. Wusste ich das? Im Westen schien das wichtig zu sein, um das tägliche Dasein zu meistern. Ich hingegen war es gewohnt, maximal zwischen zwei Alternativen zu wählen, oftmals hieß das einfach auch nur zwischen Ja oder Nein. Von nun an würde ich lernen müssen, aus zahlreichen Dingen auszuwählen, mir genaue Gedanken darüber zu machen, bevor ich entschied, denn allein ich war für meine Entscheidungen verantwortlich.

Wollte ich wirklich Fotografin werden? Oder war das Ganze nur eine fixe Idee?

Die Frau am gegenüberliegenden Fenster schnippte ihren Zigarettenstummel auf die Straße hinunter, schloss das Fenster und verschwand hinter den Vorhängen. Kurz darauf ging das Licht aus, und nun war die gegenüberliegende Fassade komplett dunkel.

Ich ahnte, dass ein Gefühl des Alleinseins mich in nächster Zeit intensiv begleiten würde. Denn wir alle waren doch überfordert mit den Möglichkeiten, die die neue Freiheit uns jetzt bot. Entscheidungen zu treffen, hatte uns die DDR oftmals abgenommen. Bald würde sie nicht mehr existieren, und wir würden unsere Entscheidungen selbst treffen müssen.

Am nächsten Morgen tauchte Daniel bereits um sieben mit einer Tüte frischer Brötchen bei Tante Elli auf. Ich fragte ihn, wo er die herhabe. Na von der Tankstelle, sagte er. Da gäbe es auch sonntags frische Backwaren. Frische Brötchen an der Tankstelle?

Nach einem kurzen Frühstück brachen wir auf und nutzten die Gunst der frühen Stunde, solange die Großstadt noch schlief. Tatsächlich waren wir eine gute Stunde später bereits in Fürstenwalde. Selbst der Grenzübertritt war völlig problemlos gewesen. Keine Passkontrolle, keine Kontrolle der Fahrzeugpapiere, kein Zwangsumtausch für Westdeutsche. Daniel setzte zuerst Sarah ab und fuhr dann weiter zu mir nach Hause. Allerdings bat ich ihn, mich schon an der Ecke zu meiner Straße rauszulassen, damit die unmittelbaren Nachbarn nicht mitkriegten, dass ich in einem West-Auto nach Hause gebracht wurde.

„Warte", sagte Daniel, als ich die Autotür öffnete. „Ich habe noch etwas für dich."
Er griff unter seinen Sitz, um ein Päckchen hervorzuziehen, einen flachen, weißen Karton mit einer grünen Schleife drum rum.

„Das soll ich dir von Tante Elli geben", sagte er und legte mir das Päckchen auf den Schoß.
Ich ahnte, was es war.

„Das kann ich unmöglich annehmen, das ist viel zu teuer", sagte ich und wollte ihm das Päckchen zurückgeben. Doch er legte seine Hand darauf und drückte das Päckchen auf meinen Schoß.

„Sie wusste, dass du das sagen würdest und hat mir eingeschärft, dass ich es auf keinen Fall wieder mitbringen soll", sagte er.

Ich löste die Schleife und hob den Deckel an. Unter meliertem Seidenpapier schimmerte der grüne Kaschmirschal. Mein Herz machte einen Sprung. So weich wie das Fell einer jungen Katze, dachte ich.

„Danke!", flüsterte ich, gerührt von Ellis Großzügigkeit.

„Es ist so schön, wie du dich freuen kannst", sagte Daniel und ich merkte, wie ich rot wurde. Plötzlich hob er seine Hand und legte sie mir an die Wange. Instinktiv wollte ich zurückweichen, als er mit seinem Daumen über meine Haut strich. Doch es fühlte sich seltsam vertraut an. Ich konnte nicht anders und schmiegte meine Wange in seine Hand. Mein Herz pulsierte mir im Hals, und ich glaubte, er müsse die Pulsschläge spüren können.

Meinen ersten Kuss hatte ich mit sechszehn bekommen, doch der Junge aus meiner Klasse hatte weder küssen können, noch mich ernsthaft küssen wollen. Es war vielmehr eine Wette unter Pubertierenden gewesen. Wer schaffte es wohl als Erster, die kühle Katja zu küssen? Seither hatte ich mich mehr auf die Fotografie als auf die Jungs konzentriert. Diese überließ ich eher Sarah. So nah wie in diesem Augenblick war ich einem Mann noch nie gekommen, noch dazu einem richtig erwachsenen. Daniels helle Augen schimmerten, überzogen von einem feuchten Schleier.

Unsichtbare Fäden zogen mich zu ihm hin, ich näherte mein Gesicht dem seinen, versuchte zugleich auszuloten, was er als Nächstes tun würde. Ich hatte keine Ahnung, wie das wirklich ging, wie das wirklich war, einen Mann zu küssen, sich in jemanden zu verlieben. Selbst hatte ich noch nie die Initiative dazu ergriffen. Doch auf einmal schien es ganz leicht zu sein.

Daniel ließ seine Hand sinken. Das Lächeln in seinem Gesicht wich Ernsthaftigkeit. Er räusperte sich.

„Tante Elli wird sich freuen, wenn ihr sie wieder besuchen kommt", sagte er.

Ich stolperte zurück in die Realität.

Daniel tippte auf das Päckchen.

„Und du musst den Schal tragen", sagte er. „Der steht dir wirklich gut."

Ich zwinkerte mit den Augenlidern, versuchte mich zu sammeln.

„Das mache ich, versprochen", antwortete ich folgsam wie eine Schülerin, klappte den Kartondeckel wieder zu und griff nach meinem Rucksack. Mann, war das peinlich. Beinah hätte ich ihn geküsst und mich wahrscheinlich endlos damit blamiert. Ich öffnete die Autotür, wollte jetzt nur noch weg und blieb doch sitzen. Ich dachte daran, wie er am Abend zuvor heimlich das Foto von mir eingesteckt hatte. Noch einmal sah ich ihm in die Augen. Hatte ich mich so getäuscht?

Der Schimmer in seinen Augen war verschwunden. Es war tatsächlich alles nur eine Illusion gewesen.

„Wir bleiben in Kontakt, ja?", sagte Daniel. „Pass auf dich auf!"

Schnell drehte er den Zündschlüssel, und der Motor sprang an.

„Ja", sagte ich. „Bis dann."

Ich stieg aus dem Auto, schwang den Rucksack über die Schulter und klemmte mir das Päckchen mit dem Schal unter den Arm. Da war nichts zwischen uns, versuchte ich mir einzureden. Irgendwie lag das ja auch auf der Hand. Allein der Altersunterschied, und dann auch noch ein Uniprofessor aus dem Westen. Vater einer Tochter war er auch, wie er am Abend in der Pizzeria erzählt hatte. Was wollte er da mit einem jungen Mädchen wie mir, noch dazu aus dem Osten?

Schnell lief ich die Straße hinunter, sah mich nicht noch einmal um und war froh, keine unüberlegte Dummheit begangen zu haben. So funktionierte das also mit den eigenen Entscheidungen. Manchmal mussten sie schnell getroffen werden.

Kapitel 5

Sonja

In den letzten Jahren war der Kontakt zwischen Vater und mir sporadischer geworden. Seit meiner Rückkehr aus Paris hatten wir uns des Öfteren auch mal unbehaglich angeschwiegen. Vielleicht war er es leid gewesen, dabei zuzusehen, wie ich mein Leben ziellos verplemperte.

Doch zugleich gehörte mein Vater zu meinem Leben ganz selbstverständlich dazu. Nie hatte ich mir Gedanken darüber gemacht, dass er eines Tages nicht mehr da sein könnte. Ich hatte ihn zwar schon lange nicht mehr so gebraucht, wie ein Kind seinen Vater brauchte, doch jetzt, da er tot ist, fehlt er mir besonders in genau dieser Rolle. Vielleicht fühle ich mich deswegen so unendlich verloren?

Es ist nach Mitternacht, und ich sitze immer noch in Vaters Arbeitszimmer. Ich mag diesen Ort nicht verlassen, diesen Ort, der noch nach ihm riecht und an dem überall seine Sachen herumliegen. Nirgendwo kann ich ihm näher sein als hier.

Ich konzentriere mich erneut auf den Umschlag mit dem Testament. Habe ich das Recht, ihn jetzt zu öffnen? Natürlich habe ich das, schließlich hat Vater mir genau aus diesem Grund gesagt, wo ich es finde. Ich solle alles regeln, wenn er mal nicht mehr wäre, hatte er gesagt, und ich solle mich um Regina kümmern.

Warum ausgerechnet ich, frage ich mich. Regina kann das doch alles viel besser, sie ist vernünftig und praktisch veranlagt.

Der Tod meines Vaters hat auch sie aus der Bahn geworfen. Doch sie geht anders damit um, legt eine eigenartige Resignation an den Tag, gepaart mit anfallsartigem Aktionismus. Ich glaube, sie hat den ganzen Tag in der Küche verbracht, telefoniert, Listen geschrieben, um keine notwendige Erledigung zu übersehen.

Ich greife zum Brieföffner, ein abgesäbelter Degen von meinem Urgroßvater, dessen stumpfe Kante, an der er abgesägt worden ist, weil man nach dem Krieg keine Waffen im Haus haben durfte, mein Vater einmal in mühevoller Kleinarbeit zu einer dreieckigen Spitze gefeilt hat. Nun schlitze ich damit den braunen Umschlag auf. Die Klinge durchschneidet das Papier mühelos. Ein sauberer Schnitt. Ich ziehe ein handbeschriebenes Blatt heraus. Es ist eindeutig die Handschrift meines Vaters, ausnahmsweise leserlich, er war eben neben dem vergeistigten Wissenschaftler auch ein gewissenhafter Lehrer gewesen.

Ich überfliege den Text, erfasse zunächst nicht alles, was ich da lese und merke, wie meine Hand zu zittern beginnt. Ich lese noch einmal den gesamten Text, diesmal gründlicher, und bin nun endgültig sicher.

Mein Vater hatte ein zweites Leben geführt, von dem ich nicht das Geringste geahnt hatte. Ich lasse das Testament auf die Tischplatte sinken. In der Ferne schlägt die Kirchturmuhr null Uhr dreißig.

Hektisch beginne ich, alle anderen Schubladen des Schreibtisches aufzuziehen, wühle, krame, suche etwas, von dem ich noch nicht weiß, wie es aussieht, aber überzeugt davon, dass ich es erkennen werde. Mappen, Bücher, Schachteln, alles landet nach und nach auf dem

Boden vor dem Schreibtisch. Und tatsächlich, in der linken unteren Schublade, hinter den davor gestapelten Papieren werde ich fündig. Eine Blechschachtel, halb so groß wie ein Schuhkarton. Sie ist bunt bemalt, sieht aus wie eine Lebkuchendose aus den Zwanzigerjahren, und doch weiß ich, ihr Inhalt ist weder süß, noch wird er mir schmecken.

Ich nehme die Schachtel heraus, stelle sie auf den Schreibtisch, starre darauf, als sei es die Büchse der Pandora, die ich eigentlich schon geöffnet habe, als ich den braunen Umschlag aufschlitzte.

Meine Finger sind kalt, während mein gesamter Körper glüht wie in einem Fieberschub, und als ich die Schachtel in die Hand nehme, mit den Fingernägeln versuche, in den schmalen Schlitz zwischen Unterteil und Deckel zu kommen, zittern meine Hände wieder. Plötzlich springt der Deckel auf.

Ich starre wie hypnotisiert auf den Inhalt und weiß trotz meiner großen Angst, dass ich ihn mir ansehen werde. Jetzt.

Ein Polaroidfoto. Es zeigt ein junges Mädchen mit einem grünen Schal vor einem Spiegel, vielleicht in einem Geschäft. Die Farben sind ziemlich verblasst. Ich kann mich erinnern, dass Vater so eine Kamera hatte, als ich klein war. Auf dem Foto steht kein Datum. Das Mädchen kuschelt sich in den Schal und schaut von unten herauf in die Kamera. Sie strahlt etwas aus, das ich nicht als hübsch oder süß bezeichnen würde, nein. Sie ist attraktiv, auf eine ganz besondere Weise, die nichts damit zu tun hat, dass sie blutjung zu sein scheint. Obwohl sie sehr erwachsen wirkt.

Dann noch ein Foto, dasselbe Mädchen. Dieses Mal ein echter Farbabzug. Sie ist zusammen mit meinem Vater darauf zu sehen, es scheint mit Selbstauslöser gemacht worden zu sein, wirkt wie ein altmodisches Selfie. Ich drehe das Bild um, August 1990, daneben ist etwas handschriftlich geschrieben: *In Erinnerung an eine außergewöhnliche Reise in ein Wir, das es nie gab. Für immer K.*

Ich spüre ein Stechen in der Brust, bin beinahe eifersüchtig, obwohl ich weiß, dass es Unsinn ist. Diese junge Frau hat nichts mit mir gemein.

Ich sehe nochmal in das Testament, weiß aber längst, dass es darin um dieselbe junge Frau geht. K. muss meinem Vater mehr bedeutet haben als alles andere auf dieser Welt.

„Hast du gefunden, wonach du suchst?"
Ich schrecke aus meinen Gedanken auf. Regina steht in der Tür, barfuß im langen Nachthemd, das Haar streng nach hinten gebunden. Ihr Gesicht wirkt plötzlich sehr schmal. Im Dämmerlicht des Dachgeschosses erscheint sie um Jahre gealtert.

„Mehr als mir lieb ist", antworte ich und halte das Testament hoch. „Sagt dir der Name Katja Winter etwas?", frage ich gerade heraus.

Regina betritt das Zimmer, bleibt vor mir stehen und schiebt mit dem rechten großen Zeh ein paar Papiere auf dem Boden hin und her. Ich sitze mittendrin, betrachte kurz ihre nackten Füße. Die Nägel sind farblos, aber fein säuberlich gekürzt. Dann blicke ich an ihr hinauf. In ihrem Nachthemd wirkt sie wie eine Frau im Büßerhemd.

„Warum fragst du?" Regina verschränkt die Arme.

Ich rapple mich auf und lasse mich auf Vaters Schreibtischsessel fallen. Mir ist, als müsse ich nach Atem ringen, und doch kann ich ganz normal Luft in meine Lungen einziehen. Ich lege das Testament auf den Tisch.

„Katja Winter erbt unser Kranichhaus in Saarow", sage ich. Regina schlingt ihre Arme fester um ihren Körper, als friere sie. Ihr Blick geht ins Leere.

„Also doch", sagt sie leise.

Ich springe auf.

„Was soll das heißen? Also doch?" Ich werde das untrügliche Gefühl nicht los, dass sie mehr weiß, als sie bereit ist, zuzugeben. Regina geht im Zimmer herum, nimmt ein Foto in die Hand, das in einem der Bücherregale steht. Es zeigt uns als Familie, Vater und sie, dazwischen ich mit einer Schultüte im Arm.

„Wir waren eine schöne Familie", sagt Regina jetzt. „Dein Vater wusste das zu schätzen, und ich rechne ihm hoch an, dass er alles daransetzte, diese Familie zu erhalten. Vielleicht ist das Testament nun der Preis, den wir dafür bezahlen müssen."

Ich trete neben sie.

„Mama", frage ich, „was redest du da? Wofür müssen wir bezahlen?"

Regina stellt das gerahmte Foto zurück ins Regal. Jetzt dreht sie sich um und geht hinüber zum Dachfenster. Sie öffnet es einen Spalt. Feuchte Nachtluft strömt herein. Sie atmet tief ein. Dann dreht sie sich zu mir um.

„Dafür, dass wir ihn solange behalten durften", sagt sie. „Dafür, dass dein Vater uns nicht verlassen hat." Ich verstehe kein Wort, aber mich fröstelt.

„Mama", frage ich, „wer ist Katja Winter?"

Draußen streiten irgendwo zwei Katzen, ein jämmerliches Geschrei ist zu hören.

Regina fährt sich mit der flachen Hand über den Kopf, als wolle sie sich eine Haarsträhne aus der Stirn streichen.

„Katja Winter ist die Geliebte deines Vaters."

Ich bin plötzlich unfähig, mich zu bewegen. Höre nur das Katzengeschrei in der Nacht.

„Wie bitte?", frage ich. „Und du hast davon gewusst?"

Regina dreht sich abermals zum Fenster, nimmt einen tiefen Atemzug und sperrt dann den Katzenjammer aus.

„Ja", antwortet sie. Ihre Stimme klingt fest und klar.

„Seit wann?", frage ich.

„Schon immer", sagt Regina, als wäre es das Normalste auf der Welt, dass mein Vater sie betrogen hat.

Regina geht zum Schreibtisch und wirft einen Blick auf das Foto von Vater und dieser Katja.

„Sie sehen glücklich aus", sagt sie und geht zurück zur Tür. „Jetzt habe ich endlich ein Gesicht dazu."

Sie verlässt das Arbeitszimmer ohne ein weiteres Wort. Ich starre ihr hinterher.

Irgendwann werfe ich mich auf das Sofa unter der Dachschräge und beginne hemmungslos zu weinen. Den stechenden Schmerz in meiner Brust kann ich kaum ertragen.

Kapitel 6

Sommer 1990

Das Jahr 1989, das Jahr der Veränderungen, mein Jahr des Aufbruchs, neigte sich dem Ende zu.

Silvester verbrachte ich mit Sarah in Berlin, und es war schon ein besonderes Gefühl, den Jahreswechsel an einem Ort zu feiern, an dem wir dem friedlichen Sieg über eine jahrzehntelange Teilung des Landes nicht hätten näher sein können. Wir tanzten mit tausend Fremden auf der Berliner Mauer in die Freiheit eines selbstbestimmten Lebens. Kaum vorstellbar, dass dort noch wenige Monate zuvor Soldaten mit Gewehren einen Lebensraum verteidigt hatten, der von physischen Grenzen und geistigen Begrenzungen geprägt gewesen war. Auf einmal schien alles möglich zu sein.

Das Jahr 1990 wurde ein Jahr der Realitäten. Bei mir zu Hause änderte sich erst mal wenig, doch der Prozess des Verfalls ging schleichend voran, und ich bemerkte ihn erst, als es schon zu spät war.

Mein Abitur rückte näher, und in den ersten Monaten des neuen Jahres überfiel uns eine unausweichliche Ernüchterung. Beiderseits der deutsch-deutschen Grenze nahm die Verunsicherung zu, wurden wir doch ständig mit dem jeweils anderen Teil Deutschlands konfrontiert.

Westdeutsche Geschäftsleute versuchten bei uns das schnelle Geld zu verdienen, während neugierige Ostdeutsche sich jeden Sonnabend durch die Einkaufscenter der grenznahen Weststädte schoben. Ein richtig gutes Geschäft war es für keinen von uns, da Westgeld in der ehemaligen DDR noch immer rar war. Sarah und ich wagten es auch einmal an einem Samstag Richtung Westen und bummelten durch Helmstedt. In der Lebensmittelabteilung eines Kaufhauses, an dessen Name ich mich nicht mehr erinnere, stand ein älteres Pärchen neben uns.

Händchenhaltend bestaunten sie das Obstregal, und sie sagte zu ihm: Nu gucke mal, die packen hier die Kartoffeln einzeln ein.

Überrascht stellte ich fest, dass sie die Kiwis meinte, die einzeln in Wachspapier eingeschlagen waren.

Zu Hause hingegen stiegen die Preise. So kosteten zweieinhalb Kilo Kartoffeln plötzlich mehr als drei Mark, und ein normales Mischbrot bekamen wir schon längst nicht mehr für sechzig Pfennig. Einzig die Kaffeelage verbesserte sich. Wollten wir vor der Wende echten Bohnenkaffee trinken, mussten wir dafür im *Delikat* dreißig Mark pro Pfund hinblättern. Jetzt bekamen wir das Pfund echten Jacobs Kaffee schon für gut acht Mark.

Die Zeitungen waren voll mit Meldungen zur anstehenden Währungsunion im kommenden Sommer. Beim Anblick des Angebotes in westdeutschen Kaufhäusern sehnten wir das Westgeld herbei, doch eines schien unabwendbar: Die Preise würden weiter steigen, während die Ostlöhne niedrig blieben.

Sarah und ich träumten davon, den Sommer in Italien zu verbringen, während die Stimmung zu Hause immer seltsamer wurde. Meine Eltern waren jetzt angespannter als je zuvor. Viele ostdeutsche Betriebe mussten schließen, weil sie nicht rentabel waren. Die Stahlwerke Brandenburg und das Kombinat in Eisenhüttenstadt waren mit die ersten, die zumachten, und plötzlich saßen jede

Menge Facharbeiter ohne Job auf der Straße. Das Damoklesschwert der Arbeitslosigkeit schwebte auch über meinem Vater, arbeitete er doch in einer staatlich geführten Behörde, die es vermutlich auch nicht mehr allzu lange geben würde.

Immerhin, im März durfte ich zum ersten Mal in meinem Leben wählen. Es war die einzige Wahl in der DDR, die jemals nach demokratischen Grundsätzen stattfand, und zugleich war es die letzte Wahl in einem Land, das es vermutlich bald nicht mehr geben würde.

In Westdeutschland hingegen herrschte sogenannter Wahlkampf. Auch das eine neue Erscheinung, die es im Osten so nie gegeben hatte. Dabei wurde im April der westdeutsche Kanzlerkandidat der Sozialdemokraten bei einer öffentlichen Veranstaltung niedergestochen. Ich fand es beängstigend, dass es im Westen möglich war, eine öffentliche Person bei einer öffentlichen Veranstaltung derart anzugreifen. Schließlich hatte ein ganzes Volk eine friedliche Revolution geschafft. Doch die Schattenseiten des westdeutschen Alltagslebens waren für uns nur schwer zu begreifen, waren wir doch Sicherheit, oder zumindest das, was wir dafür hielten, gewohnt.

Die wichtigste Frage, die mich im Frühling 1990 umtrieb, war meine Berufswahl. In wenigen Monaten würde ich mein Abitur in der Tasche haben und musste nun bald zu einer Entscheidung kommen, wie es weitergehen sollte.

„Na, das ist doch ganz klar", sagte Sarah eines Morgens auf dem Schulweg. "Wir gehen beide nach Berlin. Du studierst Fotografie und ich Kunstgeschichte. Wir ziehen in eine WG und genießen unser Studentenleben."

„Was willst du denn mit Kunstgeschichte?", fragte ich.

„Na, dasselbe wie du mit Fotografie", antwortete Sarah. „Ich will was studieren, was mich interessiert."

„Aha", sagte ich. „Und seit wann interessierst du dich für Kunstgeschichte?"

Sarah zögerte. Dann sagte sie: „Seit ich weiß, dass Jens aus der Parallelklasse das studieren wird. Er hat mir ein bisschen was darüber erzählt."

„Jens? Aus der Parallelklasse, ja?"

„Ja!", antwortete Sarah trotzig.

„Entweder heißt er Marc oder Jens, Mensch Sarah! Wird es nicht langsam Zeit für eigene Entscheidungen?"

„Ich bin nun mal ein Beziehungsmensch", rief Sarah.

„Wie willst du denn ein Beziehungsmensch sein, wenn du nicht mal weißt, wie eine richtige Beziehung funktioniert?", fragte ich.

„Ich probiere mich eben gern aus. Kann ja nicht jeder so zielstrebig sein wie du."

Sarah blieb stehen und verschränkte beleidigt die Arme.

Es tat mir leid, dass ich so direkt gewesen war. Also schlug ich einen versöhnlicheren Tonfall an.

„Wie stellst du dir das denn vor?", fragte ich. „Wir beide in Berlin? Meine Eltern können es sich bestimmt nicht leisten, mich in der Großstadt durchzufüttern."

Sarah winkte ab.

„Ach, du wieder mit deinen ewigen Zweifeln. Mein Vater wird schon was beisteuern. Und bestimmt können wir nebenbei irgendwo kellnern. Oder noch besser", sie hielt kurz inne und sah mich an, „wir fragen Tante Elli, ob wir bei ihr wohnen dürfen."

Ich blieb abrupt stehen.

„Auf keinen Fall!", sagte ich.

„Warum nicht?"

„Mal zu Besuch ist das eine, aber ich ziehe nicht von zu Hause aus, um mich dann in eine neue Abhängigkeit zu begeben. Tante Elli ist lieb und nett, aber ich will niemandem verpflichtet sein."

„Ach, ich würde das nicht so eng sehen", meinte Sarah. „Bei ihr zu wohnen, wäre doch praktisch."

Wir erreichten den Eingang zum Schulhof.

„Nein, in diesem Punkt keine Kompromisse", sagte ich. „Wenn ich zu Hause ausziehe, dann will ich unabhängig sein. Und wenn ich dafür Tag und Nacht arbeiten muss."

Keinen Zentimeter meiner langsam, aber stetig wachsenden Selbstständigkeit würde ich preisgeben. Zu Hause drehte sich jetzt beinah jedes Gespräch ums Geld, weil meine Eltern Angst hatten, dass es vorn und hinten nicht reichen würde, wenn die Westmark kam. Denen wollte ich auf keinen Fall weiter auf der Tasche liegen, und meine Mutter hatte auch schon signalisiert, dass sie mich nur bedingt würden unterstützen können, wenn ich studieren sollte.

In den vergangenen Wochen hatte ich sehr viel mit ihr gestritten, ein weiterer Grund, weshalb ich so schnell wie möglich raus wollte. Die Idee, dass ich Fotografin werden wollte, begeisterte sie in Anbetracht der Tatsache, dass die Zeiten so unsicher waren, jetzt noch weniger als je zuvor.

Mutti ließ keine Gelegenheit aus, mir klarzumachen, dass es ihr lieber wäre, ich würde Lehrerin werden. Das sei in diesen Zeiten ein krisenfester Beruf, und gerade jetzt wurden unvoreingenommene Lehrkräfte gebraucht.

Woher sie die Gewissheit nahm, dass ich unvoreingenommen wäre, wusste ich nicht.

Wenn ich Glück hatte, bekäme ich einen Studienplatz in Potsdam, meinte sie. Das wäre nicht so weit weg, ich könnte im Wohnheim in ein günstiges Doppelzimmer ziehen und an den Wochenenden nach Hause kommen.

Doch ich wusste, dass ich ganz sicher keine Lehrerin werden wollte. Schließlich stellte ich eine Mappe mit Fotoarbeiten zusammen und bewarb mich an der Kunsthochschule in Berlin/Weißensee und an der Hochschule für Grafik und Buchdruck in Leipzig. Meine Mutter unterstützte diese Entscheidung nicht und wurde in ihrem Urteil bestätigt: Ich erhielt zwei Absagen mit vernichtendem Urteil. Meine Arbeiten seien nicht aussagekräftig genug.

Ich hatte den Eindruck, dass die Hochschulen mir den wahren Grund für die Ablehnung verschwiegen. Gerüchte machten die Runde, dass die ostdeutschen Hochschulen lieber westdeutsche Studenten nahmen, um zahlungskräftiges Klientel in ihre Institute zu kriegen. Und Ostdeutsche, die sich im Westen bewarben, wurden sowieso gleich abgelehnt.

Eine Schulkameradin hatte sich für eine Ausbildung in Hamburg beworben und zwanzig Absagen bekommen, trotz Einserschnitt. Nur in Bayern, so hieß es, hätte man gute Chancen. Dort nahm man die Ossis gern, weil sie bereit waren, für wenig Geld viel zu arbeiten. Ich wusste nicht, was davon wirklich stimmte, aber Bayern kam auf keinen Fall in Frage. Da verstand ich ja nicht mal die Leute auf der Straße.

Nach den beiden Absagen war ich erst mal frustriert und ratlos. Vielleicht sollte ich eher versuchen, eine Lehre als Fotografin zu machen. Vielleicht war es einfacher, einen Ausbildungsplatz zu bekommen, als sich an weiteren Hochschulen zu bewerben. Also begann ich damit, mich nach einer Lehrstelle in einem Fotostudio umzusehen. Doch im Osten gab es solche Studios kaum, schon gar nicht in der ländlichen Umgebung von Fürstenwalde, geschweige denn, dass mich jemand eingestellt hätte. Zu unsicher waren die Zeiten.

Das bekam nun auch mein Vater mehr und mehr zu spüren.

In diesem Frühjahr war sein Vorgesetzter in der städtischen Baubehörde plötzlich versetzt worden. Und Vati und seine Kollegen wurden nun von zwei Bauingenieuren aus Hannover gecoacht, wie sie das neudeutsch nannten. Sie waren da kein Einzelfall, denn jetzt kamen viele Westdeutsche in ostdeutsche Betriebe und Behörden, um den dortigen Mitarbeitern mal zu zeigen, wie es richtig ging.

Nur, dass keiner der beiden neuen Chefs morgens vor zehn Uhr im Büro erschien, während mein Vater es gewohnt war, um sieben seinen Dienst anzutreten. Stattdessen wurde nun oft bis spät in den Abend gearbeitet, bevor der lange Arbeitstag mit einer Dienstbesprechung im Rathauskeller endete. Klar, die beiden Wessis hatten ihre Familien in Hannover und fuhren nur am Wochenende nach Hause. Während der Woche wartete niemand auf sie. So kam es, dass auch mein Vater immer später heimkam, weil er sich verpflichtet fühlte, an diesen Dienstbesprechungen im Ratskeller teilzunehmen.

In der politischen Öffentlichkeit wurde jetzt gern getönt, dass nun zusammenwuchs, was zusammengehörte. Von blühenden Landschaften war da die Rede. Stattdessen schlossen immer mehr Betriebe, und die Unsicherheit darüber, wie es weitergehen sollte, war möglicherweise der kleinste gemeinsame Nenner zwischen Ost und West.

In meiner Verzweiflung zog ich Bilanz: Ein Studienplatz schien aussichtslos, eine Lehrstelle war nicht in greifbarer Nähe. Was war also die Alternative?

An einem Abend Ende April, ich kam gerade von der nachmittäglichen Prüfungsvorbereitung mit Sarah nach Hause, saß meine Mutter am Küchentisch. Sie hatte geweint.

„Mutti, was ist passiert?", fragte ich und setzte mich zu ihr.

Meine Mutter wischte sich mit einem Stofftaschentuch über das Gesicht. „Ich bin beurlaubt", sagte sie.

„Was heißt das?", fragte ich.

„Die haben mich suspendiert", erklärte meine Mutter mir.

„Einfach so?"

Sie blickte auf.

„Natürlich nicht einfach so", sagte sie. „Angeblich wegen meiner Kontakte zur Staatssicherheit. Dieser Westdeutsche, den sie uns jetzt von der Schulbehörde vor die Nase gesetzt haben, schnüffelt überall herum und findet dauernd irgendwelche fadenscheinigen Dinge, die angeblich auf Verwicklungen meiner Kollegen mit dem

Ministerium für Staatsicherheit hinweisen. Und jetzt hat er etwas gefunden, was auch mich belastet."

„Und worum geht es da? Hattest du Kontakt zur Stasi?"

Ich stand auf, holte eine Seltersflasche aus der Speisekammer und füllte zwei Gläser. Eines davon stellte ich ihr hin.

Mutti griff nach dem Glas.

„Ich habe keine Ahnung. Sie gewähren mir keine Akteneinsicht. Sie haben mir nur gesagt, unter diesen Umständen sei ich untragbar für den Schuldienst und solle vorerst nach Hause gehen, bis die Sache geklärt ist."

Gierig trank sie das Glas leer.

„Aber Mutti, überleg doch mal. Was könnte das denn sein?", fragte ich.

Sie schüttelte den Kopf.

„Ich zerbreche mir schon den ganzen Nachmittag den Kopf darüber, aber mir fällt beim besten Willen nicht ein, wo ich etwas unterschrieben haben könnte."

Ihr ganzes Berufsleben lang hatte meine Mutter versucht, die Politik aus ihrem Leben herauszuhalten, so gut es ging. Sie war nie Parteimitglied geworden, selbst dann nicht, als sie ihre Karriere als Pianistin auf dem Spiel stand. Der Zugang zum Konservatorium war ihr verwehrt worden, weil mein Großvater in der Kirchengemeinde sehr aktiv gewesen war. Schließlich hatte man ihr wenigstens ein Pädagogikstudium gestattet, und so war sie Lehrerin für Musik und Kunst geworden.

Ich wusste, dass meine Mutter vor allem deswegen bei den Schülern sehr beliebt war, weil sie eine der wenigen war, die eine freie Interpretation von Kunst und Musik zuließ, zum selbstständigen Denken motivierte und immer wieder dazu aufforderte, sich eine eigene Meinung zu bilden. Dabei achtete sie stets darauf, dass diese Meinung nicht allzu sehr mit den öffentlichen Vorgaben kollidierte, damit weder sie noch die Schüler Schwierigkeiten bekamen.

„Was heißt das jetzt?", fragte ich. „Ich meine, wie geht es denn nun weiter?"

„Ich habe keine Ahnung. Sie haben nur gesagt, ich solle nach Hause gehen und abwarten. Sie würden sich bei mir melden."

Sie griff nach meiner Hand und sah mich eindringlich, beinah ängstlich, an.

„Kind, egal was jetzt kommt, du musst irgendwie zusehen, dass du darin nicht verwickelt wirst, klar. Am besten erzählst du niemandem davon oder du sagst einfach, ich sei krank. Nicht dass sie dir am Ende noch das Abitur verweigern."

Ich schüttelte den Kopf.

„Mutti, du glaubst doch nicht ernsthaft, dass das nicht die Runde machen wird. Und außerdem, die Zeiten haben sich geändert. Die können mir jetzt nicht einfach so das Abi verwehren."

„Das mag schon sein", sagte meine Mutter, „aber das Denunziantentum ist geblieben. Wer weiß, wer da irgendwas herumerzählt hat. Der Adolf Wagner, den haben sie noch nicht freigestellt, und der ist seit Jahren Parteimitglied. Aber natürlich hat er auch jetzt die richtigen Kontakte. Der ist komischerweise immer noch stellvertretender Direktor. Es würde mich nicht wundern, wenn der das angezettelt hat. Dem war ich doch schon immer ein Dorn im Auge."

Sie nahm einen großen Schluck von ihrem Selterswasser und stellte das Glas so heftig auf den Tisch, dass es leicht überschwappte. „Auf jeden Fall musst du zusehen, dass du dein Abitur fertig machst", sagte sie dann. „Vielleicht ist es doch besser, du suchst dir irgendwo eine Lehrstelle bei einer Bank im Westen."

„Also Mutti, wie kommst du denn jetzt auf die Idee?", fragte ich. „Was soll ich denn in einer Bank?"

„Na, das mit der Fotografie ist Unsinn, Kind. Das solltest du nach den letzten Absagen doch begriffen haben."

Ich konnte kaum fassen, dass sie so wenig an meine Fähigkeiten glaubte.

„Ja schon", sagte ich, „es ist schwierig. Aber jetzt soll ich plötzlich eine Banklehre im Westen machen?"

„Egal, vielleicht auch bei einer Versicherung oder in einem Hotel. Ich habe gehört, dass diese kaufmännischen Berufe im Westen sehr krisensicher sind und gar nicht schlecht bezahlt werden. Und dann kommst du raus hier, aus diesem Sumpf. Ich habe das Gefühl, hier wird in nächster Zeit noch viel schmutzige Wäsche gewaschen."

„Aber ich will keine Kaufmannslehre machen", protestierte ich. Als habe sie mir gar nicht zugehört, fuhr sie fort:

„Und dann haben wir wenigstens eine in der Familie, die das westdeutsche System versteht. Dein Vater und ich sind zu alt dazu."

„Apropos", fragte ich, „wo ist Vati eigentlich?"

Meine Mutter trank noch einen Schluck und sagte:

„Wahrscheinlich wieder mit seinen neuen Chefs im Rathauskeller."

Mir war nicht entgangen, dass mein Vater in letzter Zeit immer häufiger sehr spät nach Hause kam. Zumeist war er dann angeheitert und begründete seine abendlichen Gelage damit, dass er bei den Wessis gut Wetter machen müsse, damit die ihn übernahmen, wenn die Behörde privatisiert werden würde.

Doch ich befürchtete, dass mein Vater in Wahrheit panische Angst vor der Arbeitslosigkeit hatte und sich mit der Trinkerei versuchte, zu betäuben.

Plötzlich hörte ich die Wohnungstür, und wie aufs Stichwort erschien mein Vater in der Küchentür.

„Guten Abend, die Damen!", sagte er mit schwerer Zunge.

Ich war fassungslos. Er sah aus wie ein Penner, der sich tagelang auf der Straße herumgetrieben hatte. Das Haar zerzaust, das Hemd fleckig.

Meine Mutter hielt nicht hinterm Berg mit ihrer Wut.

„Wo du herkommst, braucht man dich ja nicht zu fragen", sagte sie. „Das riecht man zehn Meter gegen den Wind."

Trotz seines angeheiterten Zustandes schien meinem Vater nicht entgangen zu sein, dass Mutti geweint hatte.

„Was ist denn mit dir passiert?", fragte er.

„Wenn du mal früher nach Hause kommen würdest, dann hättest du es schon mitbekommen. Aber in letzter Zeit scheinen ja die abendlichen Dienstbesprechungen immer länger zu dauern", sagte meine Mutter und stand auf.

Vati ließ sich auf einen Stuhl fallen.

„Also nun übertreib mal nicht", sagte er, „es waren doch nur drei Bier und ein paar Kurze."

Meine Mutter stemmte die Hände in die Hüften.

„Nur?", fragte sie. „Sieh dich doch mal an, du bringst ja kaum einen klaren Satz heraus." Sie wedelte mit der Hand vor der Nase herum. „Und eine Fahne hast du auch."

Es war mir ein Graus, wenn meine Eltern stritten, also versuchte ich zu schlichten.

„Vati", sagte ich. „Du weißt schon, dass das so nicht weitergehen kann?"

„Jetzt fang du nicht auch noch an", rief mein Vater. „Halt dich da raus, das ist eine Sache zwischen deiner Mutter und mir."

„Ach ja?", fragte ich wütend. „Dass Mutti heute suspendiert worden ist und vorerst nicht mehr arbeiten darf, während du dein spärliches Gehalt vertrinkst, ist wohl auch eine Sache zwischen ihr und dir, was?"

Mein Vater blickte erschrocken zu meiner Mutter und schien mit einem Schlag wieder nüchtern zu sein.

„Du bist was?", fragte er. „Vom Dienst suspendiert? Na, das hat uns gerade noch gefehlt."

Er stand auf und holte sich ein Glas aus dem Schrank.

„Jetzt, wo ich vielleicht bald arbeitslos bin, wirst du vom Dienst suspendiert. Und ich hatte gehofft, dass wenigstens du uns über Wasser halten kannst."

Er ging zum Kühlschrank und öffnete ein weiteres Bier.

„Sag mal, Vati", rief ich. „Hast du für heute noch nicht genug getrunken?" Ich wollte ihm die Bierflasche abnehmen, doch er wich mir aus und hielt sie fest.

Meine Mutter schien mit einem Mal völlig gefasst und sagte zu mir: „Lass uns allein, bitte!"

"Aber Mutti! Ich bin kein Kind mehr, dass man auf sein Zimmer schickt, wenn es einem im Weg herumgeht."

„Katja", sagte jetzt auch mein Vater. „Tu, was deine Mutter sagt und lass uns allein."

„Aber…"

„Geh in dein Zimmer, bitte!", rief meine Mutter, und es klang sehr bestimmt. Widerspruch war zwecklos, das wusste ich.

So war es immer. Meine Eltern hielten mich aus allem raus, was Unstimmigkeiten zwischen ihnen verursachte. Doch ich war jetzt erwachsen und wollte auch so behandelt werden. Warum durfte ich dann nicht meine Meinung sagen? Schließlich wollte meine Mutter ja auch, dass ich schnellstmöglich mein eigenes Geld verdiente. Ich verließ die Küche und konnte nur noch hören, wie meine Eltern leise, aber vehement miteinander diskutierten.

Wenige Wochen später traf ich eine Entscheidung.

„Ich werde nach Frankfurt am Main gehen und eine Banklehre machen", sagte ich eines Nachmittags zu Sarah auf dem Heimweg.
Sarah lachte laut auf.

„Das ist ein Scherz, aber ein schlechter!"

„Das ist kein Scherz", antwortete ich. Mir war wirklich nicht zum Scherzen zu Mute.

„Erinnerst du dich noch an neulich, als die Leute von dem neuen Amt, dieser zentralen Arbeitsverwaltung, bei uns in der Schule waren?"

„Ja klar", antwortete Sarah.

„Ich war bei denen zur Berufsberatung", sagte ich.

„Wann?"

„Letzte Woche."

„Und?"

„Die haben mir gleich gesagt, das mit der Fotografie kann ich vergessen. Gesucht sind Leute, die eine kaufmännische Ausbildung machen wollen, du weißt schon, Hotel, Bank oder Versicherung."

„Aber was willst ausgerechnet du da?", fragte Sarah. „Du bist doch kein Kaufmann?"

„Aber ich bin gut in Mathe, und meine Noten sind vielversprechend. Ich habe gute Chancen, im Westen eine Lehrstelle zu bekommen, haben die gesagt."

„Aber wieso ausgerechnet Frankfurt am Main?", fragte Sarah. „Weißt du, wie weit weg das ist?"

„Über fünfhundert Kilometer", sagte ich und war mir der Entfernung durchaus bewusst. Je weiter weg, desto besser, dachte ich.

„Ich sehe keine andere Möglichkeit", sagte ich und zuckte mit den Schultern. „Zu Hause wird es immer schlimmer. Meine Eltern streiten nur noch, und seit Mutti auf ihr Urteil wartet, ist es noch schlimmer geworden."

Inzwischen hatte meine Mutter Akteneinsicht bekommen, und es hatte sich herausgestellt, dass ihr eine einzige Unterschrift zum Verhängnis werden konnte. Gut zwei Jahre zuvor hatte sie zum Aufsichtspersonal beim Pioniertreffen in Karl-Marx-Stadt gehört und deswegen ein Papier der Staatssicherheit unterschreiben müssen.

„Aber es ist doch noch gar nicht raus, ob deine Mutter nicht mehr arbeiten darf", sagte Sarah. „Jetzt warte das doch erst mal ab."

Einige Schüler hatten eine Unterschriftensammlung gestartet, damit meine Mutter in den Schuldienst zurückkehren durfte. Es waren schon mehrere hundert Unterschriften zusammengekommen, und es gab weitaus größere Vergehen als das ihre. Doch meine Zuversicht, dass diese Aktion Erfolg haben könnte, war gleich null.

„Nein!", sagte ich jetzt. „Ich habe mich beworben, bei einer Bank in Frankfurt. Am Freitag fahre ich zum Vorstellungsgespräch hin." Wenn ich daran dachte, wurde mir jetzt schon ganz mulmig, aber irgendwie würde ich es schon schaffen. Ich wollte raus, raus aus Fürstenwalde, raus aus diesem engen Leben, und wenn ich dafür meinen Berufswunsch an den Nagel hängen musste, dann war das nun mal so.

„Diesen Freitag schon?", fragte Sarah.

„Wenn die mich nehmen, bin ich Anfang September weg", sagte ich und klang dabei hochnäsiger als beabsichtigt.

„Und wo willst du wohnen?", fragte Sarah. „Ich meine, du kennst doch niemanden in Frankfurt."

„Ich werde schon was finden", sagte ich. „Vielleicht ein Zimmer irgendwo zur Untermiete."
Ich biss mir auf die Unterlippe.

„Sarah, die Entscheidung fällt mir nicht leicht, aber ich sehe keinen anderen Weg."

„Es gibt immer einen anderen Weg", widersprach Sarah.

„Für dich vielleicht", sagte ich und dachte daran, dass Sarahs Vater genügend Geld verdiente, um ihr irgendein Studium zu finanzieren, von dem sie noch nicht einmal wusste, ob sie das wirklich studieren wollte. Laut sagte ich: „Ich brauche Klarheit. Ich möchte mein eigenes Geld verdienen, unabhängig sein, verstehst du das?"

„Und was wird aus mir?", fragte Sarah.

„Ach Sarah, du musst endlich lernen, auf eigenen Füßen zu stehen!", sagte ich.

„Ja schon", sagte Sarah, „aber du willst doch nicht ernsthaft einen Beruf erlernen, von dem du jetzt schon weißt, dass er dir keinen Spaß machen wird?"

„Doch, genau das will ich", beharrte ich, um keinen Zweifel daran aufkommen zu lassen, dass genau das jetzt der richtige Weg für mich war.

„Und wer weiß, vielleicht gefällt es mir sogar. Wenn ich mich geschickt anstelle, bin ich in zweieinhalb Jahren fertig."

„Das ist eine verdammt lange Zeit für etwas, was man eigentlich nicht will", sagte Sarah.

Sarah war meine beste Freundin, und doch konnte ich ihr nicht sagen, dass mir schlicht genügend Idealismus fehlte, um mich auf etwas Künstlerisches einzulassen, das womöglich über lange Zeit sehr mühsam werden würde, kein Geld einbrachte und möglicherweise keine Zukunft hatte. Mein Wunsch, wirtschaftlich selbstständig zu sein, unabhängig von den Eltern, die vielleicht beide demnächst von Arbeitslosengeld leben mussten, war stärker als jede Träumerei. Auch fühlte ich mich mitverantwortlich für die Misere, schließlich hatte ich die Freiheit noch mehr gewollt als meine Eltern.

Hinzu kam, dass Fürstenwaldes kleinstädtische Enge mir beinah unerträglich wurde. Viele meiner Schulkameraden planten, die Stadt nach der Schule zu verlassen, und ich wollte nicht die Einzige sein, die zurückblieb.

Auch hatte ich längst erkannt, dass man im Westen, wenn man fleißig war, schnell zu etwas Wohlstand kommen konnte. Und was sprach schon dagegen, erst mal arbeiten zu gehen und ein bisschen Geld zu verdienen. Studieren oder gar fotografieren konnte ich dann immer noch.

Wenige Tage später fuhr ich nach Frankfurt, und kurz darauf bekam ich eine Zusage. Es sollte wohl so sein. Also entschloss ich mich, in eine fremde Stadt zu ziehen, die sprachlich, gesellschaftlich und geografisch nicht weiter hätte entfernt sein können von dort, wo ich herkam. Ich tröstete mich mit dem Gedanken, dass es nicht für immer war. Gleichzeitig musste ich Sarah versprechen, den Sommer mit ihr zu verbringen. Es würden die ersten großen Ferien in Freiheit sein, aber auch die letzten gemeinsamen. Wir beschlossen, nach Italien zu trampen und es so richtig zu genießen.

Die Hitze des Tages flimmerte über die spätnachmittägliche Landschaft, die ich an mir vorbeiziehen ließ - ein Puzzle aus wohlsortierten Planquadraten. Hänge mit Olivenbäumen und Weinstöcken grenzten an Haine und Buschzeilen, dazwischen immer wieder steil aufragende Zypressen. Nur hin und wieder erinnerten kleine Brachlandkaros lehmiger Farbe daran, dass das Land nicht nur lieblich, sondern auch karg sein konnte.

Ich blinzelte vom Beifahrersitz zu Daniel hinüber, der am Steuer saß und sich auf die kurvenreiche Straße konzentrierte. Seit drei Tagen waren wir schon unterwegs, Sarah döste auf der Rückbank.

Die vergangenen Wochen waren vollgepackt mit Arbeit gewesen. Erst jetzt, da ich begann, die italienische Landschaft so richtig in mich aufzusaugen, bemerkte ich, wie erschöpft ich eigentlich war.

Nachdem am ersten Juli 1990 die Westmark auch im Osten eingeführt worden war, hatte sich nochmal vieles für uns geändert. Jetzt waren die Läden voll mit Waren.

Die Kaufhalle an der Ecke glich einem Intershop. Wir hatten das Abitur geschafft, und der Reise nach Italien stand nichts im Weg. Fast nichts. Schnell war uns klar geworden, dass wir ein bisschen Geld verdienen mussten. Denn selbst wenn wir trampten und unter freiem Himmel schliefen, mussten wir doch auch etwas essen und ab und zu Eintrittsgelder bezahlen, wenn wir italienische Kultur erleben wollten.

Noch einmal hatte Sarah vorgeschlagen, dass wir uns von Tante Elli helfen lassen sollten, und dieses Mal hatte ich mich darauf eingelassen.

Tante Elli ließ uns bei sich wohnen und besorgte uns einen Ferienjob in einer Eisdiele. Pro Stunde verdienten wir zehn Mark und arbeiteten auch an den Wochenenden durch. Nach drei Wochen waren unsere Taschen gut gefüllt.

Da Daniel seine Tante regelmäßig besuchte, sahen wir uns oft in dieser Zeit. Sarah behauptete, er interessiere sich für mich, was ich vehement bestritt. Seit unserem verhaltenen Abschied damals im November war ich sicher, dass er kein Interesse an mir hegte.

Und dennoch hielt ich Ausschau, Ausschau nach Signalen, die Sarahs These bestätigten.

Daniel merkte, dass ich ihn beobachtete, und ich blickte schnell wieder zum Beifahrerfenster hinaus.

„Alles klar?", fragte er.

„Ja, ja, alles klar", sagte ich. „Ich bin nur ganz schön müde. Dauert es noch lange, bis wir da sind?"

„Ich schätze, noch etwa eine halbe Stunde."

Daniel hatte in einer kleinen Pension, die er von früheren Reisen kannte, zwei Zimmer reserviert, und wir freuten uns auf ein paar Tage am Meer.

Er kannte sich in dieser Gegend Italiens offensichtlich gut aus, da er als Student oft hier gewesen war. Und eines Tages hatte er von sich aus vorgeschlagen, uns dorthin mitzunehmen.

Daniels Tochter war gerade mit seiner Lebensgefährtin Regina an die Nordsee gefahren, und er wollte die paar freien Tage nutzen, um einen Freund in Rom zu besuchen. Zufall oder Absicht, hatte ich mich gefragt.

Ich wusste es nicht, aber ich genoss es in vollen Zügen, durch diese wunderbare Landschaft chauffiert zu werden. Wären wir getrampt, hätten wir es sicher nicht so bequem gehabt. Wieder schielte ich zu ihm rüber. Seine hohe Denkerstirn und sein Nasenrücken waren bereits etwas gebräunt, und in den letzten drei Tagen hatte ich schon gemerkt, dass er das italienische *dolce vita*, wie er es nannte, sehr genoss. Ich griff nach der Wasserflasche und trank einen großen Schluck.

„Reichst du mir bitte auch mal meine Flasche", fragte Daniel.

Als ich ihm die Flasche gab, streifte seine Hand die meine. Eine flüchtige Berührung. Ich konnte nicht leugnen, dass ich sie genoss. Ich empfand eine merkwürdige Spannung zwischen uns, greifbar und doch undefinierbar.

„Danke", sagte Daniel. Er blickte kurz zu mir und dann wieder auf die Straße.

Ich linste in den kleinen Spiegel an meiner Sonnenblende nach hinten auf den Rücksitz. Sarah saß jetzt kerzengerade hinter mir und hob die Augenbrauen.

„Du bist ja wach?", fragte ich schnell.

„Bei den vielen Kurven kann man ja nicht in Ruhe schlafen", grinste Sarah und nippte demonstrativ an ihrer Wasserflasche.

Daniel blickte in den Rückspiegel.

„Wir sind bald da."

Zehn Minuten später setzte er den Blinker und fuhr von der Hauptstraße ab. Irgendwo zwischen Marina die Grosseto und Castiglione della Pescania kamen wir in eine kleine Ortschaft mit heruntergekommenen Natursteinhäusern, deren Eingänge mit Geranientöpfen dekoriert waren. Die meisten Fensterläden waren geschlossen, eine struppige Katze huschte quer über die Straße, und Daniel bremste. Wenig später hielt er vor einem Haus, dessen bröckelnder Putz das Mauerwerk freigab.

„Die Zimmer sind einfach, aber günstig", sagte Daniel, „und vom ersten Stock aus sieht man das Meer."

Ich blickte an der Fassade hinauf. Ein bisschen verkommen, aber wunderschön, dachte ich und fühlte mich gleich wie Zuhause. Zwei Balkone im ersten Stock mit schmiedeeisernen Gittern verliehen dem maroden Haus ein leicht herrschaftliches Aussehen.

„Ein Königreich für eine kalte Dusche", sagte Sarah.

„Also", sagte Daniel, „ihr teilt euch wieder ein Zimmer, okay?"

„Nie kann ich für mich sein", rief Sarah, und ich warf ihr einen wütenden Blick zu. Ich hasste es, wenn sie solche Anspielungen machte.

„War doch nur Spaß!", sagte sie und zog ihren Rucksack vom Rücksitz.

Tatsächlich bekamen wir die beiden Balkonzimmer mit Blick auf das Meer.

„Sieh dir das an", rief ich Sarah zu, als ich die dunklen Vorhänge aufzog und die Flügeltür zum Balkon öffnete. Eine Brise Meeresluft wehte herüber. Wie ein Spiegel schimmernd lag das Wasser weit entfernt in der späten Nachmittagssonne. Ich atmete tief ein und schloss die Augen. Italien, dachte ich, Italien könnte mein Land werden.

„Großartig, nicht wahr?", sagte Daniel, der auf den Nachbarbalkon getreten war. „Als ich das erste Mal hier war, ich war noch Student, habe ich nachts am Strand geschlafen, weil ich mir kein Hotelzimmer leisten konnte."

Ich öffnete die Augen. „Das hätten wir vermutlich auch gemacht."

„Ich kann dir sagen, das ist sehr romantisch", sagte Daniel. „Aber du bist ja nicht romantisch", fügte er grinsend hinzu.

„Stimmt", sagte ich.

„Jeder ist romantisch, irgendwie", sagte Daniel.
Doch ich wollte keine Zweifel aufkommen lassen.

„Ich nicht. Ich bin Realist", sagte ich.

„Ich glaube dir kein Wort", antwortete Daniel und sah mich von der Seite an.
Flirtete er mit mir? Wenn ich doch nur nicht so unerfahren in diesen Dingen wäre, dachte ich.
Laut sagte ich: „Ich geh duschen", und zog mich ins Zimmer zurück.

Wenig später trafen wir uns in einem Restaurant gegenüber vom Hotel. Es lag schattig unter steinernen Arkaden, direkt an einem kleinen quadratischen Platz. Daniel bestellte Wein, Wasser und Antipasti. Bald darauf brachte der Kellner eisgekühlten *Vermentino*, eine Karaffe mit Wasser und eine große Platte mit gegrilltem Gemüse, Oliven, Schinken und Salami. Es gab knuspriges Baguette dazu.

„Wer soll das alles essen?", fragte ich.

„Na hör mal", sagte Daniel und füllte die drei Gläser, „wir sind in Italien, wir sind am Meer, da muss man schließlich auch mal die echte italienische Lebensart genießen."
Wir ließen es uns schmecken und bestellten anschließend noch Pasta.

„Ich bin so satt", sagte Sarah als sie ihren Teller Spagetti aufgegessen hatte.

„Aber das war doch erst der zweite Gang", sagte Daniel. „Jetzt kommt noch Fleisch und Nachtisch."
Sarah lehnte sich zurück.

„Bei mir geht nix mehr", sagte sie.

Ich war leider auch schon satt, und so gab sich auch Daniel geschlagen und bestellte Espresso zum Abschluss.

„Heute zahle ich", sagte ich.

Daniel wollte etwas erwidern, doch ich hob die Hand.

„Du fährst uns seit Tagen durch die Gegend und zahlst beinah jede Rechnung. Wir brauchen keinen Gönner, wir haben unser eigenes Geld verdient. Ich zahle und basta!"

Ich zückte mein Portemonnaie und winkte den Kellner heran.

„Hier zahlt man beim Gehen an der Kasse, Signora", sagte Daniel und zeigte auf den kleinen Tresen im Inneren des Restaurants.

Ich sah den Kellner an, der soeben an unseren Tisch trat und stammelte: „Il conto per favore!" Der Kellner nickte und verschwand.

Sarah grinste.

„Aus dir wird noch eine richtige Italienerin", sagte sie.

Ich setzte mich aufrecht hin und wandte mich an Daniel.

„Übrigens, das heißt Signorina, wenn schon, capito?"

„Si, Signorina", antwortete er und sah mich an. Jetzt hatte er nichts Gönnerhaftes mehr an sich, im Gegenteil. Sein Blick traf mich unerwartet weich, seine Augen hatten wieder diesen unerklärlichen Schimmer, der mich glauben ließ, da sei mehr zwischen uns.

„Lasst uns gehen", sagte ich.

„Also ich habe total Lust auf Strand", sagte Sarah, als wir vor das Restaurant traten. „Los kommt, wir gehen noch ein bisschen ans Meer."

„Seid mir nicht böse", sagte Daniel, „aber ich bin müde. Es war eine lange Fahrt."

Ich war enttäuscht, dass er nicht mitkommen wollte.

„Alles klar, dann sehen wir uns morgen zum Frühstück?", sagte ich.

„Ciao", sagte Sarah und winkte kurz, als Daniel zum Hotel zurückging, während wir in Richtung Strand liefen.

„Jetzt guck nicht so!", sagte Sarah.

„Wie guck ich denn?", fragte ich.

„Ich glaub, du bist verliebt", sagte Sarah.

„Unsinn!", antwortete ich.

Kurz nach Mitternacht kehrten wir zurück in die Pension. Sarah hatte sich bei mir untergehakt und kicherte.

„Sei leise, du weckst alle auf!", flüsterte ich.

Sarah gluckste. Am Strand waren wir einer Gruppe italienischer Jugendlicher begegnet, die uns aufgefordert hatten, uns zu ihnen zu setzen. Einer von ihnen, so ein Surfer-Typ, hatte seine Gitarre dabeigehabt, und wir hatten den ganzen Abend ein für uns beinah unbekanntes Lagerfeuerrepertoire rauf und runter gesungen. Es hatte großen Spaß gemacht.

„Du hast eindeutig zu viel getrunken", sagte ich jetzt und schob Sarah die Treppe in den ersten Stock hinauf.

„Stimmt", sagte Sarah und rülpste, „aber lustig war´s." Sie kicherte wieder.

„Als Emilio versucht hat, mich auf sein Surfbrett zu stellen", Sarah blieb auf einer Stufe stehen, breitete die Arme aus und tat so, als wollte sie surfen, „habe ich mich ziemlich blöd angestellt, oder?"

Ich griff nach ihr, hatte Angst, sie könnte die Treppe heruntersegeln.

„Nein, du hast nur zu viel getrunken, sonst nichts", sagte ich.

„Dieser Emilio, also der ist schon süß", sagte Sarah. Ich war jetzt wirklich müde und sehnte mich nach meinem Bett.

„Na wenigsten heißt er nicht Jens oder Marc", sagte ich und schob sie weiter.

„Du hast Recht", meinte Sarah, „Emiiilioooo, das klingt viel melodischer."

„Psst", zischte ich, „nicht so laut!"

Ich schloss die Zimmertür auf, und Sarah stolperte geradewegs auf ihr Bett zu. Sie plumpste vornüber auf die Matratze und murmelte in ihre Decke hinein.

„Aber schön war es", sagte sie noch, bevor sie sich zusammenrollte und einschlief. Ich deckte sie mit einem Laken zu und zog die Vorhänge auf. Mir war nach frischer Luft, und ich trat auf den Balkon hinaus.

Der Nachthimmel war leicht verhangen, und Schleierwolken verdeckten die Sterne.

„Heute Abend wird es nichts mit Sternschnuppen", sagte Daniel. Ich zuckte zusammen, bemerkte erst jetzt, dass er, den Kopf an die Hauswand gelehnt, auf einem Stuhl auf seinem Balkon saß, mit einem Glas Wein in der Hand.

„Aber du bist ja eh nicht so romantisch, hast du gesagt."

Ich blitzte ihn an.

„Du willst mich jetzt aber nicht dauernd damit aufziehen, oder?", fragte ich.

„Nein", sagte Daniel.

„Magst du trotzdem rüberkommen?"

„Lohnt sich das denn?", fragte ich provozierend.

„Das mag ich so an dir", sagte er. „Du trägst dein Herz auf der Zunge." Er trank einen Schluck von seinem Wein.

„Philosophieren und Wein trinken in einer milden italienischen Nacht lohnt sich immer", sagte er. „Das nennt man hier *la dolce far niente*."

Auch ich hatte am Strand ein bisschen zu viel getrunken, doch meine Müdigkeit war wie weggeblasen. Ich kletterte über das hüfthohe Gitter, das die beiden Balkone voneinander trennte und setzte mich auf den freien Stuhl neben ihn.

„Es ist wirklich schön hier", sagte ich und blickte zum Himmel hinauf. Er reichte mir sein Weinglas, und ich nippte vorsichtig daran.

„Das werde ich ganz schön vermissen", sagte ich. „Bei dem Gedanken, dass ich in weniger als einem Monat in Frankfurt sein werde… "

„Warum gehst du dann hin?", fragte Daniel.

„Weil ich keine andere Wahl habe."

„Man hat immer eine Wahl."

„Das hat Sarah auch gesagt, aber ich habe nicht das Gefühl, dass es so ist."

Ich trank noch einen Schluck und reichte Daniel das Glas zurück. Seine Hand streifte meine, und wieder spürte ich diese unglaubliche Energie, die von ihm ausging, von mir Besitz zu ergreifen schien, sobald ich ihm nah war. „Vielleicht bin ich es auch einfach nicht gewohnt, eine Wahl zu haben. Ich mache immer das, was am Nächsten liegt."

„Frankfurt am Main liegt eigentlich nicht allzu nah", sagte Daniel.

Es war ein Versuch, mich aufzuheitern, das spürte ich, doch er gelang nur bedingt. Ich war in einer seltsamen Stimmung. Es fühlte sich an, als sei ich von einer fröhlichen Party in ein leeres Haus zurückgekehrt. Ein Vorbote dessen, was mich in Frankfurt erwarten würde?

„Warum bleibst du nicht einfach und baust zu Hause etwas Neues mit auf? Ein neues Ostdeutschland", sagte er schließlich.

„Weil ich inzwischen nicht mehr daran glaube, dass ein neues Ostdeutschland Platz haben wird neben einem etablierten Westen."

Daniel nickte.

„Es hat sich viel verändert", fuhr ich fort. „Die Leute sind verrückt nach Westautos und so. Allein in Fürstenwalde haben, glaube ich, fünf Gebrauchtwagenhändler eröffnet. Weißt du, es ist schon komisch, wenn der ehemalige Schichtleiter eines VEB plötzlich alte Opel verkauft."

„Aber ich finde, dass es sich lohnt, auch für den Erhalt von Dingen zu kämpfen, die bei euch gut waren", sagte Daniel.

„Zum Beispiel?", fragte ich.

„Die Schönheit eurer Natur", sagte er. „In letzter Zeit bin ich oft am Wochenende ins Hinterland gefahren, an die Seen. Da kommt man überall ans Wasser, und es ist noch nicht alles so verbaut. Wunderschöne Gegend. Herrlich zum Segeln und Kanu fahren."

„Kein Ostdeutscher will im Moment Segeln oder Kanu fahren, das hatten wir jahrelang. Alle wollen nach Italien, sieh mich an", erwiderte ich und schämte mich einen kurzen Augenblick dafür, dass ich gerade meine Heimat verriet.

„Auch irgendwie verständlich", sagte Daniel.

„Ich kann nicht in Fürstenwalde bleiben", sagte ich. „Alle gehen weg, und ich möchte nicht dabei zusehen, wie mein Heimatland verschwindet, geschluckt von…"

„Von der kapitalistischen Gier?", vollendete Daniel meinen Satz mit einer pathetischen Geste.

„Ja genau", sagte ich. „Von der Gier nach einem Opel Ascona."

Ich wusste, das war ein gnadenloser Vergleich.

„Irgendwann wird jeder seinen Opel haben, und dann werden die Leute begreifen, dass darin nicht die einzige Erfüllung liegt", sagte Daniel.

„Aber dann wird es zu spät sein", sagte ich, „dann wird es das Land, in dem ich aufgewachsen bin, nicht mehr geben."

Selbstbewusst griff ich wieder nach seinem Weinglas und trank es leer. Dann stellte ich es auf den kleinen Tisch zurück. Am liebsten hätte ich mich vorgebeugt und Daniel einfach geküsst. Er musste doch auch merken, wie magisch wir voneinander angezogen wurden.

Ich stand auf, ging zur Balkonbrüstung, legte die Hände darauf und starrte in die Dunkelheit. Der Wind trug das Meeresrauschen zu uns herüber wie eine Illusion. Eine Illusion, die entstand, wenn man sich eine Muschel ans Ohr hielt.

„Weißt du, was ich nicht verstehe?", fragte ich.

Daniel trat neben mich.

„Sie reden von blühenden Landschaften, und alles, was bei uns passiert ist, dass sie alles schließen, Fabriken, LPGs, Geschäfte. Stattdessen steht jetzt beinah jede Woche ein Versicherungsvertreter bei uns vor der Tür oder ein Fernsehzeitungsanbieter oder noch besser, gleich die Typen, die uns neue Antennen aufs Dach schrauben wollen, damit wir besser Westfernsehen empfangen können. Jeder von denen verspricht uns das Blaue vom Himmel, aber das ist doch nicht die Wahrheit?"

„Die Wahrheit ist das, was der jeweiligen Sache dient", sagte Daniel.

„Und welcher Sache dienen wir jetzt?", fragte ich. „Ich dachte, ich könnte frei sein."

„Frei ist, wer es sich leisten kann", sagte Daniel. "Und auch der ist oft genug gefangen in seiner Freiheit."

„Weißt du, in letzter Zeit frage ich mich oft, wer ist Feind und wer ist Freund", sagte ich. „Früher habe ich das immer gewusst."

Ich wandte mich Daniel zu.

„Weißt du es immer?"

Er blickte in die Dunkelheit.

„Nein, nicht immer."

„Und was passiert, wenn sich ein Freund als Feind entpuppt?", fragte ich.

Daniel legte plötzlich seine Hand auf meine. Mich durchzuckte es wie ein Blitz, und die Härchen auf meinem Unterarm stellten sich auf.

„Man wird vorsichtiger", antwortete er.

Er wandte sich mir zu.

„Wenn du jetzt nach Frankfurt gehst, dann tust du es, weil du denkst, du hast keine Alternative. Doch das stimmt nicht."

Sein Daumen streichelte über meinen Handrücken, und ich hielt die Spannung zwischen uns kaum noch aus.

„Ich glaube", fuhr er seelenruhig fort, „du wärst eine hervorragende Fotografin. Du hast diesen Blick, das Richtige zu erkennen. Man kann dich nicht täuschen."

Ich biss mir auf die Unterlippe.

„Sei dir dessen einfach bewusst, wenn du jetzt diesen kleinen Umweg über Frankfurt nimmst", sagte er. „Lerne, nutze die Erfahrung und vergiss dabei nie, wer du wirklich bist."

Jetzt hob er die Hand und fuhr mit den Fingern über meine Wange, bevor er seine Hand schnell in seiner Hosentasche vergrub.

„Es ist spät geworden", sagte er und rückte wieder von mir ab. „Wir sollten ein bisschen schlafen."

Es stimmte nicht, was er gesagt hatte. Er konnte mich täuschen, er hatte es soeben zum zweiten Mal getan.

„Ja, klar", sagte ich. „Dann geh ich mal."

Ich drehte mich um, legte die Hand auf das kühle schmiedeeiserne Gitter zum Nachbarbalkon. Da spürte ich ihn plötzlich hinter mir. Ich drehte mich um.

„Hast du wirklich geglaubt, ich lass dich jetzt einfach so gehen?", fragte er.

Und dann bekam ich ihn. Meinen ersten richtigen Kuss von einem Mann, der wusste, wie es geht. In diesem Moment erkannte ich die Anzeichen, die dagewesen waren. Ich hatte versucht, sie zu negieren, aus Unwissenheit. Er hatte versucht, sie zu leugnen, aus Vernunft.

Und doch waren sie da, ich hatte mich nicht getäuscht. Als er mich küsste, wurde mir klar, dass ich intuitiv das Richtige gefühlt hatte, auch wenn ich von der Liebe keine Ahnung hatte.

Ich blinzelte. Durch einen Spalt zwischen den schweren Vorhängen drang grelles Sonnenlicht ins Zimmer und durchschnitt den Raum mit einer Lichtwand, in der Staub tanzte. Ich setzte mich langsam auf, um mich herum ein goldfarbener Nebel, der die vergangene Nacht in verschwommene Konturen tauchte. Mit der Zunge fuhr ich mir über die trockenen Lippen.

Sarah schnarchte leise. Sie hatte nichts von all dem mitbekommen, und ich fragte mich, ob ich es ihr erzählen sollte.

In der vergangenen Nacht hätte ich alles auf eine Karte gesetzt, doch schließlich war es Daniel gewesen, der unser kleines Stelldichein beendet hatte. Auch er wollte mehr, das hatte ich deutlich gespürt, doch er hatte mich ins Bett geschickt, und zwar in mein eigenes.

Ich beschloss, Sarah schlafen zu lassen und traf eine Viertelstunde später meinen nächtlich wahr gewordenen Traum beim Frühstück.

„Guten Morgen, Signorina", sagte er und schob mir einen Stuhl hin. „Du siehst aus, als könntest du einen Espresso gebrauchen." Er winkte dem Kellner.

„Gibt's auch einen doppelten?", fragte ich, rieb mir die Augen und überlegte, ob ich einen Kuss in der Öffentlichkeit wagen sollte.

„Hast du nicht gut geschlafen?", fragte er und klang besorgt. Er setzte sich wieder und schob mir einen Teller mit einem Hörnchen drauf über den Tisch.

Ich entschied mich gegen den Kuss und setzte mich ihm gegenüber.

Eigentlich war mir eher nach einem kräftigen Wurstbrot. Süßes zum Frühstück war ich nicht gewohnt. Doch nach dem gestrigen Abend schien alles anders. Waren wir jetzt ein Paar, fragte ich mich.

„Ich glaube, ich habe ein bisschen wirres Zeug geträumt", sagte ich.

Daniel grinste.

„Das war kein Traum", sagte er leichthin und zeigte auf das Hörnchen.

„Mit Vanillecreme", sagte er, „so was gibt es nur hier in Italien."

Ich griff nach dem Hörnchen. Ein intensiver Vanille-Geschmack breitete sich auf meiner Zunge aus, und die Creme, die mir aus den Mundwinkeln quoll, leckte ich mit der Zungenspitze ab.

Daniel starrte mich unverhohlen an.

Den doppelten Espresso, den der Kellner wenig später brachte, trank ich in einem Schluck.

„Was ist mit Sarah?", fragte Daniel.

„Sie schläft oder besser, sie schnarcht", sagte ich.

„Okay. Dann geben wir ihr noch ein wenig Zeit und überlegen inzwischen, was wir heute unternehmen wollen", sagte Daniel.

Ich stellte die Tasse zurück auf den Tisch.

Er bemerkte meinen prüfenden Blick.

„Was ist?", fragte er.

Sollten wir darüber sprechen, was vergangene Nacht passiert war?

„Wegen gestern", begann ich vorsichtig.

Daniel winkte dem Kellner und bestellt zwei weitere Espresso.

Wir sollten nicht, dachte ich, biss noch einmal in mein Hörnchen und kaute schweigend. Es war ja auch nichts passiert, mal abgesehen davon, dass ich nun wusste, wie es sich anfühlte, von einem Mann geküsst zu werden, der es wirklich verstand.

Die Espresso kamen.

Daniel rührte Zucker in seine Tasse und hob plötzlich den Blick.

„Hör zu, Katjuscha", begann er. So hatte er mich noch nie genannt. Ich unterbrach ihn trotzdem.

„Ist schon gut", sagte ich. „Wir hatten wohl beide ein bisschen viel getrunken und sind einfach sentimental geworden. Nicht der Rede wert."

Ich sah, wie er stutzte. Dann fragte er ganz unvermittelt:

„Siehst du das so, ja?"

Ich versuchte noch einmal, diesen peinlichen Augenblick abzubügeln.

„Komm, lass uns nicht mehr darüber reden."

Doch Daniel ließ sich damit nicht abspeisen. Er beugte sich vor und legte seine Hand auf meinen Arm.

„Katjuscha, du kannst dir gar nicht vorstellen, wie sehr ich deine Nähe genossen habe. Du bist großartig, ich kann es nicht anders sagen." Er atmete durch, nahm die Hand von meinem Arm und fuhr sich über die Augen.

„Aber?", fragte ich gerade heraus, obwohl ich seine Antwort eigentlich nicht hören wollte. Ich wartete auf das, was man immer in Fernsehfilmen sah. Du bist toll, aber ich kann nicht, weil und so weiter.

„Wir spielen mit dem Feuer", sagte er unvermittelt. Jetzt wurde ich plötzlich ganz ruhig.

„Ich weiß", sagte ich und nippte nun auch an meinem zweiten Espresso, der unerwartet bitter schmeckte. Ich war mir nicht sicher, wie ich mir den Ausgang dieser Unterhaltung wünschen sollte. Sollten wir alle Vernunft beiseiteschieben und da weitermachen, wo wir gestern Nacht aufgehört hatten, oder sollten wir uns auf das besinnen, was wir waren? Daniel ein Mann mit Familie, ich eine junge Frau am Anfang von allem. Daniel fuhr sich durch sein wirres Haar.

„Lass uns einfach was unternehmen heute, okay?", sagte er.

„Aber ich dachte, wir müssen weiter in Richtung Rom?", fragte ich zurück.

„Die Gegend hier ist toll, es gibt so viel zu entdecken", sagte er. Warum eigentlich nicht, dachte ich. Lass uns einfach Zeit miteinander verbringen und sehen, wo das hinführt.

Genau genommen spielte vor allem er mit dem Feuer, ich war ja schließlich vollkommen frei und ungebunden.

„Einverstanden", sagte ich und sah ihn prüfend an. "Bist du sicher?", fragte ich ihn, obwohl ich mich selbst meinte.

„Ja klar", sagte Daniel und rieb sich die Hände. „Was willst du unternehmen?"

Na ja, Sarah war ja auch noch mit von der Partie, dachte ich. Das würde es uns leichter machen, die Finger voneinander zu lassen.

„Ich kann mir das Ziel aussuchen?"

„Alles, was du willst."

Ich grinste.

„Okay", wandte Daniel ein, „fast alles."

Ich überlegte.

„Du kennst dich doch so gut aus, hier, richtig?"

„Könnte man so sagen."

„Dann zeig mir einen Ort, der dich wirklich fasziniert."

„Kein Problem, Singorina", sagte er. „Da muss ich nicht lange überlegen."

Er trank seinen Espresso aus und wirkte erleichtert.

„Dann schlage ich vor, du siehst zu, dass du Sarah aus dem Bett bekommst, und dann geht es los."

Die Hitze brannte auch an diesem Tag erbarmungslos vom Himmel. Ich sah aus dem Autofenster und versuchte, mich auf die Landschaft zu konzentrieren, die draußen vorbeizog. Doch dort erstreckte sich nur eine seltsam eintönige, kaum bewachsene Ebene, leicht verzerrt durch die Hitze, die knapp über dem Boden flimmerte.

Ich saß allein mit Daniel im Auto, und je länger wir fuhren, umso mehr fragte ich mich, ob das wirklich eine gute Idee gewesen war. Mit jeder Minute sehnte ich mich mehr nach ihm.

Sarah, das einzige Regulativ, das hier noch hätte helfen können, war nicht mit von der Partie.

Nach dem Frühstück waren wir zurück in die Pension gegangen, und ich hatte versucht, sie zu wecken. Vergeblich. Fahrt ohne mich, hatte sie gesagt, dankbar für das

Salamibaguette und die große Flasche Wasser, die ich ihr auf den Nachttisch gestellt hatte.

Bist du sicher, hatte ich gefragt, doch Sarah war schon wieder eingenickt. Ich hatte meinen kleinen Rucksack zusammengepackt und dabei krampfhaft überlegt, wie ich nun, da ich den Tag mit Daniel allein verbringen würde, mit der Situation umgehen sollte. Ohne Sarah auf Distanz zu ihm zu bleiben, erschien mir nahezu unmöglich. Als ich schon fast zur Tür raus war, hatte Sarah sich umgedreht und unter der Decke hervorgeblinzelt.

Tu nichts, was ich nicht auch tun würde, hatte sie gesagt.

Ich hatte mich ertappt gefühlt. Sarah hatte nur gegrinst.

Zur Mittagszeit erreichten wir ein mittelalterliches Städtchen, umgeben von einer fast vollständig erhaltenen Stadtmauer und majestätisch überragt von einer eindrucksvollen Kirche. Fasziniert von dem Anblick überkam mich augenblicklich eine große Lust zum Fotografieren. Endlich etwas, das mich von meinem aufgewühlten Inneren ablenken würde, dachte ich, doch als wir aus dem Auto stiegen, schlug uns eine derartige Hitze entgegen, dass ich den Gedanken daran sofort wieder fallen ließ.

Eine ganze Weile lang gingen wir schweigend nebeneinander eine schmale Gasse bergauf, bis Daniel schließlich irgendwann stehen blieb und anfing, mir etwas über den Ort zu erzählen, an dem wir uns befanden.

Die Etrusker hätten ihn Tuscana genannt, bevor die Römer ihn vereinnahmt und mit dem Bau der Via Clodia eine Verbindung zwischen Rom und der Toskana geschaffen hätten, um besser Handel treiben zu können.

Eine Verbindung geschaffen, hallte es in mir nach.

Ich schob meine Hand in die von Daniel, und wir gingen langsam und im Gleichschritt, wie ein langjähriges Liebespaar, den Hügel hinauf.

Schließlich erreichten wir die eindrucksvolle Kirche, die, so erklärte mir Daniel, eine Basilika war und San Pietro hieß.

Ich ließ die Wucht des Bauwerks mit seinen drei riesigen Türmen ganz nah an mich heran. Jeder einzelne Stein schien seine eigene Geschichte zu haben, und zusammen bildeten sie eine monumentale Einheit, die die Jahrhunderte beinahe unversehrt überdauert hatte. Ich lehnte meinen Kopf an Daniels Schulter.

„Wollen wir hineingehen?", fragte er. „Drinnen ist es sicher angenehm kühl."

„Ich bin mir gerade nicht sicher, ob ich mich abkühlen möchte", sagte ich.

Daniel legte den Arm um mich und blickte die Türme hinauf.

„Ich auch nicht", sagte er.

„Ich glaube, ich möchte lieber mit dem Feuer spielen", sagte ich.

Daniel drückte mich fester an sich.

„Lass uns hineingehen", sagte er schließlich.

Aus dem Inneren der Basilika schlug uns kühle, von Weihrauch geschwängerte Luft entgegen. Über uns eröffnete sich ein riesiger frei liegender Dachstuhl. Wir waren ganz allein in dem alten Gotteshaus.

Daniel setzte sich in eine Bankreihe, während ich einmal das Kirchenschiff umrundete. Dann setzte ich mich neben ihn, und so verharrten wir schweigend eine ganze

Weile, den Blick nach vorn auf den Altar gerichtet. Bis ich es nicht mehr aushielt und Daniel von der Seite ansah. Als könne er meine Gedanken lesen, sagte er:

„Wir sind in einer Kirche, Katjuscha."
Noch bevor ich mich vorbeugen und ihn küssen konnte, stand er auf und hielt mir seine Hand hin.

„Komm!"
Wir wanderten in das Dämmerlicht des Seitenschiffes hinüber, vorbei an einer ganzen Reihe von etruskischen Sarkophagen, die ihre Geheimnisse wohl auf immer und ewig für sich behalten würden.

Als wir die Kirche verließen, erschien uns die Hitze draußen nicht mehr ganz so erdrückend.
In einem kleinen Laden kauften wir Focaccia mit getrockneten Tomaten und ein Viertel Wassermelone. Dann kehrten wir zum Auto zurück und fuhren aus der Stadt hinaus.

Irgendwann bog Daniel von der Hauptstraße in einen unbefestigten Pfad entlang des Flusses Marta ab und parkte den Wagen unter einer riesigen Korkeiche.

In deren Schatten breiteten wir eine Decke aus und aßen die Focaccia. Dann ließen wir uns rücklings in das verdorrte Gras fallen, und ich schob meine Hand in Daniels und lauschte dem Gurgeln des Flusses und dem Zirpen der Zikaden,

Als ich wieder wach wurde, war Daniel verschwunden. Ich hatte Durst und tastete nach der Wasserflasche, die irgendwo neben der Decke im Gras lag. Ich richtete mich auf, trank einen Schluck und entdeckte Daniel wenige Meter entfernt im Fluss. Er war nackt.

Ich musste einfach hinsehen. Immer wieder tauchte er ins Wasser ein. Sein weißer Körper leuchtete in der Sonne.

Als er bemerkte, dass ich ihn beobachtete, rief er:

„Komm rein, es ist herrlich!"

Ich zögerte. Ich war freizügig aufgewachsen, FKK am Ostseestrand war eine Art der persönlichen Rebellion gegen den Staat gewesen.

Doch plötzlich bedeutete Nacktheit für mich nicht mehr, mich frei zu fühlen, sondern eher befangen zu sein. Ich war noch nie mit einem Mann zusammen gewesen, noch dazu mit einem so viel älteren. Daniel war in diesen Dingen bestimmt sehr erfahren, während ich keine Ahnung hatte.

Ich rappelte mich auf, ging zu ihm und steckte zögernd einen Fuß ins Wasser. Es war tatsächlich herrlich erfrischend.

„Na komm schon", rief Daniel. Sein Körper glitzerte im Sonnenlicht, und ich vermied es, an eine bestimmte Stelle zu sehen, tat es dann aber doch.

Bis zu diesem Moment war alles, was zwischen uns passiert war, Kinderkram gewesen. Berührungen, Blicke, ja sogar die Küsse waren nichts im Vergleich zu dem Gefühl, das jetzt in mir aufwallte.

Lass uns sehen, was passiert, dachte ich, zog mir mein T-Shirt über den Kopf und ließ Shorts und Slip in die Uferböschung fallen.

Schnell stürzte ich mich ins Wasser, tauchte kurz unter und kam wieder nach oben. Das kalte Wasser war herrlich.

Daniel streckte seine Hand nach mir aus und zog mich zu sich heran. Vom Fluss umspült standen wir einen Moment lang nackt und eng umschlungen im kühlen Wasser.

Als Daniel mich eine Armlänge von sich wegschob und mich betrachtete, wurde ich sehr verlegen.

„Nun tu mal nicht so, als wäre ich die erste Frau, die du nackt siehst", sagte ich, um meine Scham zu überspielen. Dabei schlug mein Herz so heftig, dass ich sicher war, man könne die Schläge im Brustkorb sehen.

„Du bist eine wunderschöne Frau", sagte er, und er sagte es ganz ungeniert, was mich noch verlegener machte. Ich kam mir plötzlich vor wie in einem dieser Kitschfilme, die sonntagnachmittags im Westfernsehen liefen.

Dann atmete Daniel tief ein, stieß die Luft wieder aus und zog mich erneut an sich. Trotz des kalten Wassers spürte ich die Wärme seines nackten Körpers auf meiner Haut. Sanft strich er mir über den Rücken, bevor er mich wieder von sich wegschob und über meine Schulter hinweg flussaufwärts schaute.

„Ich muss aufhören damit", sagte er, „sonst vergesse ich noch meine guten Manieren."

„Vielleicht will ich das ja", sagte ich und fragte mich im selben Moment, ob das zu forsch gewesen war. Daniel schüttelte den Kopf.

„Nein", sagte er mehr zu sich selbst als zu mir. „Das geht nicht."

Eine Woge der Enttäuschung schwappte über mich hinweg, und plötzlich wurde mir ganz kalt. Jetzt, da wir uns so weit vorgewagt hatten, wollte ich wissen, wie es war, mit einem Mann zusammen zu sein.

Daniel tauchte noch einmal ins Wasser und fuhr sich mit den Händen durch das nasse Haar.

„Komm", sagte er dann und griff nach meiner Hand. Wir schoben uns durch die fließende Strömung, und Daniel zog mich am Ufer auf die Böschung.

Dann ging er zum Auto, um Handtücher aus dem Kofferraum zu holen. Anschließend setzten wir uns wieder in den Schatten der Korkeiche und aßen die Melone.

„Darf ich dich was fragen?", sagte ich.

Daniel blickte auf.

„Alles."

„Wie viele?"

„Wie viele was?"

„Mit wie vielen Frauen warst du in deinem Leben schon zusammen?"

Er lachte verlegen.

„Warum willst du das wissen?"

„Wie viele?", wiederholte ich meine Frage.

„Zwei", sagte er. „Es waren zwei Frauen."

Er blickte mich an und fragte dann ernst:

„Und du?"

Ich sah erst den Fluss hinauf und dann direkt in seine Augen.

„Du bist der Erste."

Daniel nickte.

Er legte das Stück Melone, von dem er gerade abgebissen hatte, beiseite und nahm meine Hände, die ganz klebrig waren vom Saft des roten Fruchtfleischs.

Dann sah er mir tief in die Augen.

„Katjuscha, ich kann nicht."

„Aber warum?", fragte ich.

Er senkte kurz die Lider und blickte mir dann wieder in die Augen. „Glaub mir, es ist keine gute Idee."

Beinah hätte ich gefragt, ob ich ihm nicht gefalle, doch mir war klar, dass es Unsinn war.

„Bitte", sagte er. „Du bist so zauberhaft, aber ich kann nicht."

„Warum?", fragte ich nochmal.

Er atmete tief durch.

„Ich bin nicht frei."

„Aber ich verpflichte dich doch zu nichts", sagte ich.

„Ich weiß", sagte er.

„Wir müssen die Realität doch nur ein wenig ausblenden", sagte ich.

„Ja, das müssen wir", sagte er. „Aber nicht so."

Er stand auf, ging zum Fluss und wusch sich die klebrigen Hände. Als er zurückkam, schien er seine Gedanken geordnet zu haben. Er hielt mir die Hand hin, zog mich nach oben und küsste mich. Es fühlte sich an wie ein Abschiedskuss.

„Komm, lass uns zurückfahren."

Als er sich wenig später auf den Fahrersitz schob, während ich neben ihm einstieg, sah er mich plötzlich von der Seite an, hob die Hand und streichelte meine Wange.

„Wenn du wüsstest, wie schwer es mir fällt, dir zu widerstehen."

„Warum tust du es dann?", fragte ich. „Niemand außer uns beiden muss etwas davon erfahren."

Er ließ die Hand sinken und drehte den Zündschlüssel um. Der Motor sprang an.

„So einfach ist das nicht, Katjuscha", sagte er. „So einfach ist das nicht", wiederholte er.

Ich legte meine Hand auf seinen Arm und blickte geradeaus durch die Windschutzscheibe.

„Ich will noch nicht zurück", sagte ich irgendwie trotzig, aber bestimmt. „Und es ist mir egal, ob du frei bist oder nicht", sagte ich, „aber ich will noch nicht zurück." Er legte die Hände aufs Lenkrad.

„Gut", sagte er schließlich. Dann fuhr er los. Einvernehmlich schweigend fuhren wir zu der Hauptstraße zurück, von der wir abgebogen waren.

Während die Sonne sich mehr und mehr dem Horizont zuneigte, fuhr Daniel eine schmale, kurvenreiche Straße hoch. Irgendwann hielt er am Straßenrand. Wir stiegen aus und traten an ein Geländer, hinter dem es steil nach unten ging. Auf der gegenüberliegenden Seite schimmerte eine auf Felsen gebaute Stadt, die in der langsam sinkenden Sonne orangerot leuchtete. Pitigliano, ließ mich Daniel wissen.

„Das ist ja unglaublich schön", flüsterte ich, als er neben mich trat. Meine Stimmung hob sich schlagartig beim Anblick dieser kaum fassbaren Farbpalette, mit der die Natur die uralte mittelalterliche Skyline der Stadt bemalte.

Daniel trat hinter mich und schlang die Arme um meinen Körper. Er legte sein Kinn auf meine Schulter, und ich konnte seinen Atem neben meinem Ohr spüren.

„Lass uns kurz so tun, als ob ich dich nie wieder loslassen müsste", flüsterte er, und ich ließ mich in seine Umarmung sinken, schloss meine Augen und versuchte mit jeder Faser meines Körpers, den seinen in mich aufzusaugen. Ein bisher nicht gekanntes Gefühl von Geborgenheit erfasste mich, beruhigte mein aufgeregtes

Inneres, gab mir die Sicherheit, dass egal, was wir tun würden, ich Daniel vertrauen könnte. Jeglichen Zweifel, wie kompliziert das alles war, schob ich einfach beiseite.

Als ich die Augen wieder öffnete, war das Orangerot der Abendsonne verblasst, und ein schmaler Schatten auf den Felsen unterhalb der Häuser kündigte den kurz bevorstehenden Untergang der Sonne an.

Daniel drückte mir einen Kuss auf die Schläfe.

„Wie geht das jetzt weiter zwischen uns?", fragte ich.

„Ich weiß es nicht", sagte er.

Die gesamte Rückfahrt schwiegen wir, und als wir gegen acht Uhr abends in der Pension ankamen, lag eine Nachricht für Daniel an der Rezeption.

„Regina hat angerufen", erklärte er mir. „Ich soll sie zurückrufen."

Er küsste mich auf die Stirn.

„Schau doch schon mal, wo Sarah steckt."

Nun hatte uns die Realität schneller eingeholt, als mir lieb sein konnte. Ich stieg die Treppe zum ersten Stock hinauf und schloss unser Zimmer auf. Es war leer. Sarah hatte einen Zettel an den Spiegel geklemmt.

Bin am Strand, lerne surfen. Dahinter hatte sie einen Smiley gemalt.

Wenig später hörte ich, wie auch Daniel die Treppe heraufkam und in seinem Zimmer verschwand. Ich wartete einige Minuten, ging dann nach nebenan und klopfte leise an seine Tür.

„Komm rein", hörte ich ihn rufen.

Er lief im Zimmer auf und ab, suchte seine Sachen zusammen und stopfte alles in seine Tasche.

„Was ist los?", fragte ich, als ich sah, dass er packte.

Er ging ins Bad, räumte seine Kulturtasche ein und warf sie ebenfalls in seine Reisetasche.

„Sonja ist im Krankenhaus", sagte er.

Ich erschrak.

„Was ist passiert? Ein Unfall?"

Daniel schüttelte den Kopf.

„Nein", sagte er, „vermutlich der Blinddarm. Sie sind sich noch nicht sicher, aber Regina meinte, sie würden vorsorglich operieren, heute noch."

Eine Blinddarm-OP seiner Tochter, dachte ich. Bevor es richtig angefangen hatte, war es auch schon zu Ende. Ich ging auf Daniel zu, griff nach seinen Schultern und zwang ihn, mich anzusehen.

„Hör mal", sagte ich, „eine Blinddarm-OP ist heutzutage keine große Sache mehr. Du wirst sehen, es wird alles gutgehen."

Er blickte mich an.

„Ich weiß." Dann zog er mich an sich und drückte meinen Kopf gegen seine Schulter. „Trotzdem, ich muss zurück. Ich will meine Tochter nicht länger allein lassen."

„Aber sie ist doch nicht allein", murmelte ich in sein verschwitztes Shirt und schluckte die Tränen hinunter, die in mir hochstiegen. „Regina ist doch bei ihr."

Es fühlte sich komisch an, den Namen der Frau auszusprechen, die eigentlich an Daniels Seite gehörte.

„Ja, das weiß ich. Und trotzdem, es ist alles noch so neu für Sonja. Gerade erst ist ihre Mutter einfach so nach Afrika abgehauen, und jetzt habe ich sie auch noch allein gelassen. Ich muss zurück."

Ich atmete lange aus und löste mich aus seiner Umarmung. Ich würde Daniel nicht davon abhalten, so schnell wie möglich zu seiner Tochter nach Hause zu fahren.

„Hör mal", sagte er, „ihr werdet doch zurechtkommen? Sarah und du?" Er kramte sein Portemonnaie hervor und wollte mir Geld geben. „Der nächste Bahnhof ist zwei Ortschaften weiter. Nehmt ein Taxi", sagte er. Ich schob seine Hand weg.

„Lass das", sagte ich unbeabsichtigt hart, „wir sind erwachsen und kommen schon klar. Du musst uns nicht aushalten."

Er steckte die Scheine zurück in sein Portemonnaie und warf es auf seine Reisetasche.

Dann zog er mich wieder an sich.

„Es tut mir leid, Katjuscha, so war das nicht gemeint."

„Ich weiß", murmelte ich.

„Du musst mir was versprechen", sagte er.

Ich kuschelte mich mit geschlossenen Augen in seine Umarmung, wusste, das war die letzte Nähe, die ich jetzt noch von ihm bekommen konnte.

Dann sagte er: „Lebe dein Leben und warte nicht auf mich!"

Ich erschrak. „Wie meinst du das?", fragte ich und trat einen Schritt zurück.

„Du bist jung, hast alles noch vor dir. Ich würde dich nur aufhalten", sagte er.

Ich schmiegte mich wieder an ihn, jetzt fester, wollte ihn auf keinen Fall so gehen lassen.

„Aber", stotterte ich, „aber was bedeutet das jetzt? Für uns?"

Er hielt mich fest.

„Du weißt genau, was das heißen soll. Versprich es mir einfach, bitte!"

Wie konnte ich ihm etwas versprechen, was ich nicht wollte? Im Laufe des heutigen Tages war mir immer klarer geworden, dass ich mich in ihn verliebt hatte und dass das, was zwischen uns war, irgendwie weitergehen würde, weitergehen musste. Doch aus seiner Sicht würde es kein Wir geben, nur ein er und ein ich ohne gemeinsame Zukunft.

Zwischen uns standen nicht nur siebzehn Jahre Altersunterschied. Das war noch die kleinste Hürde. Aber Sonja, Regina, Daniels Leben in Berlin, unsere beiden Leben schienen unvereinbar.

Eine Viertelstunde später stand ich allein auf dem Balkon unseres Zimmers und blickte in die Dunkelheit, die Illusion von Meeresrauschen im Ohr.

Kapitel 7

Irgendetwas drang vehement in sein Unterbewusstsein, ein schriller Ton bahnte sich den Weg durch den Gehörgang in seinen Kopf. Seine Schläfen pochten. Er blinzelte in die Dämmerung. Sein Blick wanderte zur Digitalanzeige seines altmodischen Weckers, von dem er sich seit seiner Zeit auf der Polizeiakademie nicht trennen konnte. Die Anzeige zeigte kurz nach acht. Er schnellte hoch.

Der schrille Ton hämmerte immer noch auf seine pochenden Schläfen ein. Es kam von seinem Handy, das auf dem Nachttisch lag und leuchtete.

„Ja, hallo? Sascha Krabitz hier."

„Na wenigstens weißt du deinen Namen noch", sagte eine fröhliche weibliche Stimme am anderen Ende, „sag bloß, du liegst noch im Bett, und wenn ja, mit wem?"

„Natalie", sagte er und rieb sich über die Augen. „Was gibt´s?"

„Erst will ich wissen mit wem."

Er musste sich beherrschen, um ihr nicht zu sagen, dass sie das eigentlich überhaupt nichts anging.

„Ich bin allein, zufrieden?"

„Soll ich dir das glauben?", fragte Natalie.

Eigentlich hätte ihr fröhlicher Tonfall seine Stimmung durchaus aufhellen können. Doch es war Montagmorgen, und er war beim besten Willen noch nicht so recht zum Scherzen aufgelegt.

Sascha schwieg und wartete darauf, dass Natalie zum eigentlichen Grund ihres Anrufes kam. Tatsächlich klang sie mit einem Mal sehr sachlich.

„Ich bin fertig mit der Obduktion, der Bericht liegt schon in deinem E-Mail-Briefkasten."

Er spürte, dass sie am anderen Ende lächelte.

„Aber natürlich freue ich mich immer, wenn Du in meinem romantischen Kellerloch vorbeischaust. Vorausgesetzt, du schaffst es heute noch aus dem Bett. Morgen muss ich nach Hamburg. Aber du kannst natürlich auch mit meinem glatzköpfigen Kollegen vorliebnehmen."

So viel Enthusiasmus am frühen Morgen war ja kaum auszuhalten.

„Okay, ich komme", antwortete er.

„Jetzt gleich? Echt jetzt?", fragte Natalie in einem gespielt überraschten Tonfall.

Er verdrehte die Augen. Sie konnte es nicht lassen, musste immer wieder auf die wenigen gemeinsamen Nächte anspielen, die sie vor einiger Zeit miteinander verbracht hatten.

„Bis später", antwortete er mit kratziger Stimme.

Er legte das Handy auf den Nachttisch zurück und fiel mit dem Gesicht ins Kopfkissen.

Er hatte unruhig geschlafen, mal wieder diesen schrecklichen Traum gehabt. Es war immer derselbe. Sein Vater und er standen auf einer Klippe. Jasmunder Bodden auf Rügen. Als Kind war er oft mit seinen Eltern dort gewesen. Sein Vater trat ganz nah an den Abgrund heran, er wollte nach ihm greifen, doch er griff jedes Mal durch ihn hindurch, als wäre er aus Luft. Sein Vater sah ihn kurz an, mit diesem leeren Blick, der ihm am Ende seines Lebens zu eigen geworden war. Leere, blasse Augen, in denen sich kein Lichtstrahl mehr gespiegelt hatte, matt und stumpf. Dann war er auf einmal weg, und Sascha wusste, dass sein Vater die Klippe hinuntergesprungen war. Jedes Mal, wenn er aus diesem Traum erwachte, fühlte er sich schuldig.

Er hob sein Gesicht aus dem Kissen, tastete nach seiner Brille, die ebenfalls auf dem Nachttisch lag und setzte sie auf. Der Fluchtweg aus dem Traum durch die offenstehende Schlafzimmertür wurde scharf. Einfach aufstehen, rausgehen, weitermachen. Das klappte fast immer, zumindest bis zum nächsten Mal. Jetzt erst mal einen starken Espresso und eine Aspirin.

Er schwang die Beine aus dem Bett und schlurfte in die Küche, griff nach einem benutzten Glas auf der Anrichte und ließ Leitungswasser einlaufen. Er trank es in einem Zug leer und füllte es erneut. Die Packung Aspirin, griffbereit im Schrank über der Spüle, war beinahe leer. Zu oft hatte er in letzter Zeit morgens eine gebraucht. Mal war es ein Glas Bier zu viel, mal zu wenig Schlaf. Aber vor allem lag es daran, dass er zu viel arbeitete. Diese ellenlangen Schichten auf dem Revier, die vielen Wochenenden, an denen er oft die Bereitschaft für Kollegen übernahm, die Familie hatten, er steckte das alles schon lange nicht mehr so gut weg wie früher. Während sich die Brausetablette sprudelnd auflöste, drückte er den Knopf der Kaffeemaschine und ließ einen starken Espresso in eine kantige kleine Tasse laufen. Die Untertasse sparte er sich. Die Kaffeemaschine war das einzige Gerät, das er in dieser Küche wirklich häufig benutzte. Während der Kaffee in die Tasse lief, räumte er den leeren Pizzakarton vom Abend zuvor von der Anrichte, stapelte ihn zu den anderen neben dem Mülleimer und beschloss, den Müll mit nach unten zu nehmen, wenn er gleich ins Büro fuhr.

Er griff nach der Espressotasse und stürzte den heißen Kaffee ungesüßt hinunter. Die Menükarte vom Pizzadienst warf er ebenfalls auf den Müll. Schluss mit der ungesunden Ernährung! Er durfte sich einfach nicht so gehen lassen, würde endlich mal wieder selbst kochen, gleich heute Abend. War ja schließlich nicht so, dass er das nicht konnte.

Doch jetzt musste er erst mal zusehen, dass er ins Büro kam, den Obduktionsbericht durchlesen, damit die Leiche freigegeben werden konnte, vorausgesetzt, Natalie hatte nichts Auffälliges entdeckt.

Sascha schob Daumen und Zeigefinger unter die Brillengläser und rieb sich die Augen. Am Morgen zuvor, am heiligen Sonntagmorgen, hatte ihn der ärztliche Notdienst um sechs Uhr morgens aus dem Bett geklingelt. Er hatte wieder mal Bereitschaftsdienst gehabt, das zehnte Wochenende in Folge.

Eine junge Frau hatte ihren Vater tot auf der Treppe in ihrem Haus vorgefunden. Da der Mann allein gestorben war, hatte Sascha die Leiche vorschriftsmäßig in die Pathologie zur Obduktion überstellen lassen. Eigentlich ein Routinefall.

Doch irgendetwas in seinem Unterbewusstsein sagte ihm, dass dies kein normaler Todesfall war. Nicht dass der Mann irgendwie umgebracht worden wäre, nein. Seiner ersten Einschätzung nach gab es keine äußere Fremdeinwirkung. Doch die junge Frau, die Tochter des Toten, sie hatte so verloren gewirkt. Zudem war ihm der

Mann irgendwie bekannt vorgekommen, doch bis jetzt hatte er nicht ergründen können, woher.

Angehörige von plötzlich Verstorbenen wirkten immer verloren, aber Sonja Baumann hatte aus irgendeinem Grund seine Aufmerksamkeit mehr erregt als üblich. Vielleicht war es der beinahe kindliche Blick gewesen, mit dem sie ihn angesehen hatte. Vielleicht aber auch nur ihre Hilflosigkeit, ihre mangelnde Konzentration aufgrund ihres deutlichen Restalkohols. Sie musste die halbe Nacht um die Häuser gezogen sein, so wie sie ausgesehen und gerochen hatte.

Die Brausetablette hatte sich inzwischen aufgelöst, und er trank das Glas Wasser in einem Zug leer. Sein Magen gluckerte.

Dass Natalie so schnell mit der Obduktion fertig war, ließ ihn vermuten, dass er Recht behalten würde, sie hatte sicherlich keine Auffälligkeiten entdeckt. Oder aber sie hatte sich so beeilt, um ihn zu beeindrucken.

Natalie nutzte jede Gelegenheit, ihn wiederzusehen. Sie ließ nicht locker, obwohl er die Affäre mit ihr schon vor Wochen beendet hatte.

Er ging ins Bad und drehte die Dusche auf.

Natalie war anders als die Frauen, mit denen er sonst ausging. Sie war mehr selbstbewusst, und die Abende und Nächte mit ihr waren nicht nur sexy gewesen, sondern auch unterhaltsam. Denn in ihrem Job bekam sie mindestens genauso viele Kuriositäten zu Gesicht wie er. Ihre Gespräche verliefen auf Augenhöhe, und sie wussten beide, wovon der andere redete.

Doch in einem Punkt unterschied sich auch Natalie nicht von den anderen Frauen. Sie wollte das, was alle wollten. Eine feste Beziehung.

Er war kein Mann für eine feste Bindung. Sein Beruf nahm ihn voll und ganz in Anspruch und jetzt, mit Mitte vierzig, war es seiner Meinung nach eh längst zu spät, bestimmte Eigenheiten zugunsten einer Frau abzulegen. Zu lange lebte er schon allein.

Doch Natalie war hartnäckig, und er musste zugeben, dass ihm das gefiel. Sie hätte eine nicht zu verachtende Alternative zu seinem Singledasein sein können. Doch er hatte zu oft erlebt, was mit der Liebe passierte, wenn sie zum Alltag wurde. Um das zu ertragen, musste es schon wahrhaft eine Traumfrau sein, die es wirklich wert war, zu bleiben. Da ihm bis heute nicht wirklich so eine Frau untergekommen war, hatte er das Thema längst ad acta gelegt.

Er stieg aus der Dusche, tastete auf der Spiegelablage nach der Packung mit den Kontaktlinsen und setzte sie ein. Anschließend suchte er mit einem Handtuch um die Hüften nach einem sauberen T-Shirt. Er nahm das letzte T-Shirt und die letzte saubere Unterhose aus einem Schubfach, klaubte eine Jeans vom Boden und schlüpfte hinein.

Im Schrank hingen nur noch weiße Hemden. Er hasste weiße Hemden. Die hatten so etwas Formelles und Offizielles, und er verachtete alles, was mit offiziellen Auftritten zu tun hatte. Zu viel Fassade, zu wenig Ehrlichkeit. In der Öffentlichkeit versuchte jeder die anderen zu blenden, eine Eigenheit, die er bis heute dem Westen attestierte. Auch wenn er inzwischen mehr Jahre in der westdeutschen Zivilgesellschaft verbracht hatte, als er seiner ostdeutschen Herkunft zuschreiben konnte, so hatte er sich an diese Art von Selbstdarstellung in der Öffentlichkeit bis heute nicht gewöhnt.

Sein Job als Polizist brachte es mit sich, dass er die Menschen in aller Regel schnell durchschaute, und er selbst war schon aus Prinzip keiner dieser westdeutschen Blender, die ihm mit ihrem großkotzigen Gehabe so auf die Nerven gingen. Er war ein Eigenbrötler, einer, der niemanden um sich herum brauchte, um zufrieden zu sein.

Doch heute schien er irgendwie keine Wahl zu haben. Also gut, dann eben ein weißes Hemd. Er krempelte gleich die Ärmel hoch, um ihm den offiziellen Touch zu nehmen. Den übervollen Korb mit der Schmutzwäsche leerte er in seinen großen Seesack. Er würde ihn ins Auto werfen und nach Dienstschluss noch im Waschsalon vorbeifahren. Es war an der Zeit, mal wieder ein bisschen Ordnung in sein Leben zu bringen.

Fünfundzwanzig Minuten später ging er durch die elektronische Schiebetür zur Pathologie, eine strahlende Natalie kam ihm entgegen und küsste ihn unverhohlen auf den Mund. Ihr Kuss schmeckte nach Minze, und sie roch nach einem teuren Parfum, dessen Duft er mochte.

„Sogar Zähne geputzt hast du, Respekt", sagte sie. Doch er hatte keine Lust auf das Geplänkel, seine linke Schläfe pochte immer noch.

„Also, was hast du für mich?", fragte er und ging mit Natalie zu einem Tisch, auf dem die Leiche lag. Natalie legte den Oberkörper frei, der nun eine große Naht am Brustkorb aufwies.

„Eigentlich nichts", sagte sie.

Der Tote war ein gutaussehender Mann, dichtes blondes Haar, von zahlreichen silbernen Fäden durchzogen, ein mäßig trainierter Körper, aber dennoch muskulös. Wieder dachte Sascha, dass er ihn irgendwoher kannte, doch er kam beim besten Willen nicht drauf woher.

„Er ist definitiv an einem Herzinfarkt gestorben", sagte Natalie.

„Irgendwelche Auffälligkeiten?", fragte Sascha.

Natalie schüttelte den Kopf.

Sascha blickte auf seine Armbanduhr.

„Warum hast du mich dann eigentlich herbestellt?", fragte er. „Das hättest du mir doch auch am Telefon sagen können."

Er klang unwirscher als beabsichtigt, aber zugleich wollte er auch keinen Zweifel daran aufkommen lassen, dass es zwischen ihnen schon vorbei war, bevor es richtig angefangen hatte.

Natalie schien das wenig zu beeindrucken. Sie wischte einen unsichtbaren Fussel von seiner Lederjacke.

„Sascha", säuselte sie, „magst du dich selbst so wenig, dass du dir einfach nicht vorstellen kannst, dass ich dich wiedersehen wollte?"

„Wie bitte?", entgegnete er verwirrt, noch damit beschäftigt, das Gesagte zu begreifen.

Dann strich sie ihm mit der flachen Hand über seine blütenweiße Brust.

„Du trägst ein weißes Hemd."

„Ja und?"

„Vermutlich, weil du nichts anderes mehr im Schrank hast", grinste sie.

„Jetzt komm zur Sache, Natalie!", sagte er eine Spur zu scharf, um sich nicht anmerken zu lassen, wie irritiert er war. Woher zum Kuckuck wusste sie das mit den weißen Hemden?

„Herrgott, Sascha", rief sie, „ist das so schwer zu verstehen? Ich könnte mich um diese Dinge kümmern, ich könnte mich um *DICH* kümmern."

Jetzt begriff er endlich und nahm schuldbewusst ihre Hand in seine. Ihre Nägel waren sorgfältig gefeilt und farblos lackiert.

„Natie, das ist lieb von dir, aber nein danke. Als Waschfrau bist du mir zu schade." Er küsste ihre Handinnenseite, die nach Desinfektionsmittel roch. Es verunsicherte ihn, dass Natalie ihn so verdammt gut kannte.

„Sonst noch was?" Er blickte abermals auf die Uhr. „Ich muss los, weißt du."

Natalie ließ sich ihre Enttäuschung nicht anmerken und ging stattdessen zu ihrem Schreibtisch hinüber. Sie griff nach einer Tüte, die sie Sascha hinhielt.

„Das hier ist die persönliche Habe des Toten" sagte sie. „In der Innentasche seines Sakkos habe ich einen Brief gefunden, gerichtet an eine gewisse Katjuscha."
Sascha nahm die Tüte an sich.

„Seine Frau heißt Regina, die Tochter Sonja", sagte er. „Hast du den Brief aufgemacht?"
Natalie schüttelte den Kopf.

„Irgendwas musst du ja auch noch zu tun haben, oder?" Sie lächelte ihn an. „Also, was ist mit heute Abend?", versuchte sie es erneut.
Sascha blickte auf die Tüte.

„Ganz richtig", sagte er. „Ich habe noch einiges zu tun."

Dann blickte er sie an. "Kann die Leiche freigegeben werden?"

Natalie konnte ihre Enttäuschung nun doch nicht mehr verbergen und zog einen Schmollmund.

„Ach komm schon, Sascha!", sagte sie. „Es war doch schön mit uns. Heute Abend, ja? Ab morgen bin ich für zwei Wochen in Hamburg, dann bist du mich wieder los."

„Kann die Leiche freigegeben werden?", wiederholte Sascha seine Frage.

Natalie verdrehte die Augen.

„Ja, kann sie."

„Gut, danke dir", sagte er und drückte ihr einen flüchtigen Kuss auf die Wange. „Gute Arbeit", sagte er und ging zur Tür. Dort drehte er sich noch einmal um. Plötzlich hatte er ein schlechtes Gewissen und wollte Natalie nicht einfach so stehen lassen.

„Das zwischen uns", sagte er, „das würde nicht funktionieren."

„Woher weißt du das so genau?"

Er lächelte.

„Instinkt", sagte er und ging.

Dabei fragte er sich, was er eigentlich genau suchte in diesem Leben und warum bis jetzt keine Frau seinen Ansprüchen genügen konnte.

Kapitel 8

Sommer 2003

Unter Regenschirmen versammelten sich die Trauergäste an Ellis Grab. Es tropfte von den großen Kastanien, deren rosafarbene Blütenkerzen von der schweren Nässe zerfleddert überall kleben blieben. Trotz des Regens hing eine drückende Wärmeglocke über der Stadt. Es roch nach feuchter Erde.

Tante Elli war alt geworden, und so waren nicht viele Trauergäste an diesem Tag zu ihrer Beisetzung gekommen, hatte sie doch die meisten ihrer Weggefährten selbst zu Grabe getragen.

Bis zuletzt war sie geistig fit und agil geblieben, hatte ihren Laden partout nicht aufgeben wollen. In ihren letzten Briefen hatte sie mir immer wieder geschrieben, dass sie zwar einerseits hoffte, den Laden an einen würdigen Nachfolger zu übergeben, andererseits aber schon längst kaum noch Kunden gekommen waren, um einen Hut oder teure Lederhandschuhe zu kaufen. Mittlerweile gab es das alles zu Spottpreisen in den großen Kaufhäusern, und seit dem Mauerfall war Westberlin keine spannende Enklave inmitten des sozialistischen Feindeslandes mehr. Im Grunde genommen hatte sich das Geschäft schon längst nicht mehr gelohnt.

Als ich mit dem Taxi vom Flughafen zum Friedhof gefahren war, hatte ich festgestellt, dass die Stadt mit Baustellen übersät war. Elli hatte mir geschrieben, dass seit dem Beschluss, die Regierung von Bonn nach Berlin zu verlegen, jede Menge fremder Leute in die Stadt gekommen waren, von denen jedoch kaum jemand einen schicken Hut benötigte. Die wohlsituierte Westberliner Gesellschaft, die sich sonntags auf der Trabrennbahn getroffen hatte, war der schnelllebigen Oberflächlichkeit ebenso zum Opfer gefallen wie der Sonderstatus, der die Stadt im Kalten Krieg so interessant gemacht hatte.

Elli und ich – wir hatten uns regelmäßig geschrieben, doch gesehen hatten wir uns seit Jahren nicht mehr. Jetzt war es zu spät. Als Daniels Brief mit der Traueranzeige und der inständigen Bitte, doch zu ihrer Beerdigung zu kommen eingetroffen war, war mir schmerzlich bewusst geworden, dass ich im Zuge meines neuen Lebens, das ich nun seit einigen Jahren in London führte, nicht mehr den Mut gehabt hatte, meinem alten Leben einen Besuch abzustatten.

Meine Familie war auseinandergebrochen. Mein Vater lebte jetzt mit einer anderen Frau und anderen Kindern in Hannover, während meine Mutter verbittert an ihrem Dasein in Fürstenwalde festhielt. Mehrfach hatte ich sie dazu aufgefordert, mich in London zu besuchen, doch sie war nie gekommen. Nur Sarah war im letzten Sommer für ein paar Tage gekommen, doch selbst sie, die so weltoffen und neugierig war, hatte nicht verstehen können, was mich in London hielt, abgesehen von einem gut bezahlten Job und einem attraktiven Lebenspartner.

Seit ihrem Besuch war es mir noch unmöglicher erschienen, nach Fürstenwalde oder gar Berlin zurückzukommen. Vielleicht aus Angst vor der Konfrontation mit meiner Heimat, die schon lange nicht mehr meine Heimat war.

Nun war ich also hier, versteckt hinter einem dicken Kastanienstamm und beobachtete wie eine Voyeurin die kleine Trauergemeinde.

Daniel stand, die Hände vor seinem Bauch übereinandergelegt, am Grab seiner Tante, neben ihm Regina und Sonja. Das Mädchen, sie musste jetzt ungefähr siebzehn sein, hatte Rastalocken und trug einen schwarzen ausgeleierten Pulli über einer Jeans, die an den Oberschenkeln Schlitze hatte. Das war jetzt Mode, in London liefen die Teenager auch so herum. Modische Veränderungen wie diese gaben mir immer wieder das Gefühl, alt zu sein, obwohl ich mit Anfang dreißig doch in der Blüte meines Lebens stand.

Regina fand ich nicht besonders attraktiv. Ein weiter schwarzer Rock bauschte sich um ihren Körper und erweckte den Anschein, als wolle sie ihre beleibte Figur kaschieren. Ihr Haar hatte sie hochgesteckt, wie ein Vogelnest. Ihre Augen verbarg sie hinter einer mondän großen Sonnenbrille, die so gar nicht zum Rest ihrer Erscheinung passte.

Von den anderen Trauernden kannte ich niemanden. Sarah hatte mich benachrichtigt, dass sie nicht kommen könne, weil sie geschäftlich in Bali wäre. Sie hatte nach dem Abitur ein Sportstudium begonnen und abgebrochen, dann ein paar Semester Psychologie. Ihre neueste Geschäftsidee waren Yoga- und Pilates-Kurse kombiniert mit Meditation. Damit begründete sie ihre ständigen Dienstreisen nach Bali und Indien, die derzeit von einem gutsituierten Gönner, einem Unternehmensberater aus Hamburg mit Frau und drei Kindern, finanziert wurden.

Ein Windstoß wirbelte über den Friedhof und wehte erneut eine Salve rosafarbener Kastanienblüten von den Bäumen. Tante Elli hatte Pastelltöne geliebt. Diese Kulisse hätte ihr gefallen.

Was in Daniel vorging, konnte ich aus meiner entfernten Position nicht erkennen, nur dass sein blondes Haar zerzaust war wie schon damals.

Seit unserer Reise nach Italien waren wir uns nie wieder begegnet. Ich hatte weder gewagt, ihm zu schreiben, noch Kontakt mit ihm aufzunehmen. Bald hatte Tante Elli mir geschrieben, Daniel habe Regina geheiratet, aus den falschen Gründen, wie sie meinte, aber er habe es selbst so gewollt. Daniel hatte sich also für ein Leben in Berlin mit Frau und Kind entschieden und damit endgültig gegen mich. Mein Leben sollte ohne ihn stattfinden.

Danach hatte ich mich noch mehr in meine Ausbildung und anschließend in mein Wirtschaftsstudium in Köln gestürzt und meinen Liebeskummer als Heimweh interpretiert, das mit der Zeit vorübergehen würde. Jetzt lebte ich seit drei Jahren im Ausland.

Der Sarg wurde in das Grab herabgelassen. Tante Elli war keine gottesgläubige Frau gewesen, aber sie hatte daran geglaubt, dass man nicht alles in der Hand hatte, dass man mit Situationen im Leben umgehen musste, die man nicht beeinflussen konnte und dass es dann die wichtigste Aufgabe sei, dem Unglück, genauso wie übrigens auch dem Glück, mit Demut und Respekt zu begegnen. Diese Auffassung hatte mich immer getröstet, und ich versuchte mir auch jetzt einzureden, dass ich es damals in Italien einfach nicht allein hatte entscheiden können. Mein Leben war jetzt in London, ein Leben mit Sven.

Der mit weißen Rosen und rosafarbenen Nelken dekorierte Sarg verschwand in der Graböffnung, Kastanienblüten wehten erneut darüber hinweg. Die Trauergäste traten nach und nach an das offene Grab, ließen eine Schippe feuchte Erde auf den Sarg hinunterplumpsen oder warfen eine einzelne weiße Rose hinein.

Daniel hatte den Anfang gemacht und war dann beiseitegetreten. Sein Blick schweifte nun über die Nachbargräber und plötzlich zu mir. Ich war zu langsam, um mich gänzlich hinter dem Stamm der Kastanie zu verstecken, und unsere Blicke trafen sich. Ich hob zaghaft die Hand.

Ein Windstoß fuhr mir in den schwarzen Sommermantel und bauschte ihn auf. Ich konnte sehen, wie Regina neben Daniel trat und seine Hand ergriff. Sie flüsterten miteinander. Dann löste sie sich von ihm und ging mit Sonja und den anderen Trauergästen Richtung Friedhofsausgang. Daniel selbst blieb am offenen Grab allein zurück.

Tante Elli war eine Konstante in meinem Leben gewesen, meine unsichtbare Verbindung zu Daniel. Über sie hatte ich immer gewusst, wie es ihm ging. Auch wenn sein Dasein mich nur peripher tangierte, war er Teil meines Lebens geblieben.

Immer wenn ein Brief von Elli kam, hatte ich die Passagen über Daniel zuerst gelesen. Jetzt würde kein Brief von Elli mehr kommen. Das unsichtbare Band war gerissen.

Nachdem Daniel mich nun gesehen hatte, war klar, dass ich nicht so einfach wieder verschwinden konnte. Eigentlich hatte ich vorgehabt, unsichtbar zu bleiben, nach der Beerdigung allein zum Grab zu gehen und dann einfach wieder zu gehen. Diese Idee kam mir jetzt reichlich naiv vor.

Doch was sollte schon passieren, versuchte ich mir einzureden. Daniel und ich, wir hatten uns seit Jahren nicht gesehen, jeder war gefestigt in seinem Leben, auch wenn meines vielleicht gerade ein wenig aus dem Gleichgewicht geraten war, nachdem mich Sven eine Woche zuvor ganz unvermittelt gefragt hatte, ob ich ihn heiraten wolle.

Am selben Tag war Daniels Brief mit der Traueranzeige zu Ellis Tod gekommen.

Jetzt ging ich zu ihm hinüber und trat neben ihn.

„Ich hatte gehofft, dass du kommst", sagte er, den Blick weiterhin auf Tante Ellis Grab gerichtet.

„Ich war nicht sicher, ob ich kommen soll", antwortete ich.

„Natürlich solltest du", sagte er. „Deshalb habe ich dir ja geschrieben."

Ich blickte ihn kurz von der Seite an. Sein Haar war durchzogen von ersten grauen Strähnen.

Er bemerkte meinen Blick.

„Erwachsen bist du geworden", sagte er, „und so elegant."

An diesem Tag trug ich ein schmales, knielanges schwarzes Kleid, darüber einen sommerlichen Kurzmantel. Keine Spur mehr von dem jungen achtzehnjährigen

Mädchen in Shorts und T-Shirt, wie er mich in Erinnerung haben musste.

„Danke, dass du mich benachrichtigt hast", sagte ich.

„Das ist doch selbstverständlich", antwortete er.

„So selbstverständlich auch wieder nicht", sagte ich, „schließlich musste erst jemand sterben, damit wir wieder voneinander hören."

„Vielleicht habe ich all die Jahre nicht den richtigen Vorwand gehabt, um mir zu gestatten, dich wiederzusehen", sagte Daniel jetzt.

Er hob den Blick und sah mich direkt an.

Es war ein Trugschluss gewesen zu glauben, dass ich ihm nach dreizehn Jahren einfach so gegenübertreten könnte, als seien wir nur gute Bekannte aus Jugendzeiten. Es war geradezu banal, aber plötzlich waren all die Gefühle von damals wieder da.

„Ich habe dich nie aus den Augen verloren", sagte Daniel jetzt.

„Ach ja?" Ich zwinkerte, versuchte, mich in die Realität zurückzuholen. „Warum hast du dann nicht einfach mal angerufen?"

„Du weißt genau, warum", antwortete Daniel. „Ein Telefonat wäre doch zu profan gewesen."

Er hatte recht. Ein Anruf hätte das Schweigen zwischen uns, unser gegenseitiges Unvermögen, über unsere wahren Gefühle zu sprechen, nur noch verschlimmert. Die Vorstellung, dass wir beide einander in der Leitung wahrnahmen, den Atem des anderen ganz nah am Ohr und doch so weit weg, hätte ich nicht ertragen.

„Du hast recht", sagte ich. „Das passt nicht zu uns."

„Nein", wiederholte er und blickte kurz an mir vorbei über den Friedhof, „das passt nicht zu uns."

Ich lenkte meinen Blick ebenfalls in eine Ferne, die mich nicht die Bohne interessierte.

„Wie geht es dir?", fragte ich, bemüht um ein unverbindliches Gespräch.

„Sie fehlt mir", sagte Daniel, blickte auf Ellis Grab und fuhr sich mit der Hand durch das Haar.

„Gerade habe ich gedacht, wie schnell ein Mensch doch aus dem Leben der anderen verschwindet, wenn er stirbt. Es ist, als habe das Leben keine Zeit, stehen zu bleiben."

Mir fiel nichts ein, womit ich Daniel hätte trösten können. Also sagte ich:

„Wir können nur die Erinnerung an sie bewahren."

Daniel wandte sich mir wieder zu.

„Ohne sie hätte ich dich niemals getroffen", sagte er unvermittelt.

Dann hob er unbeholfen die Hand und wollte meine Wange streicheln, doch ich wich zurück, erschrocken über meine eigenen Gefühle, die sich plötzlich mit aller Macht in den Vordergrund drängten. Die Begegnung mit Daniel brachte mich tatsächlich ins Wanken. Ich stellte mit einem Schlag alles, was mir bis dahin wichtig gewesen war, in Frage. Ich fürchtete mich geradezu vor seiner Berührung, fürchtete mich davor, mich erneut in ihm zu verlieren.

Daniel ließ seine Hand wieder sinken.

„Ich kann nicht länger bleiben", sagte er, "ich muss rüber zu den anderen Gästen. Ich habe Regina versprochen, dass ich sie nicht so lang allein lasse. Du kommst doch mit?"

Die Vorstellung, mit Regina an einem Tisch zu sitzen und zu plaudern, war mir unerträglich. Ich wollte nicht konfrontiert werden mit dem Leben, dass Daniel jetzt führte. Ich schüttelte den Kopf.

„Ich möchte noch kurz hierbleiben, ein bisschen allein sein mit Tante Elli", sagte ich und war froh, dass es nun bei dieser kurzen Begegnung bleiben sollte.

„Wie lange bist du in Berlin?", fragte er.

„Ich fliege heute Abend nach London zurück", antwortete ich.

„London", sagte Daniel gedankenverloren. „Bist weit gekommen."

„Ja", sagte ich, „London ist eben immer noch eine der Finanzmetropolen Europas."

Was rede ich hier eigentlich für einen Unsinn, dachte ich. Als ob Daniel interessieren würde, womit ich mein Geld verdiente.

Daniels Blick verlor sich erneut in der Weite des Friedhofsgeländes. Doch plötzlich sah er sich um, so als wolle er sicherstellen, dass uns niemand belauschte. Dann griff er in seine rechte Anzugtasche und hielt mir einen Schlüssel hin.

„In zwei Stunden in Ellis Wohnung", sagte er. „Versprich mir, dass du da sein wirst."
Ich starrte auf den Schlüssel.

„Aber was soll das bringen?", stammelte ich.
Ungeduldig griff Daniel nach meiner Hand und drückte den Schlüssel hinein. Als habe er meine Frage nicht gehört, sagte er: "Ich werde mich rechtzeitig abseilen!"

„Hältst du das für eine gute Idee?", fragte ich und hielt seine Hand mit dem Schlüssel fest.

„Ich will nicht, dass du einfach wieder so aus meinem Leben verschwindest", erwiderte er mit Nachdruck und großer Ernsthaftigkeit.

Mein Atem ging schneller, mein Herz pumpte das Blut in Windeseile durch meine Adern. Plötzlich war es, als würde jemand die Vernunft in mir ausschalten. Ich nahm den Schlüssel und ließ ihn in meiner Manteltasche verschwinden.

„In zwei Stunden", wiederholte er, und sein Gesicht entspannte sich. Dann strich er mir über die Wange, und ich wurde von einer Woge unfassbarer Sehnsucht erfasst.

Ich saß auf dem Fensterbrett in Ellis Gästezimmer. Schwüle, feuchte Luft strömte durch einen geöffneten Fensterflügel herein. Das Gewitter mit seinen heftigen Regenschauern hatte es nicht geschafft, die Stadt von der drückenden Hitzeglocke zu befreien.

Ich hatte die hohen Schuhe abgestreift und meine Strumpfhose ausgezogen. Es war stickig im Zimmer, doch ich nahm trotzdem den intensiven Lavendelduft wahr, einen Duft, den ich bis heute mit dem Begriff Freiheit verband. Hier im Gästezimmer hatte ich meine erste Nacht in Westberlin verbracht.

Das Bett war auch jetzt frisch bezogen, weißer Damast auf weißem Leinentuch, genau wie damals. Ich hatte mich beherrschen müssen, um mich nicht einfach darauf fallen zu lassen, nur um den lang vermissten Duft nach Freiheit einsaugen zu können.

Seltsam, dachte ich. Seit ich in Berlin aus dem Flieger gestiegen war, hinterfragte ich mein Leben in London.

Sven kannte ich seit meinem ersten Job nach dem Studium, doch erst drei Jahre zuvor, als wir beruflich gemeinsam für die Bank nach London gingen, war aus der kollegialen eine Liebesbeziehung geworden.

Als seine Assistentin hatte ich ziemlich viel gelernt und auch schnell die großen Zusammenhänge begriffen, ebenso wie die Tatsache, dass die eigentlichen Geschäfte nicht auf dem Parkett der Öffentlichkeit ausgehandelt wurden.

Und als Sven das lukrative Angebot aus London bekommen hatte, hatte er mich gefragt, ob ich ihn begleiten würde, rein beruflich natürlich. Und dennoch war er es gewesen, der irgendwann damit angefangen hatte, mir auch privat Avancen zu machen. Bald darauf musste ich mir eingestehen, dass ich ihn wirklich mochte. Sven, den Lebemann, der sich bestens darauf verstand, die Annehmlichkeiten der gehobenen Luxusklasse zu genießen.

Gutes Essen gehörte ebenso dazu wie ein schnelles Auto oder ein spontanes Wochenende auf dem Land.

Mit schönen Künsten wie Fotografie, Malerei oder Musik hatte er nichts am Hut, es sei denn, es steckte ein lukratives Geschäft dahinter. Wider Erwarten gefiel mir diese Art von schnörkelloser Rationalität. Bei unseren spontanen Wochenendausflügen wohnten wir in alten englischen Landhäusern, und gemeinsame Reisen nach Singapur oder Hongkong, immer unter dem Vorwand, es sei rein geschäftlich, brachten uns einander näher.

Sven war nicht nur ein erfolgreicher Geschäftsmann, sondern auch ein guter Liebhaber. Die Nächte mit ihm befriedigten nicht nur mein sexuelles Verlangen, sondern brachten mich sogar dazu, gedanklich vollkommen abschalten und neue Energie tanken zu können. Wir hielten uns weder mit Romantik noch mit Träumereien auf.

Auch hatte ich es mir abgewöhnt, allzu viel zu grübeln. Nur ab und zu erwischte ich mich noch dabei, dass ich selbst nach all den Jahren im Finanzwesen mit so manchen Seiten meines Jobs haderte. Bankerin war mein Beruf, aber keineswegs meine Berufung. Dennoch, was die Ergebnisse meiner Arbeit betraf, war ich eine kompromisslose Perfektionistin. Ich beherrschte meinen Job, und in seltenen sentimentalen Momenten, in denen ich mich nach der Kreativität meiner Jugend sehnte, ging ich laufen.

Die Natur konnte man auch ohne Kamera vor der Nase genießen. Wir verdienten gut, konnten uns Dinge leisten, die wir brauchten und Dinge, die wir nicht brauchten. Bis letzte Woche war mir mein Leben dafür, dass ich es Jahre zuvor nicht ganz freiwillig gewählt hatte, perfekt erschienen.

Dann waren Svens Antrag und Daniels Brief gekommen. Seither wurde ich das untrügliche Gefühl, etwas zu vermissen, das ich nicht einmal klar benennen konnte, nicht mehr los. Vielleicht scheute ich mich aber auch nur davor, das Haar in der Suppe zu finden. Seit Kindertagen verstand ich mich gut darauf, mit dem zufrieden zu sein, was möglich war. Und möglich war weit mehr gewesen, als ich jemals zu hoffen gewagt hatte.

Svens Frage, ob ich ihn heiraten wollte, war wie aus dem Nichts gekommen. In der Mittagspause bei unserem Lieblingsitaliener zog er plötzlich diesen Ring aus der Tasche, ein kleiner blauer Saphir, gefasst in Gold.

Ich blickte auf meinen linken Ringfinger. Eigentlich trug ich keinen Schmuck, schon gar kein Gold, einzig den silbernen Kranichanhänger um meinen Hals legte ich nie ab.

Ich kannte Sven gut genug, um zu wissen, dass er nicht einfach so fragte. Sven hatte immer einen Plan. Spätestens seit wir diskutierten, ein Haus in der Peripherie von London zu kaufen, wusste ich, dass ich Teil seines Plans war. Doch sein Antrag fühlte sich irgendwie nicht richtig an.

Warum war ich in diesem Punkt derart wankelmütig? Eine Heirat mit Sven wäre solide und verbindlich gewesen, die Art von Sicherheit, die ich mochte. Doch plötzlich war ich nicht mehr sicher, ob ich für die Verbindlichkeit einer Ehe wirklich geschaffen war.

Ich blickte auf das gegenüberliegende Haus, dessen Fassade immer noch feuchte Flecken vom vorangegangenen Regen aufwies. Nur ein einziges Fenster im zweiten Stock stand sperrangelweit offen.

Dass ich zurück in Berlin war, wenn auch nur für wenige Stunden, eröffnete mir einen anderen Blick auf die Dinge. Es war, als hätte ich eine Vollbremsung mitten auf einer geraden, vorgegebenen Strecke hingelegt. Jetzt stand ich am Straßenrand, und der Wind bog die Ähren Richtung Horizont – vertrautes, unbekanntes Terrain.

Hier in Berlin hatte damals meine Freiheit begonnen, hier hatte ich zum ersten Mal erlebt, was Selbstbestimmung und Entscheidungsfreiheit auslösen konnten. Auch wenn sich am Ende der Traum von einer Karriere als Fotografin als unerreichbar herausgestellt hatte, so hatte ich damals trotzdem erstmals eine Vorstellung davon bekommen, dass alles möglich war.

Mit zunehmendem Alter wurden genau diese Möglichkeiten begrenzter. Umso mehr spürte ich jetzt die Verantwortung, dass jede meiner Entscheidungen gut überlegt sein musste.

Als es klingelte, sprang ich auf und lief barfuß in den Flur. Ich riss die Wohnungstür auf, stand Daniel gegenüber und wusste sofort, dass all die Argumente, die für ein Leben in London sprachen, Makulatur waren. Es spielte keine Rolle mehr, wer wir waren, es spielte keine Rolle mehr, in welchem Leben wir steckten, in diesem Moment gab es einfach nur uns, genau das Wir, das wir vor Jahren versucht hatten zu leugnen.

Daniel betrat die Wohnung und drückte die Tür ins Schloss. Ohne meinen Blick loszulassen, entledigte er sich seines schwarzen Sakkos und warf es auf den Ohrensessel neben dem Telefontischchen. Er küsste mich, streifte Schuhe und Strümpfe ab, während ich sein verschwitztes Hemd aufknöpfte und mir das Kleid über den Kopf zog. Wir taumelten ins Gästezimmer und in den duftenden Damast. Ich schloss die Augen, fühlte unter mir den kühlen Stoff und Daniels Hitze auf meinem nackten Körper.

Später kam es mir so vor, als lägen keine dreizehn Jahre zwischen unserer ersten und dieser Begegnung. Wir hatten uns so vertraut geliebt, wie es nur die erste echte Begegnung mit allen Sinnen hervorbringen kann. Danach lagen wir einfach da und genossen die Gegenwart des anderen.

Ich blickte an die Decke, an der noch immer der verspielte Kronleuchter hing.

„Das ist verrückt", sagte Daniel. „Es fühlt sich an, als wärst du nie weggewesen."

„War ich auch nicht", sagte ich, „ich war immer hier, hier bei dir."

Daniel blickte mich an, schob seine Hand unter meinen Körper und zog mich zu sich heran.

Dieses Mal liebten wir uns langsamer, abwartender, so als wollten wir all die Zeit nachholen, die wir in den letzten Jahren nicht miteinander teilen konnten.

Danach lagen wir eine Weile still nebeneinander, genossen die Erschöpfung und ließen unsere Körper von der hereinströmenden Sommerhitze streicheln. Auf der Straße unten zog das hektische Leben vorbei.

„Du bist wirklich erwachsen geworden." Daniel betrachtete mich unverhohlen, genau wie damals, als wir nackt im Fluss gestanden hatten. Doch dieses Mal war mir seine Aufmerksamkeit nicht peinlich, im Gegenteil.

Ich fuhr mit den Fingern durch sein wirres Haar und entdeckte mehr graue Strähnen, als ich vermutet hatte.

„Wir haben viel zu viel Zeit verloren", sagte ich.

„Vielleicht", sagte Daniel.

Ich genoss die Gier, mit der Daniel mich begehrte, die Gier, mit der ich ihn begehrte. Und zugleich wusste ich, dass diese Gier nur dadurch entstanden war, dass ich so viele Jahre auf ihn hatte warten müssen.

"Manchmal muss man die Dinge eben geschehen lassen", sagte er.

„Manchmal muss man ihnen aber auch auf die Sprünge helfen", sagte ich.

Ich fuhr mir durch das kurze lockige Haar.

„Du hast sie abschneiden lassen", sagte Daniel.

„Ja", sagte ich, „ist praktischer." Ich zwirbelte eine einzelne Strähne um den Zeigefinger.

„Steht dir gut."

Daniel lächelte mich an.

Ich ließ die Haarsträhne wieder los.

„Ich habe oft darüber nachgedacht, warum sich das Schicksal damals so unsanft eingemischt hat", sagte ich.

„Vielleicht wollte es uns beschützen", antwortete er.

„Beschützen?", fragte ich. „Wovor?"

Daniel fuhr sich mit der Zunge über die Lippen.

„Davor, dass wir etwas Unüberlegtes tun."

„Hat wohl nichts genützt", sagte ich. „Oder würdest du das, was gerade passiert ist, als überlegt bezeichnen?"

Daniel richtete sich auf und sah mich prüfend an.

„Was stimmt nicht in deinem Leben, Katjuscha?"

"Was meinst du?", fragte ich zurück, um Zeit zu gewinnen. Eigentlich wollte ich nicht darüber reden.

„Du bist nicht glücklich", sagte Daniel.

„Sieht man mir das so sehr an?", fragte ich.

„Ich weiß, wie du aussiehst, wenn du glücklich bist", sagte Daniel.

Ich stützte mich auf die Unterarme, sah starr geradeaus.

„Sven, der Mann, mit dem ich lebe, hat mich letzte Woche gefragt, ob ich ihn heiraten will", sagte ich.

„Und?", fragte Daniel. „Willst du?"

„Wenn es so wäre, läge ich dann mit dir hier?"

Daniel ließ sich auf den Rücken fallen und starrte an die Decke.

„Sag jetzt bitte nicht, dass diese Dinge passieren, auch wenn man glücklich mit einem anderen ist", sagte ich.

„Und wenn es so wäre?", fragte Daniel.

„Bist du glücklich mit Regina?"

Sein Blick blieb an der Decke haften.

„Ja", antwortete er ein wenig zu schnell und räusperte sich.

Ich setzte mich auf.

„Klingt nicht überzeugend." Ich schob mir ein Kissen in den Rücken. „In all den Jahren waren wir niemals wirklich zusammen", sagte ich, „doch ich habe immer das Gefühl gehabt, ich müsste jede Entscheidung in meinem Leben erst mal mit dir besprechen."

Ich erschrak, als mir bewusst wurde, was ich da gesagt hatte.

„Fragst du dich nicht manchmal, was gewesen wäre, wenn wir damals alle Vorbehalte über Bord geworfen hätten? Wenn wir missachtet hätten, dass ich zu jung war, zu viele Pläne hatte, du schon auf dem Weg in die nächste Ehe und Sonja noch so klein? Wenn wir all das beiseitegeschoben hätten, um das Experiment einfach zu wagen?"

Ich hoffte inständig, dass er das Richtige sagen würde, dass er sagen würde, dass es uns gelungen wäre. Gleichzeitig fürchtete ich mich vor der Erkenntnis, dass wir diese Chance verpasst hatten.

Daniel griff nach seinem Kissen und lehnte sich neben mich.

„Was, wenn wir heute ein frustriertes Ehepaar wären, das sich fragt, wo die Liebe abgeblieben ist?"

Mein Blick blieb an dem verschnörkelten Schlüsselloch der gegenüberliegenden Schranktür hängen. Blätter rankten sich um das bronzefarbene Schließblech.

„Glaubst du das?", fragte ich. „Muss das zwangsläufig immer so sein? Denkst du nicht auch manchmal, dass wir füreinander bestimmt waren?"

Was redete ich hier eigentlich für einen Unsinn? Das passte überhaupt nicht zu mir.

Daniel griff nach meiner Hand, verschränkte seine Finger mit meinen.

„Ja, vielleicht. Aber das heißt nicht zwangsläufig, dass uns ein gemeinsames Leben auch gelungen wäre."

Du bist ein Feigling, dachte ich. Und trotzdem.

Ich entzog ihm meine Hand.

„Ich weiß nicht, wie ich es sagen soll, aber mir wird gerade klar, dass mich mein Leben in London mehr einengt, als es ein gemeinsames Leben mit dir jemals getan hätte."

„Was ist aus deinem Traum geworden, Fotografin zu werden?", fragte Daniel unvermittelt und erwischte mich damit eiskalt.

"Es war nur ein Traum. Aber Träume müssen der Realität weichen", sagte ich, „dieser ist der Vernunft zum Opfer gefallen."

„Aber wieso hast du es nie versucht?"

Mein Blick wanderte weg vom Schlüsselloch des Schrankes in den Spiegel an der Schranktür. Eine steile Falte zwischen den Augenbrauen verhärtete jetzt meine Gesichtszüge. Warum hatte ich es nie versucht? Weil ich auch ein Feigling war?

Dieses Gespräch offenbarte mir mehr und mehr meine persönliche Misere.

„Tja, was habe ich aus dieser Freiheit gemacht, die wir damals erkämpft haben?", fragte ich.

„Du hast dir ein gutes Leben aufgebaut", sagte Daniel. Er zog mich an sich. „Ich glaube, du siehst das gerade alles ein bisschen zu schwarz."

„Du hast doch damit angefangen", warf ich ihm jetzt vor.

„In keinem Leben erfüllen sich alle Träume", sagte er.

„Aber ich hätte mehr daraus machen können", sagte ich.

Daniel lächelte.

„Erstens hast du dein halbes Leben noch vor dir", sagte er, „und zweitens hast du nicht mehr oder weniger Verantwortung für dein Leben als andere Generationen. Nur weil man euch im Osten eine besondere Freiheit geschenkt hat, heißt das nicht, dass ihr alle unvergängliche Helden im Dasein werden müsst, aus lauter Dankbarkeit für die gebotenen Chancen. Am Ende bist du nur für eines verantwortlich."

„Und was wäre das?", fragte ich.

„Du musst ehrlich zu dir selbst sein und dir überlegen, was dir wirklich wichtig ist."

Ich hasste es, wenn er so oberlehrerhaft redete. Eben hatte er mich noch geliebt, und jetzt belehrte er mich. Dennoch, ich kam nicht von ihm los.

"Ich will Sven nicht verletzen", sagte ich.

„Manchmal tun sich Kompromisse auf, von denen man gar nicht gewusst hat, dass sie möglich sind, bis man ehrlich miteinander darüber spricht", sagte Daniel.

Ich schloss die Augen, spürte seinen Herzschlag an meiner Wange, als ich mein Gesicht auf seine Brust legte.

„Ich will dich", sagte ich leise. „Liebe mich, lass mich die Grenzen unseres Daseins vergessen, all die Fehler, die verpassten Gelegenheiten."

In diesem Moment wünschte ich mir nichts mehr, als einfach hier bleiben zu können, bei Daniel.

Als wir uns noch einmal liebten, schwang bereits die Verzweiflung des bevorstehenden Abschiedes darin mit. Ich musste zum Flughafen, Daniel zurück zu seiner Familie.

„Und jetzt?", fragte ich, als wir im Flur einander gegenüberstanden und versuchten, den Moment des Abschieds hinauszuzögern.

„Jetzt", sagte Daniel, „werde ich nach Hause gehen und mich um meine pubertierende Tochter kümmern, und du", er küsste mich auf die Nasenspitze, „du wirst nach London zurückfliegen und sehen, was kommt."

„Du liebst sie wirklich, nicht wahr?", fragte ich.

„Wen", fragte er, „Sonja?"

„Nein, ich meine Regina."

„Regina?", sagte er. „Wie kommst du jetzt darauf?"

„All die Jahre", sagte ich, „all die Jahre hast du zu ihr gehalten und selbst jetzt, wo klar auf der Hand liegt, was zwischen uns ist, gehst du zu ihr zurück?"

„Katjuscha", sagte Daniel, und jetzt klang er wieder wie ein Lehrer, „wir können nicht einfach unser Leben über den Haufen werfen. Versteh doch, jeder von uns hat Verantwortung."

„Du hast Verantwortung", insistierte ich.

„Du auch", sagte Daniel. „Und ja, wahrscheinlich hast du Recht, in gewisser Weise liebe ich Regina. Sie ist meine Frau. Und nicht nur das. Sie hält mich aus, so wie ich bin. Das rechne ich ihr hoch an."

Ich war enttäuscht.

„Und was bin ich dann für dich?", fragte ich.

Daniel nahm mein Gesicht in seine Hände und sah mir in die Augen.

„Du, Katjuscha", sagte er langsam. „Du bist meine ganz persönliche Begegnung im Leben."

Nichts war mehr wie zuvor. Die Erkenntnis, dass das Ziel meiner bisher verborgenen Sehnsucht immer Daniel gewesen war, traf mich erneut wie ein Schlag.

Doch immer, wenn ich ihm näherkam, rückte er weiter von mir weg als je zuvor.

Ich nahm seine Hände, spürte seine Wärme. Wie hatte ich glauben können, dass das, was an diesem Tag geschehen war, irgendein Problem in meinem realen Leben lösen würde? Im Gegenteil, jetzt war noch ein weiteres dazugekommen.

Ich ließ seine Hände los, wollte nicht, dass er merkte, wie sie zitterten.

„Pass auf dich auf", sagte ich.

Er hielt mich am Arm fest, als ich mich zur Wohnungstür wandte.

„Willst du wirklich einfach gehen?", fragte Daniel.

„Ich nicht", sagte ich. „Aber du."

Ich drehte mich nicht noch einmal um, als ich die Treppen nach unten und auf die Straße lief.

Kapitel 9

Sonja

Nachdem Regina das Zimmer verlassen hat, verliere ich mich in der Nacht. Dunkelheit umfängt mich und kann mir doch keinen Trost spenden. Ein starker körperlicher Schmerz breitet sich in mir aus, schwer und niederdrückend. Keine Ahnung, wie lange ich auf Vaters Sofa gelegen und geheult habe. Immer wieder krampft sich in mir alles zusammen, und mir bleibt nichts anderes übrig, als mich zusammenzukrümmen und darauf zu warten, dass der Schmerz nachlässt, nur um mich für die nächste Schmerzattacke zu wappnen. Ich liege mit angezogenen Beinen da, die Arme fest darum geschlungen und kneife meine Augen zu.

Vaters Tod, diese plötzliche, unter keinen Umständen mehr abwendbare Endgültigkeit, die sich mir nun immer mehr aufdrängt, mein Bewusstsein erfasst und sich durch nichts mehr wegschieben lässt.

Dann diese andere Frau in Vaters Leben, die er anscheinend seit Jahrzehnten geliebt hat, ohne sich je zu ihr zu bekennen.

Doch am wenigsten begreife ich, dass Regina davon gewusst und es nicht nur geduldet, sondern mir verschwiegen hat. Nicht nur, dass ich jetzt am Vertrauensverhältnis zu meinem Vater zweifle, jetzt frage ich mich auch noch, was die Beziehung zu Regina, die ich als meine Mutter betrachte, eigentlich wert ist.

In dieser Nacht beweine ich nicht nur den Verlust meines Vaters, sondern auch den Verlust unserer Familie, die mich beschützt und geprägt hat und die nun hinfällig zu sein scheint. Das Vertrauen, das ich immer zu meinem Vater empfunden habe, das stärker wurde, mit jeder weiteren Kurve, die ich im Leben nahm und die sich als Sackgasse erwies, aus der ich rückwärts wieder raus und geradewegs in die väterlichen Arme zurückrudern musste, ist plötzlich mehr Schein als Sein. Ich hatte mich in Sicherheit gewiegt und stand doch direkt am Abgrund.

Was waren wir nur für eine Familie, frage ich mich? Hatte uns etwas zusammengehalten, was in Wahrheit gar nicht existierte?

Mein Vater hatte mir sein Leben lang vermittelt, aufrichtig mit meinen Mitmenschen umzugehen. Lieber einmal mehr die Wahrheit sagen und mich den Tatsachen stellen, als ein immerwährendes Schweigen auszuhalten, das die Beziehung zu einem anderen Menschen kontinuierlich aushöhlte.

Doch nun scheint er derjenige gewesen zu sein, der diese Wertvorstellung mit Füßen getreten hatte. Jetzt gibt er mir nur noch das Gefühl, dass unser gemeinsames Leben eine einzige Lüge gewesen ist.

Wenn er diese Frau wirklich geliebt hat, und es hat ganz den Anschein, dann hätte er sich dazu bekennen müssen. Und wieso hat Regina das alles scheinbar klaglos akzeptiert? Hat sie denn keinen Stolz? Warum hat sie ihre Überzeugung von Treue so sehr mit Füßen treten lassen?

Der Wecker auf Vaters Nachttisch zeigt zehn Uhr fünfunddreißig, als Regina mir eine Tasse Kaffee daneben stellt und sich auf die Sofakante setzt.

„Du siehst furchtbar aus", sagt sie.

„Du nicht minder", antworte ich.

Sie streicht mir mit der flachen Hand über den Kopf, wie einem Kind, das man trösten möchte. Doch ich empfinde keinen Trost, fühle mich nur noch kleiner.

„Möchtest du etwas essen?", fragt sie.

Ich schüttle den Kopf.

„Aber du musst etwas essen", insistiert sie.

Ich richte mich auf, greife nach dem Kaffee und blase über den Tassenrand.

„Behandle mich bitte nicht wie ein Kleinkind", sage ich.

„Verstehe", antwortet sie und ihre Miene wechselt von weich zu ernst. Sie atmet tief durch und richtet sich auf. „Dann solltest du jetzt aufstehen, denn es gibt einiges zu tun", sagt sie.

Ich stelle die Tasse auf den Nachtisch ab, ohne etwas davon zu trinken. Mein Magen krampft schon wieder, und ich lasse mich rücklings aufs Sofa fallen.

„Ach komm, Papa ist tot, die Welt ist stehen geblieben, was soll es da schon Wichtigeres zu tun geben als zu trauern", sage ich.

„Wir sollten die Beerdigung vorbereiten, und ich möchte das nicht alles allein organisieren", sagt Regina. Jetzt kehrt sie also wieder die verantwortungsbewusste Mutter heraus. Wozu? Auf einen Tag mehr oder weniger, den mein Vater im Kühlhaus liegt, kommt es nun auch nicht mehr an, denke ich und schäme mich beinah, dass mir das so egal ist. Aber dann denke ich plötzlich, es geschieht im recht, dass er dort liegt, kalt und allein, der Lügner.

Ich drehe mich auf den Bauch, greife nach einem Kissen und vergrabe darin mein Gesicht.

„Lass mich in Ruhe!"

Regina bleit noch eine Weile still auf der Sofakante sitzen. „Also gut", sagt sie irgendwann und verlässt wortlos das Zimmer. Und ich gleite abermals hinüber in einen unruhigen Schlaf.

Im Traum befinde ich mich in einem Erdloch auf einem Friedhof und schaufle Sand. Mit jeder Schippe, die ich aus dem Loch schaufele, rieselt der Sand vom Rand des Grabes zurück in die Grube. Meine Füße sind nackt und eiskalt, in der Grube steht Wasser. Ich schippe immer wieder Sand aus diesem Matsch und fühle, dass er Schippe für Schippe schwerer wird, durch die Nässe. Wenig später versuche ich aus dem mannstief gebuddelten Loch herauszuklettern, doch der Rand bricht ab, und ich komme nicht heraus. Dann fällt mein Blick auf das einfache Holzkreuz, das dort am Rande des Grabes steht. Darauf lese ich meinen Namen.

Kapitel 10

November 2009

Eine kalte, feuchte Dunstglocke, die sich im Licht der Straßenlaternen verlor, hing über der Stadt. Ich zog den Kragen meines Mantels fester um mich, als ich mit Sarah aus dem Taxi stieg und wir gemeinsam auf ein Haus auf der anderen Straßenseite zugingen. Vor dem Haus blieb ich kurz stehen, überlegte, ob ich wirklich hineingehen sollte.

„Wollen wir?", fragte Sarah.

„Ich bin nervös", sagte ich.

„Ach komm schon", sagte Sarah und legte den Arm um mich. „Das wird großartig, ich weiß es."
Links und rechts der offenstehenden Haustür hatte jemand zwei große Plakatwände aufgestellt. Das Titelbild der Ausstellung zeigte eine lachende junge Frau, die auf einem Bürgersteig tanzte. Sarah. Ich hatte das Foto im November zwanzig Jahre zuvor gemacht, als wir zum ersten Mal in Westberlin gewesen waren. Jetzt kam es mir vor, als sei das in einem anderen Leben gewesen.

„Ich kann es immer noch kaum glauben, dass hier heute Abend auch meine Fotos ausgestellt werden", sagte ich.

„Ich finde es großartig", sagte Sarah. „und es wird Zeit, dass du mit dem, was du richtig gut kannst, an die Öffentlichkeit gehst."

„Nun übertreibe mal nicht", sagte ich. „Schließlich haben es die Bilder nur deshalb in die Ausstellung geschafft, weil das Motto *20 Jahre Mauerfall* ist und nicht, weil sie qualitativ so hochwertig sind."

„Sei nicht so kritisch mit dir selbst", sagte Sarah. „Du wolltest immer Fotokünstlerin werden. Betrachte diese Ausstellung einfach als Auftakt zu deiner neuen Karriere."

Ich musste lachen. Die Fotos aus dieser Zeit waren Bilder aus einem anderen Leben, das so weit hinter mir lag, dass ich kaum glauben konnte, einmal Teil davon gewesen zu sein.

„Ich bin Bankerin, keine Künstlerin", sagte ich.

Sarah zuckte mit den Schultern.

„Wer weiß, wie lange noch", sagte sie.

Seit meiner Rückkehr aus London vier Jahre zuvor versuchte Sarah immer wieder, mich dazu zu überreden, mein Leben noch einmal grundlegend zu ändern. Sie meinte, meine Arbeit in der Bank wäre reine Talentverschwendung und ich solle mich endlich zur Fotografie bekennen und etwas daraus machen.

Doch die Wahrheit war: Ich fotografierte schon lange nicht mehr. Auch wenn mein Job in einer Berliner Bank nichts Großartiges war, so hing ich doch an ihm. Es war das, was ich konnte, was ich beherrschte, was mir Sicherheit gab. Mehr nicht.

Seit Sarahs Freund Heiko die Idee aufgebracht hatte, anlässlich des zwanzigjährigen Mauerfalls eine Ausstellung mit Fotos aus dieser Zeit zu machen, ließ Sarah nun gar nicht mehr locker.

Immer wieder versuchte ich ihr zu erklären, nur weil sie mit ihren Yogakursen und Meditationsreisen ihre Bestimmung gefunden hatte, musste das bei mir nicht auch so sein. Dazu war ich einfach zu sehr Realistin.

Doch nun standen wir hier, vor dem Eingang eines Plattenbaus auf ehemals Ostberliner Boden, und ich hatte plötzlich Lampenfieber. Würden tatsächlich Leute kommen, um sich die Bilder anzusehen?

Immerhin: meine Aufnahme von Sarah war zum Titelbild der Ausstellung auserkoren worden. Ich atmete langsam ein und wieder aus. Aus dem dunklen Inneren des Gebäudes drang Musik und Gelächter zu uns.

„Klingt, als wären schon Leute da", sagte ich und sah auf die Uhr. Es war erst kurz nach fünf, und die Vernissage begann um halb sieben.

„Ach, das sind bestimmt Heiko und seine Leute", sagte Sarah.

Heiko arbeitete eigentlich als Kunstlehrer an einer Mittelschule. Er war nach der Wende aus dem Westen nach Ostberlin gekommen und hatte sich in die Stadt verliebt. Und Sarah hatte sich in ihn verliebt. Wenn sie von ihm sprach, leuchteten ihre Augen. Bei ihm schien sie endlich angekommen zu sein. Ich war fast ein bisschen neidisch, denn seit meiner Trennung von Sven gab es keinen Mann mehr in meinem Leben. Andererseits gönnte ich es Sarah von Herzen, dass sie nun ihr Zuhause und ihre Bestimmung gefunden zu haben schien.

Ich suchte den Lichtschalter, als ich das Haus betrat. Neonlicht flimmerte auf und wies uns den Weg durch einen kahlen Gang.

Die Idee, die Ausstellung in einem heruntergekommenen Plattenbau zu machen, war von Heiko gewesen. Tagelang hatten er und seine Kumpels in diesem Abbruchhaus herumgewerkelt. Der Plan war, die Nacht des Mauerfalls noch einmal aufleben zu lassen.

Stimmengewirr und Musik wurden lauter, es roch nach gekochten Würstchen und Zigaretten. Ich drückte eine Wohnungstür auf.

„Schade, dass Mutti heute Abend nicht mit hier sein kann", sagte ich zu Sarah.

Meine Mutter litt mal wieder unter einem depressiven Schub und war seit Tagen nicht ans Telefon gegangen. Am Abend zuvor war ich kurz nach Fürstenwalde gefahren, um nach ihr zu sehen. Sie hatte mir die Tür in einem Nachthemd geöffnet, das sie den ganzen Tag nicht ausgezogen hatte.

„Meinst du wirklich, sie hätte das verkraftet, selbst wenn sie eine gute Phase hätte?", fragte Sarah.

„Vermutlich nicht", sagte ich. Ich hatte die Nacht bei meiner Mutter verbracht und am Morgen den Eindruck gehabt, dass es ihr etwas besser ging. Dennoch musste ich etwas unternehmen, so konnte das nicht weitergehen. Doch ich hatte nicht den Hauch einer Idee und schob den Gedanken an sie nun beiseite. Dieser Abend sollte nur Sarah und mir und unseren Erinnerungen gehören.

Normalerweise waren diese Plattenbauwohnungen eng und schmal und die Zimmer klein. Doch Heiko und seine Freunde hatten ganze Wände herausgerissen, anstelle der Türen große Durchbrüche geschaffen und sämtliche Wände mit Graffiti besprüht. Man konnte durch die Räume gehen und hatte das Gefühl, an der Berliner Mauer entlang zu streifen.

Die Räume waren gedämpft beleuchtet, und an den Wänden hingen großformatige Fotos, die von Lichtspots angestrahlt wurden. Gleich im zweiten Raum trafen wir Heiko.

„Da seid ihr ja endlich", rief er, nahm Sarah in den Arm und küsste sie überschwänglich. Anschießend drückte er auch mir einen Kuss auf die Wange.

„Sieh mal, wer das ist", sagte er zu mir und trat zur Seite.

„Was machst du denn hier?", fragte ich und sah mich Henry gegenüberstehen.

„Hast du wirklich geglaubt, ich lasse mir deine erste Ausstellung entgehen?", fragte Henry, nahm mich in den Arm und küsste mich unvermittelt auf den Mund. Ich schob ihn weg.

„Bitte nicht, ja!", sagte ich. „Ich dachte, wir hätten das geklärt."

„Tut mir leid", sagte er, „da ist wohl mein verborgenes Temperament mit mir durchgegangen. Es kommt nicht wieder vor, okay?" Er trat einen Schritt zurück und rief:

„Also das, was ich bis jetzt von der Ausstellung gesehen habe, überzeugt mich wirklich. Das hast du großartig hingekriegt, Heiko."

Sarah trat neben mich.

„Was war das denn?", fragte sie. „Habe ich was verpasst?"

„Nein, hast du nicht", sagte ich. „Wir waren nur ein einziges Mal zusammen. Und das ist auch schon Monate her, aber seitdem, na ja… Henry verspricht sich offensichtlich mehr davon."

„Aber er ist dein Vermieter", sagte Sarah und tat so, als sei es wichtig, dass sie mich extra darauf aufmerksam machte. Ich hob die Hand, als müsse ich mich verteidigen, was ich ja de facto auch tat.

„Ach komm schon, Sarah, du weißt doch am besten, wie das ist, wenn man sich einsam fühlt. Da passiert so was schon mal."

„Ja, mir vielleicht, aber dir?", sagte Sarah. „Du bist nicht der Typ für eine Affäre, und schon gar nicht ohne Tiefgang."

„Na vielleicht werde ich es ja jetzt. Wir werden alle nicht jünger." Ich grinste.

„Dann rate ich dir: Sei vorsichtig. Sowas endet meistens sehr bitter."

Ich sah Sarah verblüfft an.

„Was ist denn hier los?", fragte ich. „Rollentausch? Du sorgst dich um mich?"

„Das tu ich, seit du zurück aus London bist", konterte Sarah. „Dieses Singledasein ist doch kein Leben für dich."

Ich hakte mich bei Sarah unter, wusste, dass sie es nur gut mit mir meinte. Und doch wollte ich nicht, dass sie sich in mein Liebesleben einmischte.

„Keine Sorge, ich komme klar." Ich zog sie mit mir. „Jetzt lass uns die Bilder anschauen, bevor so viele Leute da sind, dass man sie nicht mehr genießen kann."

Das Gebäude war ungeheizt, und die Atmosphäre erinnerte frappierend an die Nacht des Mauerfalls. Ich war froh um meinen langen Mantel, der eigentlich ein wenig zu elegant für dieses Ambiente war. Doch es wäre mir zu profan vorgekommen, wenn ich zu meinem grünen Kaschmirschal von Tante Elli, den ich immer noch hütete wie einen Schatz, einen billigen Parka angezogen hätte. Schließlich war ich ja jetzt ein Wessi, wie meine Mutter immer sagte.

In einem der Räume war ein provisorischer Tresen aus leeren Bierträgern aufgebaut worden, wo Bier und Bockwurst angeboten wurden. Dafür konnte jeder Gast einen beliebigen Betrag in das schwarz-rot-goldene Sparschwein werfen. Die Ausstellung wurde auf Spendenbasis finanziert, und die Fotografien hatten natürlich alle gratis zur Verfügung gestellt. Am Tresen wartete ein großer kräftiger Typ auf sein Bier, und als ich neben ihn trat, streifte mich sein Blick.

Er lächelte. Ich nickte ihm zu, nahm die zwei Bier, die ich geordert hatte, und ging zurück zu Sarah.

Wir nippten an den Flaschen.

„Irgendwoher kenn ich den Typen dort drüben an der Bar", sagte ich zu Sarah.

Der Mann drehte sich um und besah sich die Fotos an den Wänden.

„Er sieht gut aus", sagte Sarah.

„Das meine ich nicht", antwortete ich. Obwohl ich zugeben musste, dass er wirklich gutaussehend war. Er erinnerte mich an einen Wikinger.

„Los komm", sagte Sarah, „da drüben ist das Highlight der Ausstellung. Du wirst staunen."

Sie zog mich mit sich, und wir gingen weiter.

Jedes Foto hatte eine Bildunterschrift, die auf nachempfundenen Mauersteinen jeweils unterhalb des Bildes an der Wand angebracht war. Außerdem war jedes Foto mit einer kleinen schwarz-rot-goldenen Fahne markiert, einige mit, andere ohne Hammer und Sichel, damit man sehen konnte, ob das Foto von einem Ostdeutschen oder einem Westdeutschen aufgenommen worden war.

Langsam füllten sich die Räume mit Besuchern. Die meisten waren mindestens Ende dreißig, viele auch älter. Sie trugen stonewashed Jeans und mit Kunstfell besetzte Parkas, einige Männer hatten sogar noch blondgefärbte Strähnchen im schon grau werdenden Haar oder trugen den für die Zeit des Mauerfalls typischen Vokuhila-Schnitt, der die Haare im Nacken länger ließ.

Zwei Räume weiter blieb ich wie angewurzelt stehen. Sarah hatte recht, dieser Raum war das Highlight der Ausstellung. An der gegenüberliegenden Wand hing ein Foto in Übergröße. Zwei Lichtspots strahlten es an.

„Großartig, nicht?", sagte Sarah hinter mir.

„Fantastisch", rief Henry, der gerade mit Heiko zu uns stieß.

„Wie jung wir damals waren", sagte Sarah.

Das Foto zeigte Sarah und mich, tanzend auf einer Westberliner Straße. Die Präsenz des Motivs war beeindruckend, erst recht in dieser Größe. Es vereinte in sich alles, was wir damals gewesen waren: jung, neugierig und zuversichtlich. Voller Leben und beseelt von dem Gedanken der Freiheit.

„Werde jetzt ja nicht sentimental", sagte Sarah.

„Sieht man mir das so sehr an?", fragte ich.

„Nein", sagte Sarah, „aber ich kenne dich."

„Kommt, Mädels", rief Heiko. „Lasst uns anstoßen auf diese großartige Ausstellung."

„Und wir stoßen natürlich auch auf den großartigen Ideengeber an", rief Sarah und küsste Heiko.

Ich betrachtete die beiden. Sie waren ein schönes Paar. Da trat Henry neben mich.

„Lust, rückfällig zu werden?", fragte er und legte den Arm um meine Schulter. Ich sah ihn an.

„Nein", sagte ich. „Du und ich, das funktioniert nicht."

„Wahrscheinlich hast du recht", sagte Henry. „Ich habe schon verstanden, dass du keine feste Beziehung willst. Auch wenn ich mir das gut vorstellen könnte, mit dir."

Ich löste mich aus seiner Umarmung.

„So war das nicht gemeint", sagte er und klang dabei, als würde er sich entschuldigen.

„Tut mir leid, Henry, es hätte nicht soweit kommen dürfen zwischen uns."

Er lächelte.

„Ich fand´s schön."

Ich überlegte, wie ich Henry entkommen konnte und drehte mich um.

Und dann sah ich ihn.

Daniel.

Er lehnte im Türrahmen zum Nachbarzimmer, beinah so, als sei er plötzlich dorthin gebeamt worden. Inzwischen bewegten sich ziemlich viele Besucher durch die Räume, aber er stand einfach nur da, an den Türrahmen gelehnt und betrachtete versunken das riesige Foto von Sarah und mir.

Schnell ging ich zu Sarah hinüber, die immer noch mit Heiko ins Gespräch vertieft war.

„Wie kommt der denn hierher?", fragte ich sie.

Daniel stand immer noch unbewegt dort drüben und betrachtete das Foto.

Seit ich zurück in Deutschland war, hatte ich es konsequent vermieden, mit ihm Kontakt aufzunehmen. Unsere letzte Begegnung in Ellis Wohnung hatte mir gezeigt, dass er nicht in der Lage war, sich aus seiner familiären Bindung zu lösen, um mit mir zusammen zu sein. Ich wollte ihn auch ganz sicher kein zweites Mal darum bitten, nachdem er mich damals, nach Ellis Beerdigung zurück nach London geschickt hatte.

„Ich war es", sagte Sarah jetzt.

„Was?", fragte ich entgeistert.

„Ich habe ihm einen Flyer von der Ausstellung geschickt. Per Post."

„Du hast was? Bist du verrückt geworden?"

Sarah griff nach meinem Arm und zog mich in eine Ecke des Raumes.

„Na ja, ich dachte es wäre an der Zeit", sagte Sarah.

„An der Zeit für was?", fragte ich.

„Dass du endlich aus deinem Schneckenhaus rauskommst", sagte Sarah. „Seit du zurück bist, dreht sich alles nur um deinen Job und deine kranke Mutter. Katja, du hast dich nie für einen anderen Mann außer für Daniel interessiert. Ist es da nicht langsam an der Zeit, dass du zu deinen Gefühlen stehst? Ich konnte ja nicht ahnen, dass du und Henry…"

„Ach, das mit Henry, ich habe dir doch gesagt, da ist nix."

Ich verschränkte die Arme und blitzte Sarah wütend an.

„Aber, dass du hinter meinem Rücken mit Daniel Kontakt aufnimmst, das ist nicht fair."

„Sonst wird das ja nie was mit euch", sagte Sarah. Jetzt wurde ich wütend.

„Sag mal, tickst du noch ganz richtig?", fragte ich. „Hast du vergessen, dass er verheiratet ist? Und daran hat sich vermutlich nichts geändert."

Sarah griff mich an den Schultern.

„Dann ändere du es!"

Ich schüttelte ihre Hände ab.

„Das habe ich versucht, und das weißt du genau", sagte ich. „Er wollte nicht."

„Aber vielleicht klappt es jetzt", sagte Sarah. „Es ist schon so viel Zeit ins Land gegangen, und du hast dich nie von ihm lösen können. Dann kämpfe um ihn oder aber…" Sie blickte zu Daniel hinüber, der sich nun langsam durch den Raum bewegte.

„Oder aber was?", fragte ich.

„Oder aber schließe mit ihm ab! Dann aber endgültig, damit Platz in deinem Herzen wird für etwas Neues, für jemand Neues."

„Nur weil du gerade mal glücklich bist, heißt das nicht, dass ich…"

Plötzlich zupfte Sarah meinen grünen Schal zurecht.

„Er hat uns gesehen", flüsterte sie, „und er kommt zu uns rüber."

„Was?"

„Hallo", sagte Daniel.

„Hallo", stammelte ich. „Was für eine Überraschung. Ich meine, dich hier zu sehen."

Daniel schaute Sarah an.

„Nun, eine Brieftaube hat mir den Flyer dieser Ausstellung zukommen lassen, und da dachte ich, ich sehe mal vorbei." Er lächelte Sarah kurz an.

Diese reagierte sofort.

„Ja, also dann bis später!", sagte sie und wollte verschwinden. Doch ich hielt sie am Ärmel fest.

„Du kannst mich doch jetzt nicht...", zischte ich.

„Doch, kann ich", unterbrach sie mich.

„Lass uns nach draußen gehen, ich muss eine rauchen", sagte ich halb an Daniel gerichtet.

„Seit wann rauchst du?", fragte Sarah verwundert.

„Seit gerade eben", antwortete ich und gab ihr zu verstehen, mir eine Zigarette und ihr Feuerzeug zu geben.

Sie drückte mir die Zigarettenschachtel in die Hand.

„Das Feuerzeug steckt drin", sagte sie und verschwand auffällig schnell.

Ich steckte die Schachtel in die Manteltasche.

„Lass uns da hinten rausgehen", sagte ich zu Daniel und zeigte auf eine Terrassentür. Ich konnte ihm nicht in die Augen schauen.

Die Tür führte über eine Hochparterreterrasse in einen Innenhof, in dem vereinzelte Grüppchen herumstanden und rauchten. Auf der Terrasse waren wir allein.

Ich trat an die Brüstung und zündete mir eine Zigarette an, nur um etwas in der Hand zu haben. Rauchen hatte ich nur wenige Male in meinem Leben probiert, immer in der gleichen Gefühlslage. Entweder ich war betrunken oder nervös. Jetzt wünschte ich mir, ich wäre einfach nur betrunken.

„Da stehen wir nun wieder", sagte ich und musste an unsere Balkonszene in Italien denken, als Daniel mich das erste Mal geküsst hatte. Wie bei Romeo und Julia, dachte ich. Aber wir glichen eher zwei Königskindern, die nicht zueinander fanden.

Ich fühlte Daniels Blick auf mir.

„Es ist schön, dich zu sehen", sagte er.

„Ach ja?", fragte ich.

Daniel trat neben mich an die Brüstung.

„Deine erste Ausstellung. Das ist ein großer Erfolg, oder nicht?"

„Es sind nur ein paar Bilder unter vielen", versuchte ich die Sache herunterzuspielen.

„Du hättest mir trotzdem Bescheid geben können", sagte Daniel.

„Vielleicht wollte ich einfach nicht, dass du kommst", sagte ich und zog jetzt doch an der Zigarette. Ich blies den Rauch in die Nacht, versuchte den aufkommenden Husten wegzudrücken und räusperte mich leise.

„Schade", sagte Daniel. „Dabei war ich doch immer einer von denen, die an dein Talent geglaubt haben."

„Mein Talent hat nie zu mehr gereicht, als zu dem hier", provozierte ich weiter.

Daniel blickte mich an.

„Katja, was soll das? Bist du wütend?"

Gute Frage, dachte ich. War ich wütend? Ja, ich war wütend. Auf ihn? Nein, auf mich. Ich war wütend auf mich, weil ich es zuließ, dass Daniels unerwartetes Auftauchen mich erneut aus der Bahn warf.

„Du bist wütend", stellte Daniel jetzt fest. „Warum?"

„Weil ich, weil ich", ich stotterte, sah ihn kurz an, musste dann wieder wegsehen. Ich zog heftig an der Zigarette und hustete.

„Lass den Quatsch", sagte Daniel, „Rauchen passt nicht zu dir!"

„Ach ja?", rief ich und kam jetzt so richtig in Fahrt. „Was passt denn daran nicht?" Ich besah die Zigarette, scheute mich aber davor, erneut daran zu ziehen.

„Vielleicht, dass ich nicht mehr deine dumme, kleine Katjuscha bin?", fragte ich jetzt.

„Das warst du nie, und das weißt du auch", sagte Daniel und stützte die Hände auf der Balkonbrüstung ab.

„Ich habe in dir niemals nur die Kleine gesehen und schon gar nicht die Dumme. Du warst und bist viel mehr für mich, und das weißt du auch!"
Ich biss mir auf die Unterlippe.

„Ach Daniel, verdammt. Lass es einfach!"
Ich warf die Zigarette auf den Boden, trat sie aus. Insgeheim verfluchte ich noch einmal Sarah. Was hatte sie sich nur dabei gedacht. Ein Wiedersehen mit Daniel. So ein Quatsch. Der Abend war verdorben.

Mein Blick wanderte zu Daniels Händen auf der Balkonbrüstung. Er trug noch immer seinen Ehering.
Warum war ich nicht endlich in der Lage, mit Daniel abzuschließen?
Ich hatte genug, wollte mich an ihm vorbeidrängeln, um wieder ins Haus zurückzugehen. Er drehte sich um und hielt mich am Arm fest. Es war die Hand mit dem Ehering.
Ich blieb stehen, fühlte mich mit einem Mal unendlich schwach.

„Bitte hör auf damit!", sagte ich.

„Womit?" Er wollte mich in den Arm nehmen, doch ich wehrte mich dagegen.

„Immer, wenn wir uns begegnen, kommt alles durcheinander in mir."

Ich legte meine Hand auf meinen Brustkorb, genau an die Stelle, wo mein Herz schlug.

„Es tut weh, hier drin, verstehst du? Ich will das nicht mehr!"

Daniel fuhr sich durch die Haare, eine mir vertraute Geste.

„Du wolltest heiraten. Was hätte ich deiner Meinung nach denn tun sollen?", fragte er.

Ich blickte ihn direkt an.

„Mich aufhalten", sagte ich. Ich drehte mich wieder in Richtung Innenhof und legte die Hände auf das kalte Eisen der Brüstung.

Er fuhr mit dem Zeigefinger über meinen rechten Ringfinger.

„Hast du das nicht selbst schon erledigt?", fragte er.

Ich blickte auf meine Hand.

„Es hat nicht gereicht", sagte ich.

„Und der schlanke Typ mit der Brille vorhin? Dein neuer Freund?"

Wie lange hatte er uns beobachtet, fragte ich mich.

„Ist nur mein Vermieter" sagte ich.

„Ach so", sagte Daniel mit einem leicht spöttischen Unterton, den ich mir aber vielleicht ja auch nur eingebildet hatte.

Er steckte die Hände in die Hosentaschen.

Also lass uns das hier beenden, dachte ich. Die große Liebe war wohl doch nur eine Illusion gewesen, und vielleicht war das auch gut so. Ich sah ihn an. Daniels Gesicht hatte Falten bekommen, das Alter hatte seine Geschichten hineingekritzelt. Doch aus seinen Augen blitzte mir immer noch der Mann entgegen, in den ich mich einst verliebt hatte. Mein Blick wanderte weiter zu seinem Mund. Niemand hatte mich je geküsst wie er. Oder war meine Erinnerung nur der Einzigartigkeit des ersten Kusses geschuldet?

Ich hatte mich eingerichtet, in Berlin, in der Bank, in meinem jetzigen Leben. Ich wollte dieses mühsam erarbeitete Seelenheil nicht wieder riskieren für einen Mann, der mich und meine Liebe zu ihm seit Jahren am ausgestreckten Arm verhungern ließ. Und doch: Als ich Daniel jetzt so ansah, verlor ich mich in ihm, wie jedes Mal.

„Ich komm einfach nicht von dir los", sagte ich laut und erschrak, dass ich das wirklich ausgesprochen hatte. Es klang, als hätte ich mich kampflos meinem Schicksal ergeben.

„Aber jetzt sehe ich in deinen Augen, dass es zu spät ist", sagte er und bohrte seine Hände noch tiefer in die Hosentaschen.

„Ist es das?", fragte ich.

„Sag du es mir", antwortete er.

„Bist du denn bereit, zu deinen wahren Gefühlen zu stehen?", fragte ich.

Er blickte an mir vorbei in die Dunkelheit und atmete tief ein und wieder aus.

Er war es nicht.

Und doch. Ich war nicht bereit dazu, ihn aufzugeben. Ich war jetzt über vierzig, und manche Träume würden sich in diesem Leben einfach nicht mehr erfüllen. Aber ich war etabliert, gefestigt in meinem Dasein, wenn auch nicht immer ganz zufrieden. Das einzige Abenteuer, das ich je gewagt hatte, war, mich in Daniel zu verlieben. Alles, was sonst in meinem Leben geschehen war, war wohlüberlegt gewesen. Vernunftgetrieben. In mir begann ein aberwitziger Plan zu reifen.

„Was hältst du von einer Affäre?", fragte ich ihn ganz unverblümt.

Er zog die Hände aus den Taschen und verschränkte seine Arme vor der Brust.

„Du meinst du und ich? Eine richtige Affäre?", fragte er.

„Mit allem Drum und Dran", sagte ich und konnte selbst kaum glauben, was ich da vorschlug. „Heimliches Liebesnest, Treffen an den Wochenenden, guter Sex, gutes Essen. Auf teuren Schmuck kann ich verzichten." Daniels Augen wanderten über den Innenhof. Er schien die Leute zu beobachten.

„Eine Affäre", wiederholte er, „das sind doch nicht wir, oder?"

Ich hob die Augenbrauen und knabberte an der Unterlippe.

„Eben!"

Daniel wurde plötzlich ernst.

„Das willst du nicht wirklich, oder?"

„Doch, natürlich", antwortete ich.

„Warum nicht eine richtige Beziehung?"

Ich hob abermals die Augenbrauen.

„Das schaffst du nicht", sagte ich.

„Aber Heimlichkeiten traust du mir zu?"

Ich verschränkte die Arme vor der Brust.

„Das ist dein Problem, nicht meins", sagte ich. Ich kam mir vor wie bei einer geschäftlichen Verhandlung. „Ach ja", sagte ich. „Es gäbe da noch ein paar Bedingungen."

„Und die wären?"

„Keinerlei gegenseitige Erwartungen, keine gemeinsamen Pläne, keine Verpflichtungen. Dafür darfst du das Liebesnest auswählen. Schaffst du das?"

„Und nach jedem unserer Treffen kehren wir in unser jeweiliges Leben zurück?", fragte Daniel.

„Ohne Reue!", sagte ich.

„Das klappt nie", sagte Daniel.

„Lassen wir es drauf ankommen?", antworte ich.

Kapitel 11

In seinem Büro warf er die Tüte mit den Habseligkeiten von Daniel Baumann auf einen Stapel Akten und schaltete den Computer ein, fischte den Obduktionsbericht, den Natalie ihm geschickt hatte, aus den ungelesenen E-Mails und überflog ihn. Es gab wirklich nichts Auffälliges, Baumann war an einem Herzinfarkt gestorben, die Leiche freigegeben, er konnte also jetzt die Witwe anrufen und ihr sagen, dass sie ihren Mann beerdigen konnte. Er blätterte in seinem Notizbuch, suchte die Telefonnummer von Regina Baumann heraus und griff zum Telefon. Dabei fiel sein Blick auf die Tüte mit Baumanns Sachen. Der Mann war noch gar nicht so alt gewesen. Eine bittere Sache, wenn man so früh starb, besonders für die Angehörigen. Und dann auch noch vollkommen unerwartet.

Mit dem Hörer in der Hand dachte er an seine Mutter. Bei ihr war der Tod schleichend gekommen, die Krankheit heimtückisch, aber berechenbar gewesen. Er hatte sich auf den Tod seiner Mutter vorbereiten können, auch wenn er das mit Mitte zwanzig nicht wirklich gut hinbekommen hatte. Heute war er dankbar dafür, dass er die Gelegenheit gehabt hatte, sich von ihr zu verabschieden.

Von seinem Vater hingegen hatte er sich nicht verabschieden wollen. Im Nachhinein auch eine bittere Sache, denn er hätte es, trotz aller Differenzen, tun sollen.

Sascha legte den Hörer zurück auf das Telefon, blätterte noch einmal durch den Obduktionsbericht und sah die Fotos von dem Toten durch. Er war sich jetzt ganz sicher, dass er Baumann von irgendwoher kannte.

Er griff nach der Tüte mit den Habseligkeiten und eine ihm wohlvertraute dienstliche Neugier überkam ihn. Er konnte nicht festmachen, woran das lag, aber immer, wenn ihn genau diese Art von Neugier beschlich, hatte das einen Grund. Er musste diesem Instinkt einfach folgen.

Er holte den Brief aus der Tüte und drehte den Umschlag in seiner Hand.

Katjuscha? Könnte ein Spitzname für Katja sein, was in seiner Generation ein gängiger Name im Osten gewesen war. Auf dem Brief standen weder ein Nachname noch eine Adresse, einfach nur Katjuscha und ein schwungvoller Strich darunter.

Sascha leerte den Inhalt der Tüte auf den Schreibtisch. Ein bisschen Kleingeld, ein sauber gebügeltes Stofftaschentuch, ein Ehering. Routiniert blickte er in die Innenseite des Rings und las die Gravur: *Regina – 28.11.1989.* Ein Vierteljahrhundert, dachte er. Ein halbes Leben.

Da konnte er nicht mitreden. Seine Beziehungen hatten nie länger als ein paar Monate gedauert, eine Heirat hatte er nie erwogen. Zu schnell verflog die Hingabe und fiel dem Alltag zum Opfer. Er war Polizist, durch und durch, ganz anders als sein Vater, der den Job nur gemacht hatte, weil er dadurch gefürchtet gewesen war. Und dennoch, seine Eltern waren dreißig Jahre zusammen gewesen. Doch das waren auch andere Zeiten gewesen damals.

In der DDR hatte man jung geheiratet, um Anspruch auf eine Wohnung zu haben, jung Kinder bekommen, um Anspruch auf eine größere Wohnung zu haben.

Dann hatte man vielleicht irgendwann ein Auto gekauft, den Zuschlag für einen FDGB- Ferienplatz erhalten. Der seines Vaters war in Greifswald gewesen. Dort hatten seine Eltern bis über die Wende hinaus jedes Jahr ihren Urlaub verbracht, obwohl seine Mutter gern auch mal woanders hingefahren wäre. Doch sein Vater hatte nicht nur mit völligem Unverständnis auf die Ereignisse des 9. November ´89 reagiert, sondern sich auch vehement gegen alle Veränderungen danach gestemmt. Aus heutiger Sicht vollkommen absurd und sinnlos.

Sascha sah die Habe von Daniel Baumann weiter durch. Dabei fiel ihm ein kleines Mäppchen mit Visitenkarten in die Hand, jede fein säuberlich in einer eigenen Folie. Der Tote musste ein ordentlicher Mensch gewesen sein.

Sascha blätterte die Karten durch. Zahnarzt, Versicherungsberater, Bankberater, ein Buchladen in Fürstenwalde. Wieso hatte der Tote eine Visitenkarte von einem Buchladen in Fürstenwalde in der Tasche?

Er selbst war schon lange nicht mehr in Fürstenwalde gewesen, mied seine Heimatstadt seit Jahren.

Nach dem Tod seiner Mutter hatte er zumindest hin und wieder frische Blumen auf ihr Grab gebracht. Doch mit dem Vater hatte es nur noch Streit gegeben. Sascha hatte nicht nachvollziehen können, warum sein Vater der DDR immer noch nachgejammert hatte. Der war allen Ernstes davon überzeugt gewesen, dass die Grenzöffnung ein Versehen gewesen war. Irgendwelche Dissidenten hätten dem Schabowski damals im Fernsehen bei der Pressekonferenz einen Zettel untergejubelt, hatte sein Vater immer wieder behauptet. Auch hatte er nicht verstanden, warum die Sowjets keine Schützenhilfe geleistet hatten. Schließlich hatte das ja schon einmal funktioniert. Zu guter Letzt war der Vater vom Polizei-Dienst suspendiert worden, hatte zu trinken begonnen und war nur noch verbittert gewesen.

Schließlich war Sascha einfach nicht mehr hingefahren.

Jetzt griff er noch einmal nach den Visitenkarten und blieb an der blauen Schrift einer Bankfiliale hängen. Katja Winter, Bankbetriebswirtin aus Berlin. Bankbetriebswirtin. Er überlegte. Er hatte mal eine Katja Winter gekannt, wobei gekannt zu viel gesagt war.

Sascha zog die Karte aus der durchsichtigen Hülle. Ein junges Gesicht blitzte vor ihm auf, umrahmt von brünettem, welligen Haar. Ihre Hand streift die seine, greift nach demselben Blatt Papier, das er von gebohnertem Linoleumfußboden aufheben will. Fast kann er das Bohnerwachs riechen. Sie zieht ihm das Blatt sanft, aber bestimmt aus den Fingern, blickt ihm dabei tief in die Augen, und er spürt den Druck seiner schweren Brille auf der Nase.

Sascha griff sich an die Nase, tat so, als würde er mit dem Zeigefinger seine Brille hochschieben. Aber er trug ja schon lange Kontaktlinsen, seit die Dinger so komfortabel geworden waren.

Nach dieser Begegnung hatte sich der Name Katja Winter in seinem Gedächtnis eingebrannt.

Wieder blickte er auf die Visitenkarte in seiner Hand, drehte sie um. Auf der Rückseite stand etwas Handgeschriebenes. Es war schwer leserlich, doch Sascha konnte es entziffern: *Katjuscha*, stand dort und eine Handynummer.

Jahre später war der Name Katja Winter auf einem Flyer wieder aufgetaucht, auf einem Flyer, der eine Ausstellung anlässlich des zwanzigsten Jahrestags des Mauerfalls angekündigt hatte. Eine damalige Kollegin hatte ihm den Flyer wortlos auf den Schreibtisch gelegt, weil sie gehofft hatte, dass er mit ihr gemeinsam zu der Ausstellung ging.

Er zog sämtliche Schubladen seines Schreibtisches auf, kramte zwischen Stiften und Klebezettel herum. Irgendwo musste dieser Flyer doch noch sein. Doch er fand ihn nicht. Stattdessen fiel ihm die Todesanzeige seiner Mutter in die Hände. Er schluckte.

Seine Mutter war Mitte der Neunziger gestorben. Bald darauf hatte er seine Heimatstadt verlassen, um sich aus der Enge des proletarisch-kleinbürgerlichen Lebens mit DDR-Vergangenheit zu befreien. Sein Vater war bereits damals schon zum enttäuschten Wendeverlierer geworden.

Sascha gab den Namen Katja Winter ins Internet ein. Es erschienen einige Seiten, die mit diesem Namen zu tun hatten. Wie immer ein Moloch an Möglichkeiten, aus denen es die Richtige herauszufischen galt. Aber gerade das reizte ihn ja auch an seinem Job. Jetzt war seine Spürnase aktiviert.

Den plötzlichen Tod seiner Mutter, die ihr Leben lang hart gearbeitet hatte, zuletzt in einer Schweinezucht-LPG, die bald nach dem Mauerfall verkauft und zugemacht worden war, hatte Sascha bis heute nicht wirklich verwunden. So sehr hatte sich seine Mutter etwas von dem Komfort und der Freiheit des Westens gewünscht. Doch sein Vater hatte sich geweigert, die Veränderungen anzuerkennen und sich gegen jede Modernisierung in der

Gesellschaft und im täglichen Leben gewehrt. Für seinen Vater war mit dem Mauerfall eine Welt zusammengebrochen. Als Staatsdiener eines Landes, das es plötzlich nicht mehr gab und von dem nun behauptet wurde, es habe sein Volk eingesperrt und drangsaliert, stand er vor dem Scherbenhaufen seiner Überzeugung. Bis zum Schluss war er davon überzeugt gewesen, das Richtige getan zu haben, als er die vielen Ausreiseanträge abgelehnt hatte. Sein Vater, der Polizist Jürgen Krabitz, hatte treu und fest an den Sozialismus geglaubt und sich im Nachhinein als Opfer und nicht als Mittäter betrachtet. Als Polizist war sein Vater zu DDR-Zeiten ein angesehener Mann gewesen und hatte ihn, seinen Sohn, noch kurz vor dem Mauerfall dazu genötigt, ebenfalls in den Polizeidienst zu gehen. Das war das Einzige, wofür ihm Sascha bis heute dankbar war.

Aber den Vater hatten sie 91 aus dem Polizeidienst entlassen, wegen der Sache mit den Ausreiseanträgen. Nach seiner Entlassung hatte er ein paar Jahre bei einem privaten Wachservice gearbeitet, die damals wie Pilze aus dem Boden schossen. Die Uniform war eine andere, doch der Mann, der darin steckte, war derselbe geblieben, zutiefst verbittert und überzeugt davon, dass man ihn zu Unrecht verurteilt hatte. Schließlich war er auch von diesem Wachdienst entlassen worden, der nach dem Boom pleiteging. Von da an hatte er von Arbeitslosengeld leben müssen. Am Ende war er an Leberzirrhose gestorben.

Und er, Sascha, war das Gefühl niemals losgeworden, dass er seinen Vater trotz allem nicht im Stich hätte lassen dürfen.

Im Internet wurde er schließlich fündig. Die Ankündigung einer Ausstellungseröffnung anlässlich des zwanzigsten Jahrestags des Mauerfalls, in der der Name Katja Winter erwähnt wurde. Das war 2009 gewesen. Es war lange her. Wahrscheinlich hatte er den Flyer dazu längst weggeworfen. Doch im Netz ging eben nichts verloren, und nun erinnerte er sich auch wieder an diesen Abend im November.

Dasselbe Gesicht, nur älter. Sie war plötzlich neben ihm aufgetaucht, an der Bar, hatte zwei Bier geordert, während er auf sein Bockwurstbrötchen gewartet hatte. Doch so schnell wie sie aufgetaucht war, war sie auch wieder in der Menge verschwunden. Im Verlauf des Abends hatte er noch einmal nach ihr Ausschau gehalten, hatte sie ansprechen wollen. Vielleicht erinnerte sie sich ja an ihn. Doch zu einem Gespräch mit ihr war es nicht mehr gekommen.

Sascha googelte gezielt Katjas Name und fand ihr Profil auf einer beruflichen Netzwerkseite. Sie war tatsächlich keine Fotografin, sondern Bankerin mit einem beeindruckenden Lebenslauf: Frankfurt am Main, Köln, London, jetzt Berlin. Katja Winter gehörte zu der Generation gut ausgebildeter Frauen, die Anfang der Neunziger den Osten verlassen hatten, um sich im Westen ein neues Leben aufzubauen. Und sie schien damit erfolgreich gewesen zu sein.

Später an diesem Abend hatte er sie noch einmal gesehen, ins Gespräch vertieft mit einem Mann, draußen im Freien auf dem Balkon. Damals hatte Sascha noch geraucht und im Hof gestanden, als die beiden auf den Balkon getreten waren. Von Weitem hatte er beobachtet, wie sie gestritten hatten, Katja und der Mann. Danach war sie schnell im Inneren des Gebäudes verschwunden.

Jetzt wurde Sascha klar, woher er den Toten kannte. Der Mann, mit dem Katja Winter damals gestritten hatte, war Daniel Baumann gewesen. Also doch. Sein Instinkt hatte ihn nicht im Stich gelassen.

Sein Magen knurrte. Er sah auf die Uhr, bald Mittag. Er hatte noch immer nichts gegessen und auch keine Lust auf das mäßige Mittagsangebot in der Revierkantine.

Noch einmal starrte er auf das Foto von Katja Winter im Internet. Auch wenn sie sich verändert hatte und die Haare kürzer trug: Sie war es, und sie stand in irgendeiner Verbindung zu Baumann.

Sascha steckte die Visitenkarte zurück in das Mäppchen, sammelte die persönliche Habe des Toten wieder ein und schob alles zurück in die Tüte. Dann druckte er sich Foto und Lebenslauf von Katja Winter aus und steckte die Seiten zusammengefaltet in sein Notizbuch. Anschließend griff er nach seiner Lederjacke und dem Autoschlüssel.

Er würde jetzt erst mal gegenüber beim Türken einen Döner essen gehen. Vergessen war der gute Vorsatz, sich endlich gesünder zu ernähren.

Dann wollte er zur Baumanns Witwe fahren, ihr die Sachen bringen und ihr sein Beileid aussprechen. Das gebot ihm sein Anstand.

In der Bürotür blieb er kurz stehen. Das war doch kein Zufall, dass Katja Winter jetzt wieder in seinem Leben auftauchte.

Aber was hatte Katja mit dem Toten zu tun gehabt? Dass sie nur seine Bankberaterin gewesen war, glaubte er nicht. Der handschriftliche Vermerk auf der Rückseite der Visitenkarte ließ eher auf eine sehr persönliche Verbindung schließen. Und bei dem Streit damals auf dem Balkon war es ganz sicher nicht um irgendwelche Bankangelegenheiten gegangen. Die beiden hatten auch im Streit noch sehr vertraut miteinander gewirkt.

Wie auch immer, seine Neugier war geweckt, und auch wenn in diesem Fall seine Ermittlungen nunmehr abgeschlossen waren, wollte er es herausfinden. Es interessierte ihn brennend, was aus Katja Winter wirklich geworden war. Dieses mutige junge Mädchen, das sich seinem Vater 1989 so vehement entgegengestellt hatte, nur um ein Visum für den Westen zu erpressen.

Sein Blick fiel noch einmal auf seinen Schreibtisch, wo er den Brief an Katja hatte liegen lassen. Er ging zurück und griff danach. Ein guter Grund, sie aufzusuchen.

Kapitel 12

Sonja

Die Klingel unserer Haustür weckt mich. Sie dringt in mein Ohr wie ein schrilles Pfeifen, denn mein Vater hat vor Jahren einen Klingelverstärker oben im Flur vor seinem Arbeitszimmer angebracht, damit er sie auch hört, wenn er hier unterm Dach an seinem Schreibtisch sitzt.

Stimmen aus dem unteren Bereich des Hauses dringen zu mir herauf. Ich rappele mich auf und nippe an der Kaffeetasse. Der Kaffee ist kalt, schmeckt bitter. Als ich aufstehe, schwanke ich. Meine Füße sind tatsächlich eiskalt, und meine Knie sind weich, ich kann mich kaum auf den Beinen halten. Ich fühle mich, als wäre ich aus einer Art Koma erwacht, in einem fremden Zimmer, in einem fremden Haus, in einem fremden Leben.

Langsam nehme ich die Treppe nach unten, krampfe meine Hand um das Geländer, die Stufen scheinen sich vor meinen Augen immer wieder zu verschieben. Mein Fuß sucht nach Halt, rutscht ab, ich kann mich gerade noch am Geländer festhalten.

Unten im Flur stehen Regina und der Kommissar von gestern.

Als ich den untersten Treppenabsatz erreiche, sieht er mitleidig zu mir herauf, und erst in dem Moment wird mir bewusst, dass ich wohl ein ziemlich jämmerliches Bild abgebe.

Regina springt mir bei, zieht ihre Strickjacke aus und hängt sie mir über die Schultern.

„Du erinnerst dich an Herrn Krabitz?", fragt sie. „Er war gestern hier, als…"

„Mama, ich weiß", sage ich und nicke dem Kommissar zu. Ich schlüpfe in die Ärmel der Jacke und knöpfe sie zu. Sie ist mir mindestens zwei Nummern zu groß, und die Ärmel stülpen sich über meine Hände, als ich versuche, meine Haare zu ordnen.

„Ich will nicht lange stören", sagt Krabitz und zieht eine Tüte aus seiner Jackentasche. Seine Bewegungen erscheinen mir wie in Zeitlupe.

Er hält die Tüte Regina hin.

„Das sind die persönlichen Sachen, die Ihr Mann bei sich trug."

Regina nimmt die Tüte an sich und schaut hinein. Sie wirkt routiniert, als sie die Tüte öffnet und Vaters Ehering herausnimmt. Sie schiebt sich den Ring auf den Finger, über ihren eigenen Ehering hinweg. Er ist zu groß.

Ich kann mir einen bösen Kommentar nicht verkneifen.

„Na, dass der nicht passt, ist ja klar."

Regina blickt mich erschrocken an, Krabitz wirkt peinlich berührt.

„Meine Tochter steht ein bisschen neben sich", entschuldigt sich Regina.

„Ich bin völlig klar im Kopf", sage ich und krempele die Jackenärmel um. Dann trete ich vor den Spiegel neben der Garderobe. Ich gebe wirklich ein Bild des Jammers ab, fahre mir mit den flachen Händen über den Kopf und flechte mir einen Zopf, den ich anschließend über die Schulter lege.

In Momenten der Trauer werden plötzlich Dinge wichtig, die sonst gar keine große Rolle spielen. Man glaubt, sich daran festhalten zu müssen, wie an einem Rettungsring, um nicht unterzugehen im Strudel des Elends.

Als ich fertig bin, straffe ich meinen Oberkörper und drehe mich zu den beiden um.

„Und?", frage ich. „Was führt Sie zu uns, Herr Kommissar?"

„Ich wollte nur die Sachen vorbeibringen und Ihnen sagen, dass die Leiche nun freigegeben ist."

Die Leiche, hallt es in mir nach. Er spricht von meinem Vater wie von irgendeinem Gegenstand. Auch ein Lügner ist ein Mensch. Mir fällt ein, dass ich vorhin genauso abfällig über meinen Vater gedacht habe, doch wenn ich das tue, ist das meine Sache. Aber wenn es ein Fremder tut, respektlos.

„Die Leiche, wie Sie es nennen, war mein Vater", sage ich und blitze ihn an. „Er ist noch nicht mal achtundvierzig Stunden tot, und Sie können nicht mal mehr seinen Namen aussprechen?"

Krabitz hält meinem Blick stand, wirkt unbeeindruckt. Seine Augen sind braun, ein schönes, warmes Braun, finde ich, und er hat durchscheinend rotblonde Wimpern. Ein Wikinger, ein kraftvoller Mann, ein klassischer Retter, den nichts so schnell umhaut. Vielleicht wünsche ich mir in diesem Moment, er würde mich auf seinen Armen von hier forttragen, weit weg von all dem. Rette mich, denke ich, nimm mich mit auf dein Boot, hinaus auf das kalte, stürmische Meer, lass mich fühlen, dass da noch Leben in mir ist.

„Das ist sehr freundlich von Ihnen", sagt Regina. „Und auch, dass Sie extra vorbeigekommen sind. Dafür sind wir Ihnen sehr dankbar!"

Ihre kaum auszuhaltende Freundlichkeit holt mich aus meinen Gedanken zurück.

Ich verziehe meine Lippen zu einem flüchtigen Lächeln.

„Ach, da Sie schon mal da sind", sage ich an Krabitz gewandt und denke mir, wenn du schon nicht mein Wikinger bist, dann kannst du wenigsten einen anständigen Job machen.

„Haben Sie bei den Sachen meines Vaters zufällig etwas zu einer gewissen Katja Winter gefunden?"

„Wie bitte?" Krabitz sieht aus, als habe ich ihn bei irgendetwas Verbotenem erwischt.

Ich trete an ihn heran. Er duftet ganz leicht nach Zitrone. Ich habe eine sehr gute Nase, und auch wenn all meine Sinne bei Weitem nicht ganz klar sind, so lässt mich meine Nase selten im Stich. Der Zitronenduft passt zu diesem Mann, würde er nach Moschus riechen, wäre ich irritiert.

Mein Vater hat immer gesagt, ich hätte durchaus Parfümeur werden sollen, oder Sterneköchin. Doch meine Kochkünste halten sich bis heute in Grenzen. Ich habe es lieber mit Malerei versucht, doch, na ja, Kunstgeschichte zu studieren, war mir am Ende zu langweilig gewesen, und von Straßenmalerei in Paris kann man eben auch nicht leben.

Etwas weniger angriffslustig sage ich:

„Mein Vater hatte anscheinend eine besondere Beziehung zu dieser Frau Winter, wenn Sie verstehen, was ich meine?"

„Ich glaube nicht, dass das hier etwas zur Sache tut",
sagt Regina. „Sonja, wir wollen doch Herrn Krabitz nicht
weiter aufhalten."

Sie fasst mich am Arm und zieht mich sanft, aber bestimmt weg von ihm.

„Ich glaube, es ist besser, du gehst jetzt mal nach oben
und ziehst dir etwas Richtiges an."

Ich reiße mich los, und eine undefinierbare Wut packt
mich. Will Regina die Tatsache, dass mein Vater fremd-
ging, etwa weiterhin unter den Teppich kehren? Nicht
einmal jetzt, nach seinem Tod hat sie den Schneid dazu,
sich dieser Tatsache zu stellen.

Schon will ich wieder eine spitze Bemerkung machen, als
Krabitz sagt:

„Ich glaube, ich weiß, wie Ihnen zumute ist." Dabei
sieht er mir tief in die Augen. „Zu erkennen, dass jemand, dem man vertraut hat, gelogen hat, ist hart, noch
dazu, wenn es der eigene Vater ist."

Er macht einen Schritt auf mich zu, und jetzt nehme
ich noch eine andere Geruchsnuance wahr. Ich schließe
kurz die Augen, um die aufsteigenden Tränen wegzudrücken. Lavendel, denke ich, und spüre Sommer in mir,
den Duft nach See und Wald, pastellige Farben, Freiland-
rosen und Lavendel. Als Kind konnte ich stundenlang
auf dem Kies unserer Einfahrt am Kranichhaus sitzen,
die von Rosen und Lavendel gesäumt war, und das rege
Treiben der Bienen beobachten. Lilafarbene Rispen tanzen vor meinen Augen im grellen Sonnenlicht, wie man
es nur im Sommer erlebt, wenn die Sonne steil am Himmel steht.

„Aber glauben sie mir", fährt Krabitz fort und reißt mich aus meinen Gedanken, „in meinem Beruf erlebe ich so etwas immer wieder. Ihr Vater hatte sicher einen guten Grund dafür."

Ich öffne die Augen.

„Wird das jetzt eine Verteidigungsstrategie unter Gleichgesinnten?", frage ich.

Er schüttelt den Kopf.

„Haben Sie schon einmal darüber nachgedacht, dass er Sie ganz bewusst vor der Wahrheit schützen wollte?"

„Warum hätte er das tun sollen?"

„Keine Ahnung, Sie sind seine Tochter. Seine Kinder möchte man doch vor unangenehmen Wahrheiten beschützen, oder?"

„Ich bin aber schon lange kein Kind mehr", antworte ich.

Krabitz zuckt mit den Schultern.

„Bleibt man das nicht immer, irgendwie? Zumindest für seine Eltern?"

„Ich bin sicher, es wird sich alles klären", fällt Regina uns ins Wort und reicht ihm demonstrativ die Hand zum Abschied.

Er ergreift sie kurz. Regina beeilt sich, zur Tür zu kommen und öffnet sie.

„Also, vielen Dank nochmals, dass Sie vorbeigekommen sind, Herr Krabitz", sagt sie, als er an ihr vorbei nach draußen geht.

Der Lavendelgeruch verflüchtigt sich, der Zitronenduft ist hartnäckiger, doch schließlich wird alles von einem Schwall kalter Novemberluft überlagert.

Benommen stehe ich im Flur, sehe diesem Wikinger hinterher, dessen Worte mich seltsamerweise besänftigt haben.

„Warten Sie!", rufe ich ihm hinterher.

Krabitz dreht sich um.

„Welchen Grund haben Eltern, das zu tun?", frage ich.

„Liebe", sagt Krabitz. „Ich glaube, es ist einfach nur Liebe."

„Aber wenn man jemanden wirklich liebt, dann sagt man ihm doch die Wahrheit. Ich meine, was ist die Liebe denn wert, wenn sie auf Lügen basiert?", frage ich.

Krabitz schaut mir tief in die Augen. Seine braune Iris schimmert im trüben Novemberlicht.

„Glauben Sie mir, Frau Baumann, die Liebe ist einer der Hauptgründe für Lügen."

Dann überlegt er kurz.

„Wenn Sie wirklich wissen wollen, was dahintersteckt, dann fragen Sie doch Katja Winter."

Ich sehe ihn verdutzt an.

Er dreht sich um und will gehen. Ich greife nach seinem Jackenärmel, verpasse ihn knapp, doch er dreht sich nochmal um.

„Und wo finde ich diese Frau Winter?", frage ich.

„Ihre Visitenkarte ist bei den persönlichen Sachen ihres Vaters", antwortet er.

Er geht zum Gartentürchen und drückt dabei auf seinen Autoschlüssel. Auf der Straße klickt und piepst die Elektronik eines dunkelblauen Cabrios, dessen Verdeck geschlossen ist.

Ich blicke ihm nach, als er mir plötzlich zuruft:

„Diese Dinge haben immer zwei Seiten, und manchmal ist es gut zu erfahren, wie die andere Seite darüber denkt."

Er tippt sich mit Zeige- und Mittelfinger an die Stirn, steigt in sein Auto und fährt davon.

Nachdem ich ins Haus zurückgekehrt bin, schließt Regina die Haustür und sieht mich vorwurfsvoll an.

„Musste das sein?"

Ich habe plötzlich ein schlechtes Gewissen, dass ich sie möglicherweise vor diesem Kommissar brüskiert habe, aber andererseits bin ich auch immer noch wütend, dass sie die Wahrheit anscheinend weiterhin totschweigen möchte.

„Wir müssen uns den Tatsachen stellen", sage ich, greife nach der Tüte mit Vaters Sachen, die sie immer noch in der Hand hält und suche die Visitenkarte von Katja Winter heraus.

„Das mag schon sein", antwortet sie, „aber nicht vor fremden Leuten." Sie verschränkt die Arme vor der Brust. „Du kannst dir wohl nicht vorstellen, dass mir das peinlich ist, oder?"

Jetzt überwiegt mein schlechtes Gewissen und ich sage:

„Tut mir leid, okay."

Sie scheint meine Entschuldigung zu akzeptieren.

Es ist das erste Mal an diesem Tag, dass wir einander wieder in gegenseitigem Respekt begegnen.

„Schon gut", sagt sie und nimmt mir die Tüte wieder aus der Hand. „Wir sind beide ein bisschen übermüdet und haben dennoch den gleichen Verlust zu verkraften."

„Hast du keine Wut im Bauch?", frage ich.

„Warum sollte ich?", fragt sie zurück.

Ich hebe hilflos die Arme. Besteht diese Frau, die ich als meine Mutter ansehe und glaube zu kennen, denn nur aus Nachgiebigkeit?

„Papa hat dich betrogen, und du bist überhaupt nicht wütend? Also ich könnte das nicht. Ich wäre stinksauer."

„Du bist ja auch noch keine fünfundzwanzig Jahre mit einem Mann verheiratet gewesen", antwortet Regina.

„Dann erst recht", sage ich, „ich meine, diese Ehe muss sich doch anfühlen wie eine einzige Lüge, oder nicht?"

Regina zuckt mit den Augenbrauen, und ich höre ihren Atem.

„Wenn so etwas passiert, gehören immer zwei dazu", sagt sie.

Jetzt platzt mir aber der Kragen.

„Herrgott nochmal, Mama, kannst du mal bitte aufhören, Papa die ganze Zeit in Schutz zu nehmen. Das ist ja kaum zu ertragen." Am liebsten hätte ich sie geschüttelt, und doch bleibe ich mit hängenden Armen im Flur stehen, die Visitenkarte von Katja Winter in der Hand.

„Dein Vater ist tot", sagt sie, „was nützt mir da jetzt noch Wut. Ich habe ihn geliebt. Muss ich mich etwa dafür rechtfertigen?"

„Nein, natürlich nicht", versuche ich zu beschwichtigen, und mir wird klar, dass sie wirklich anders darüber denkt als ich.

Dann blickt sie mich direkt an.

„Was?", frage ich.

„Du willst dich der Wahrheit stellen?", fragt sie plötzlich.

Ich nicke.

„Na dann komm mal mit!"

Und dann geht sie mit mir in ihre Praxis ins Souterrain unseres Hauses, nimmt eine Klarsichthülle mit Papieren aus ihrem Schreibtisch und hält sie mir hin.

„Was ist das?", frage ich.

„Er wollte reinen Tisch machen", sagt sie nur und setzt sich auf ihren großen Medizinball, der ihr als Schreibtischstuhl dient.

Ich blättere die Papiere durch. Es ist eine Trennungsvereinbarung, ein Vorabpapier zur Scheidung. Auf der letzten Seite sind zwei Unterschriftsfelder. Reginas Unterschrift mit dem Datum von letzter Woche ist bereits eingetragen, das Feld, wo mein Vater hätte unterschreiben sollen, ist noch leer.

Regina und mein Vater wollten sich scheiden lassen. Er hatte vorgehabt, diese Entscheidung, die sie gemeinsam getroffen haben, vorgestern mit mir zu besprechen. Doch ich wollte ja lieber um die Häuser ziehen als den Abend mit Papa zu verbringen.

Hatte er auf mich gewartet in dieser Nacht? Hatte er auf der Treppe gesessen und auf mich gewartet, um mir zu sagen, dass unsere Familie auseinanderbricht und mir womöglich auch erklären wollen, warum? Regina sagt, er wollte seine Unterschrift erst unter die Papiere setzen, wenn er mit mir geredet hätte. Meine Wut schlägt nun endgültig in Verzweiflung um.

Ich lasse Regina allein in ihrer Praxis zurück und gehe nach oben in mein Zimmer. Wie ferngesteuert packe ich ein paar Sachen in meinen Rucksack, denn ich will jetzt nur noch weg. Mein Traum kommt mir wieder in den

Sinn, und ich fühle mich, als sei mein Inneres vollkommen abgestorben.

Mein Vater kann mir keine Antworten mehr geben. Diese Katja Winter vielleicht schon. Ich ziehe ihre Visitenkarte aus der Tasche meiner Jogginghose. Aber eine Konfrontation mit ihr schaffe ich jetzt ganz und gar nicht. Ich möchte nur noch allein sein. Doch wo soll ich hin?

Ich blicke in den Spiegel über meinem Sideboard. Was würde Vater sagen, wenn er mich so sähe? Was würde er mir raten?

Ich sehe mir selbst in die Augen, das helle Blau meiner Iris habe ich von ihm geerbt, ebenso die blonden wilden Haare.

Und dann wird mir plötzlich klar, dass es nur einen Platz gibt, wo ich jetzt einen Anflug von Frieden suchen und vielleicht auch finden kann.

Entschlossen stopfte ich weitere Sachen in den Rucksack.

Eine Stunde später sitze ich im Regionalexpress nach Fürstenwalde und lasse die Landschaft an mir vorbeiziehen, als ginge mich die Welt da draußen nichts an. Ich habe nur ein Ziel: Vaters Kranichhaus in Bad Saarow.

Die Visitenkarte von Katja Winter steckt in meinem Portemonnaie. Vielleicht rufe ich sie morgen an.

Kapitel 13

Katja

Es wird nicht mehr lange dauern, bis das letzte Licht des Tages hinter den Bäumen am oberen Waldrand verschwunden ist.

Als ich mit Ben vom Spaziergang zurückkomme, werfe ich noch einmal einen Blick zurück, den Hügel hoch zum Waldrand. Wie liebe ich diese Stille.

Das Wochenende habe ich allein im Kranichhaus verbracht. Jetzt, Ende November, sind die Tage kurz und trüb. Richtiges Tageslicht gibt es erst nach acht Uhr morgens, wenn überhaupt. Ab drei dämmert es schon wieder, und spätestens um halb fünf ist es dunkel wie in tiefster Nacht. Doch ehrlich gesagt stört mich das nicht. Die kurzen Tage helfen mir, mich zu konzentrieren, auf mich, auf meine Arbeit. Keine Ablenkung durch die Verlockung, zum See hinunter zu gehen, um zu schwimmen. Was ich in den Sommermonaten für mein Leben gerne mache und dann dort oft die Zeit verbummele.

Ich mag den Herbst, die damit verbundene innere Einkehr, für die ich sowieso viel zu wenig Zeit aufbringen kann.

Trotzdem ziehe ich noch vor der Haustür mein Handy aus der Tasche und schaue zum ich weiß nicht mehr wievielten Mal an diesem Tag auf das Display. Keine neue Nachricht. Ich blicke zum Himmel hoch, der graublau von Wolkenschwaden durchzogen langsam den Tag aushaucht. Mich fröstelt. Ich stecke das Handy zurück in die Jackentasche. Er wird sich melden, ganz sicher.

Ich suche meinen Schlüssel, schließe die schwere Holztür auf, greife nach dem Handtuch, das im Flur neben dem Eingang liegt, um Bens Pfoten abzutrocknen. Seine Nase ist sandig, auf der Suche nach Mäusen hat der Hund am Rande des Feldwegs ausgiebig gebuddelt. Ich habe ihn gewähren lassen, bin langsam den Pfad, der zwischen Wiese und Acker vom Waldrand zum Haus hinunterführt, vorausgegangen. Irgendwann hat er bemerkt, dass ich nicht mehr bei ihm bin und ist bellend über den Acker zu mir zurückgerannt. Seine Schnauze von märkischem Sand überzuckert.

Ich fahre ihm mit der Hand über die Ohren, die er genüsslich anlegt.

Ben ist mein treuer Begleiter, seit Sarah ihn mir vor fast fünf Jahren als kleines Wollknäuel in die Arme gelegt hat.

Verständnislos hatte ich sie damals gefragt, was ich mit einem Hund solle. Mein hektischer Arbeitsalltag, sagte ich ihr, lasse es ja kaum zu, dass ich mich um mich selbst kümmere, geschweige denn um einen Hund.

Entspannen, hatte Sarah nur geantwortet. Heute weiß ich, was sie damit gemeint hatte.

Inzwischen habe ich von Ben gelernt, was es heißt, zu entspannen, denn die Spaziergänge mit ihm sind die einzige Zeit, in der ich kein schlechtes Gewissen habe, dass ich meine Zeit nicht anderweitig sinnvoll nutze. Auch nehme ich Ben oft mit ins Büro, drehe dann in der Mittagspause eine Runde mit ihm und tanke wieder neue Energie.

Heute habe ich nur eine kurze Nachmittagsrunde gedreht und insgeheim gehofft, dass bei meiner Rückkehr Daniels Auto auf dem Vorplatz des Hauses stehen würde. Vielleicht meldet er sich nicht, weil er schon auf dem Weg hierher ist?

Ich lasse Ben ins Haus schlüpfen und höre, wie er in die Küche tappt und wenig später seinen Futternapf über den Fliesenboden schiebt. Ich ziehe meine Gummistiefel aus, gehe auf Strümpfen in den Flur und schließe die Tür hinter mir.

Ich ziehe meine Jacke aus, werfe Mütze und Schal auf die Hutablage der altmodischen Garderobe. Dann schlüpfe ich in meine Hausschuhe und nehme das Handy mit in die Küche. Jetzt erst mal einen heißen Tee.

Während ich den Wasserkocher aufsetze, wird mir erneut bewusst, dass es schon Montag ist. Eigentlich kann Daniel gar nicht wissen, dass ich noch hier bin, denn ich habe die Entscheidung, noch länger zu bleiben und von hier aus zu arbeiten, ganz spontan getroffen. Auch hat er bei unserem letzten Telefonat ausdrücklich darauf bestanden, dass er sich melden würde, sobald er das Gespräch geführt hätte. Also halte ich mich bewusst zurück, wie immer.

Daniel wollte an diesem Wochenende mit Sonja reden. Es sei eine gute Gelegenheit, Regina auf einem Seminar in Düsseldorf und Vater und Tochter unter sich. Es würde nicht einfach werden, Sonja zu erklären, dass er und Regina sich scheiden lassen würden. Andererseits ist Sonja erwachsen, muss doch begreifen, dass ihre Eltern mittlerweile wieder eigenständige Entscheidungen treffen. Vielleicht hatte es doch Ärger gegeben? Vielleicht hatte Daniel aber auch das Gespräch gar nicht geführt und war nur zu feige, mich anzurufen? Ein Muster, das ich aus all den Jahren heimlicher Beziehung nur zu gut kenne. Inzwischen stört es mich nicht mehr. Daniel ist kein Typ für Entscheidungen, er lässt das Leben für sich entscheiden.

Umso mehr hat es mich gewundert, als er vor zwei Wochen fast beiläufig gesagt hat, dass er sich nun endgültig von Regina scheiden lassen wolle. Er habe schon mit ihr darüber gesprochen und die Papiere vorbereiten lassen. Lediglich mit Sonja müsse er noch reden.

Im nächsten Satz platzte er mit dem Vorschlag heraus, wir könnten doch nun endlich zusammen ein neues Leben beginnen. Ich hatte ihn nur verständnislos angesehen, weder die Gründe für seinen Sinneswandel geahnt, noch war ich mir sicher gewesen, ob ich das überhaupt wollte.

Beinah hätten wir gestritten, als ich ihn darauf aufmerksam machte, dass er mich in solche Entscheidungen vielleicht einbeziehen sollte.

Er war enttäuscht gewesen, dass ich mich nicht vorbehaltlos freute, und ich hatte ihn sanft aber bestimmt darauf hingewiesen, dass er selbst vor Jahren einmal zu mir gesagt hatte, man könne doch nicht einfach von heute auf morgen sein Leben umschmeißen.

Das sei eine andere Situation gewesen, hatte Daniel gesagt. Jetzt hätten wir nicht mehr die Verantwortung von damals. Dafür aber eine andere, hatte ich entgegnet, ohne zu wissen, welche ich eigentlich genau meinte.

Ich nehme Bens Futternapf vom Küchenboden, stelle ihn auf die Anrichte und fülle ihn mit Hundefutter und ein wenig Wasser. Während Ben sich auf seine Mahlzeit stürzt, brühe ich mir den Tee auf und setze mich an den Küchentisch.

In all den Jahren habe ich wirklich gelernt, mein Alltagsleben von der Beziehung mit Daniel zu trennen. Interessanterweise habe ich mich mit der Rolle der Geliebten nicht nur arrangiert, sondern empfinde sie geradezu als ideal. Ich genieße die Vorteile, offiziell ungebunden und doch emotional verbunden zu sein. Ich habe meine eigene Wohnung, bin im Alltag frei von Beziehungszwängen, und die Wochenenden im Kranichhaus gehören uns beiden ganz allein.

Ich schiebe die Papiere beiseite, die auf dem Küchentisch liegen. Das ganze Wochenende über habe ich an diesem vermaledeiten Umstrukturierungskonzept für die Bank gearbeitet und bin mit dem Ergebnis doch nicht zufrieden.

Ich stelle die Teetasse beiseite, taste nach meiner Lesebrille und überfliege nun doch nochmal die Zahlen. Glaubt man den Stellungnahmen der oberen Etage, so steht die Bank wirtschaftlich mit dem Rücken zur Wand. Ich weiß, dass somit auch viele Arbeitsplätze auf den Prüfstand rücken, wie das immer der Fall ist in solchen Krisen.

Ich nehme die Lesebrille wieder ab, trinke einen Schluck Tee und reibe mir die Augen. Ich bin müde. Und das nicht erst seit einigen Tagen, sondern genaugenommen seit Monaten. Und diese anhaltende Müdigkeit kommt nicht von durchgearbeiteten Wochenenden oder ein paar schlaflosen Nächten. Sie hängt mit dem immer stärker werdenden Gefühl zusammen, dass mir mein Job keinen großen Spaß mehr macht. Ich bin jetzt Mitte vierzig und habe die Hälfte meines Arbeitslebens in einem Beruf verbracht, den ich eigentlich gar nicht hatte ergreifen wollen, in dem ich allerdings trotzdem verdammt gut bin. Doch seit ein paar Monaten drängt sich mir immer wieder dieselbe Frage auf: Wie lange will ich noch so weitermachen?

Ist also Daniels Entscheidung nicht gerade zum richtigen Zeitpunkt gekommen? Denn wenn er sich jetzt tatsächlich scheiden lässt und wir ein gemeinsames Leben aufbauen, rückt die Frage danach, was ich aus meinem Leben noch machen will, in einen ganz neuen Fokus. Ich bin immer unabhängig geblieben, habe die wirklich wichtigen Entscheidungen in meinem Leben nie von einem Mann abhängig machen wollen. Doch löst die Vorstellung von einem gemeinsamen Leben mit Daniel jetzt in mir ein Umdenken aus, auch wenn ich keine Ahnung habe, ob ein gemeinsames Leben mit ihm überhaupt funktionieren wird. Sind wir nicht seit Jahren so sehr an unsere Heimlichkeiten gewöhnt, dass es seltsam sein wird, sich auf einmal nicht mehr verstecken zu müssen?

Ich blicke mich in der Küche um und erwische mich dabei, dass ich Pläne schmiede. Die blau-weißen Fliesen, der Steingutboden, das cremeweiße Holzmobiliar lassen den Raum gemütlich und heimelig wirken. Der Kachelofen im Wohnzimmer, der von der Küchenseite aus zu befeuern ist, gibt eine angenehme Wärme ab. Doch das Kranichhaus ist eigentlich nicht darauf ausgelegt, das ganze Jahr über darin zu wohnen. Nachdem es jedoch für Daniel und mich in den letzten Jahren zur gemeinsamen Heimat geworden ist, in der wir immer unbehelligt von der Außenwelt zusammen sein konnten, ist es naheliegend, dass wir unseren neuen, offiziellen Lebensmittelpunkt hierher verlegen. Nicht zuletzt, weil es für mich unvorstellbar ist, in Daniels Berliner Stadthaus einzuziehen, wo er mehr als zwei Jahrzehnte mit Regina gelebt hat.

Gut, für einen geregelten Alltag liegt das Kranichhaus ein wenig zu sehr abseits, am Ende eines Feldweges außerhalb von Bad Saarow, versteckt in einem Erlenhain. Doch als ein echtes Zuhause ist es ideal. Wie sich das anhört – Zuhause. Doch seit nun schon vielen Jahren ist es tatsächlich der einzige Ort, an dem ich mich wirklich zuhause fühle.

Das Kranichhaus, am Rande eines kleinen Feuchtgebietes mit Tümpel und Schilf, in dem jeden Sommer ein Kranichpaar nistet. Die zunehmend milder werdenden Winter haben dazu geführt, dass die Kraniche inzwischen auch in der kalten Jahreszeit bleiben. Mit etwas Glück sehe ich sie oft in der Morgendämmerung, wenn der Nebel über den Feldern aufsteigt, bei der Futtersuche. Hierher gehöre ich viel mehr als an irgendeinen anderen Ort.

Das Kranichhaus ist ein strohgedecktes rotes Backsteinhaus mit überdachter Veranda, umfriedet von Ginster- und Fliederhecken, die jedes Jahr erneut in Gelb und Violett explodieren. Es ist friedlich hier, abseits vom Touristenstrom, der sich zumeist auf die Uferpromenade am See konzentriert.

Das Haus ist nicht groß, aber groß genug für ein Leben zu zweit. Neben Küche und Wohnzimmer im Erdgeschoss gibt es im ersten Stock drei weitere Zimmer. Das größte der Zimmer haben wir uns als Schlafzimmer eingerichtet, zumal es ein riesiges Dachfenster hat. Direkt darunter steht unser Bett, und der Blick in den Himmel ist einfach herrlich, besonders in klaren Nächten, wenn sich eine sternenübersäte Himmelskuppel über uns ausbreitet. Die beiden anderen Zimmer sind kleiner, eines davon dient Daniel als Arbeitszimmer, das andere ist für Gäste vorbehalten, Gäste, die – zumindest bis jetzt - nie gekommen sind. Am Ende des Flures gibt es noch eine winzige Dachkammer, in der man nur in der Mitte aufrecht stehen kann. Diese hatte ich mir als Dunkelkammer eingerichtet, als ich mein altes Hobby neu entdeckte. Doch in letzter Zeit fotografiere ich nur noch wenig, mir fehlt die Muse dazu.

Seit Daniel mir eröffnet hat, sich nun endgültig von Regina zu trennen, steht tatsächlich die Möglichkeit im Raum, Berlin zu verlassen. Eigentlich bin ich in den letzten Jahrzehnten zum Stadtmenschen mutiert, in Großstädten wie Frankfurt, London oder Berlin hatte ich immer einen Job gefunden.

Doch bei unserem Treffen letzte Woche hatte Daniel die Überlegung ins Spiel gebracht, dass ich doch nun endlich meine Passion zum Beruf machen und mich als Fotografin selbstständig machen könnte.

Nach einem letzten Blick auf die Zahlen wird mir klar, dass mein aktueller Job mit auf der Kippe steht. Spätestens seit mein Chef mich darum gebeten hatte, übers Wochenende ein Abbauszenario für die zehn Filialen im östlichen Brandenburg zu entwickeln, liegt auf der Hand, dass es nicht im Sinne der Führungsetage ist, Arbeitsplätze zu erhalten. Im Gegenteil. Man greift zum einfachsten Mittel: Auflösung der Filialen. Was folgt, sind Angebote an die Mitarbeiter, in die Zentrale zu wechseln oder Aufhebungsverträge mit mageren Abfindungen. Ich selbst werde vermutlich ein Angebot für die Zentrale bekommen, mein Chef wird mich sicherlich mitnehmen wollen. Doch das kommt für mich nun nicht mehr in Frage, nicht, seit Daniel vorgeschlagen hat, nun endlich Nägel mit Köpfen zu machen. Nach all den Jahren der Heimlichkeiten werde ich jetzt nicht zu einer Fernbeziehung übergehen.

Warum also nicht um eine anständige Abfindung verhandeln und neu durchstarten?

Bitter ist das: Seit bald drei Jahrzehnten, die seit der Wiedervereinigung vergangen sind, geht man in der Wirtschaft immer wieder die gleichen ausgetretenen Pfade. Wenn die Firmen genügend Geld im Osten verdient haben, ziehen sie zurück in den Westen oder verlegen ihre Produktion nach Polen oder China.

Habe ich selbst es nicht immer anders machen wollen? Bin ich nicht immer dafür eingetreten, nach krisensicheren und arbeitnehmerfreundlichen Lösungen zu suchen? Derartige Ideen allerdings belächelt mein Chef nur. Zu planwirtschaftlich. Gewerkschaften und Betriebsräte würden den Unternehmern das Leben eh schon schwer genug machen.

Ich blicke abermals auf mein Handy, doch ich ahne, dass Daniel sich heute nicht mehr melden wird. Irgendetwas muss passiert sein. Soll ich in der Uni anrufen? Seine Sekretärin weiß bestimmt, wo er steckt.

Nein, wir hatten vor Jahren ausgemacht, dass keiner dem anderen in sein jeweiliges Leben funkt. Unsere Zeit sind die gemeinsamen Wochenenden im Kranichhaus, und alles darüber hinaus gehört zu einem anderen Leben. Und so soll es auch bleiben, bis Daniel alles mit seiner Familie geklärt hat.

Ich raffe die Papiere zusammen und schiebe sie mit Laptop und Lesebrille in meine Tasche. Heute fällt mir ohnehin nichts Brauchbares mehr ein.

Ich lege noch zwei große Holzscheite in den Ofen.

Vor unserem endgültigen Umzug ins Kranichhaus müsste noch einiges gemacht werden. Wir bräuchten eine richtige Heizung, denn im Winter bekommen wir eigentlich nur das Wohnzimmer und die Küche mit dem Kachelofen warm. Die oberen Räume bleiben kalt, nur im Bad haben wir einen alten Ölradiator stehen. Die Auszahlung einer Abfindung käme da gerade recht.

Mein Blick fällt auf meine linke Hand. An meinem Ringfinger steckt seit einigen Tagen ein Ring mit einem gefassten Bernstein. Ein altmodisches, sehr filigranes Schmuckstück. Der Stein schimmert gelblich orange, ein warmer Ton, wie reife Sanddornbeeren. Der Ring stammt aus Ellis Schmuckschatulle. Daniel hat ihn gravieren lassen: *Was lange währt* steht auf der Innenseite, dann drei Punkte und eine Jahreszahl, *1989.* Es war beinah rührend gewesen, als er ihn mir letzten Sonntag überreichte. Er hatte sich dafür entschuldigt, dass er mich mit seiner Entscheidung so überrumpelt hatte und mich erneut gebeten, darüber nachzudenken, ob ich mir vorstellen könnte, mit ihm hier zu leben.

Jetzt frage ich mich, warum ich überhaupt daran gezweifelt habe, dass es klappen könnte. Haben wir nicht lange genug darauf gewartet, endlich zusammen sein zu können? Und haben wir nicht in all den Jahren, in denen wir nicht voneinander loskamen, längst unter Beweis gestellt, dass wir füreinander bestimmt sind?

Kapitel 14

Sonja

Ich steige in Fürstenwalde aus dem Regionalexpress und habe keine Ahnung, wie ich von dort weiterkommen soll nach Bad Saarow. Schließlich bin ich seit mehr als zehn Jahren nicht mehr in Vaters Ferienhaus gewesen. Ich orientiere mich am Bahnhof und entscheide mich für den Bus zur Weiterfahrt, denn die Ferkeltaxe, wie mein Vater den regionalen Bummelzug von Fürstenwalde nach Saarow immer genannt hat, würde mich nur bis zum Bahnhof in der Ortsmitte von Saarow bringen. Von dort ist es ein weiter Fußmarsch bis zum Kranichhaus, daran kann ich mich erinnern.

Auf dem Weg zur Bushaltestelle husche ich schnell in eine Bäckerei, um mir einen Milchkaffee zum Mitnehmen zu holen. Die Müdigkeit schlägt mehr und mehr durch, schon im Zug bin ich mehrmals eingenickt. Hoffentlich muss ich das Haus nicht allzu lang suchen.

Ich steige in den Bus und studiere intensiv den Haltestellenplan, doch eigentlich habe ich keine Ahnung, wo ich aussteigen muss. Ich werde mich von meinen Erinnerungen an den Ort leiten lassen müssen, irgendwas wird mir schon bekannt vorkommen.

Während der Fahrt hefte ich meinen Blick konzentriert auf die Landschaft, und dann auf die Häuser, doch nichts, aber auch gar nichts erinnert mich an irgendwas, was mir weiterhelfen könnte.

Nochmals sehe ich mir den Haltestellenplan an, wir passieren gerade die Haltestelle *Platanenstraße,* und der nächste Halt wird der letzte Stopp sein, bevor der Bus in

Richtung Reichenwalde abbiegt. Also verlasse ich auf gut Glück bei *Alte Eichen* den Bus.

Schnell wird mir klar, dass mir die Kraft für einen langen Fußmarsch fehlt. Mein Magen knurrt, ich habe natürlich nicht daran gedacht, mir zum Kaffee wenigstens ein belegtes Brötchen mitzunehmen. Im Kranichhaus gibt es bestimmt ein paar Konserven, Vater war ja in den letzten Jahren bald jedes Wochenende dort draußen.

Ich schultere meinen Rucksack und versuche mich zu orientieren. Dort hinten linker Hand ist der Weg zum See, ich muss aber in die Gegenrichtung, denn das Kranichhaus liegt auf der anderen Seite der Hauptstraße, versteckt in einem kleinen Wäldchen. Ich erreiche eine Dorfstraße, die in ein Neubaugebiet mit Einfamilienhäusern führt. Durch einen Vorgarten kommt ein Hund an den Zaun und bellt mich an. Wenige Sekunden später höre ich, wie einige Grundstücke weiter der nächste Hund zu bellen anfängt, und so setzt sich eine Kette von Ankündigungen fort. Ungestört kann man hier jedenfalls in kein Haus einbrechen.

Der Weg zieht sich, der Rucksack wird immer schwerer, und die wenigen Kräfte, die ich nach einer beinah durchwachten Nacht und wenig Essen noch aufbringen kann, sind schnell verbraucht. Die Neubausiedlung geht in den alten Teil der Siedlung über, ein Pferdebauernhof rechter Hand, ein paar Bauernhäuser links. Der Pferdehof sagt mir etwas, das Kranichhaus ist nur wenige Minuten zu Fuß davon entfernt. Ich bin sicher, jetzt muss ich mich links halten, auf keinen Fall zurück in Richtung Bad Saarow. Die Straße wird zum Feldweg, und es wird zunehmend dunkler. Wenn ich nicht bald am Ziel bin, sieht es schlecht aus, denn in der Dunkelheit habe ich keine Chance, das Haus zu finden. Ich ziehe meinen Jackenkragen enger um den Hals. Es ist kalt, und die Feuchtigkeit des beginnenden Novemberabends steigt aus Wiesen und Äckern auf, die inzwischen meinen Weg säumen. Ob ich hier wirklich richtig bin?

Ich gehe weiter, entdecke am Straßenrand einen Baum, in den jemand eine Holzschaukel gehängt hat. Weiter oben in der winterkahlen Krone ist eine kleine Aussichtsplattform angebracht. Ich kann mich erinnern, dass mein Vater mir auch so eine Plattform hinter dem Kranichhaus in eine Erle gebaut hatte. Von dort aus hatte ich stundenlang die gesamte Umgebung beobachten können.

Ich stelle den Rucksack ab und versuche in die Baumkrone zu klettern. Ich bin ungeübt, längst kein Kind mehr, das mir nichts dir nichts auf einen Baum klettert, doch es gelingt mir. Oben angekommen versperrt mir auch kein dichtes Blätterdach die Aussicht, und im Restlicht des Tages entdecke ich das Kranichhaus, eingebettet im Erlenhain, das Feuchtgebiet dahinter. Ich konzentriere mich und bin jetzt sicher, es ist das richtige Haus.

Nach wenigen hundert Metern erreiche ich mein Ziel, und als ich den dunklen Vorplatz betrete, geht die Außenbeleuchtung an. Mein Herz schlägt heftig, als ich ein fremdes Auto mit Berliner Kennzeichen dort stehen sehe. Im Haus höre ich Hundegebell, und hinter mir fährt gerade ein weiteres Auto auf den Vorplatz.

Das Licht im Flur des Hauses geht an, die Haustür öffnet sich, eine fremde Frau tritt in den Lichtkegel. Ich drehe mich um und sehe einen Mann aus dem Wagen steigen.

Alles passiert wie in Zeitlupe. Doch ich bin am Ende, mir wird plötzlich schwarz vor Augen. Das Letzte, was ich höre, ist Hundegebell.

Als ich wieder zu mir komme, nehme ich als erstes einen Geruch wahr: Lavendel und Zitrone. Ich öffne meine Augen und blicke in ein abgründig dunkles Augenpaar, das vor mir verschwimmt.

„Ich glaube, sie kommt zu sich", höre ich eine männliche Stimme und schließe erneut die Augen. Ich bin so unendlich müde.

„Sonja?", dringt es in mein Ohr. Das ist jetzt eine Frauenstimme.

„Können Sie uns hören?", fragt die Frau. Ich öffne erneut die Augen. Jetzt sind schon zwei Gesichter über mir, ich erkenne die Frau aus dem Lichtkegel von vorhin und den Kommissar von heute Vormittag. Wie kommt der denn hierher?

„Sie schon wieder?", sage ich an den Mann gerichtet.

„Mir scheint, sie erinnert sich", sagt der Kommissar zu der Fremden und zwinkert mir dann zu.

„Geht´s wieder?", fragt er.
Nein, es geht nicht, zu viele Worte für meine müden Sinne. Schlaf ist einfach zu verführerisch, ich dämmere weg.

Ich weiß nicht, wie lange ich geschlafen habe, aber als ich aufwache, bin ich allein im Zimmer. Ich zwinkere ein paar Mal, begreife langsam, wo ich bin. Das Wohnzimmer des Kranichhauses hat sich kaum verändert. Ich liege auf dem alten Sofa, auf dem ich schon als Kind gelegen habe, wenn Vater mir abends vorgelesen hat.

Das Kaminfeuer wirft einen warmen Lichtertanz an die Wand. Die Tür zur Küche ist nur angelehnt, ich höre zwei Leute miteinander reden und lausche gespannt.

„Soll ich dir noch einen Tee machen?", fragt die männliche Stimme, die eindeutig dem Kommissar gehört. Ich erinnere mich jetzt, dass er vorhin hier gewesen ist.

„Es geht schon, danke", sagt eine weibliche Stimme, die vermutlich Katja Winter gehört. Wer sonst sollte die Frau aus dem Lichtkegel sein?

„Ich bin nur so…" Ihre Stimme bricht ab.

„Es tut mir so leid", sagt Krabitz und klingt wirklich glaubwürdig.

Dann höre ich eine Weile nichts, schließlich das Scharren eines Stuhls über den Küchenboden.

„Kennst du das?", fragt Katja. „Du hast den ganzen Tag schon so eine Ahnung, dass irgendwas nicht stimmt, aber du kannst es dir nicht logisch erklären."

„Das nennt man Instinkt", sagt Krabitz. „Ohne den könnte ich meinen Job nicht machen."

Das glaube ich sofort. Ein Polizist ohne Instinkt ist verloren.

„Wie hast du mich gefunden, und warum überhaupt hast du mich gesucht?", fragt Katja nun.

Das interessiert mich auch brennend, und ich konzentriere mich gespannt auf Krabitz´ Antwort.

„Instinkt", antwortet der.

Dann erzählt er ihr eine lange Geschichte, erinnert sie an eine Begegnung vor Jahren auf einem Polizeirevier, dann bei einer Ausstellung. Dort habe er auch meinen Vater gesehen und auf den Obduktionsfotos wiedererkannt.

„Und als ich deine Visitenkarte bei Baumanns Sachen gefunden habe, da war es nicht besonders schwer, eins und eins zusammenzurechnen", schließt er seine Geschichte ab.

Ich rappele mich auf, warte, bis mein Kreislauf hinterherkommt, bin durstig.

Dann höre ich plötzlich, wie Katja zu weinen beginnt.

„Was soll ich denn jetzt nur tun?", schluchzt sie.

„Das wird sich finden, glaub mir", sagt Krabitz.

„Was soll sich denn da finden?", fragt Katja. „Daniel ist tot, nebenan liegt seine Tochter auf dem Sofa. Ich habe keine Ahnung, was sie hier will."

„Sie sah ziemlich fertig aus heute Mittag, als ich bei ihnen zu Hause war. Vielleicht wollte sie einfach nur ihrer Mutter entkommen. Alleine trauern vielleicht", sagt Krabitz. „Und sie hat mich nach dir gefragt."

„Nach mir?", sagt Katja. „Also wusste sie bereits von meiner Existenz?"

„Der Tod ihres Vaters hat wohl eine Menge Fragen aufgeworfen. Vielleicht hat sie irgendwelche Hinweise in seinen Sachen gefunden", meint Krabitz.

„Oder Daniel hat doch noch mit ihr sprechen können", sagt Katja, „über uns und die Scheidung von Regina."

„Das glaube ich nicht", sagt Krabitz. „Als ich Sonntagfrüh in das Haus kam, war sie offenkundig die ganze Nacht um die Häuser gezogen. Ihr Vater war da schon einige Stunden tot."

„Aber irgendwoher muss sie es ja erfahren haben, oder nicht?", fragt Katja.

„Vielleicht von ihrer Mutter", sagt Krabitz.

Ich fahre mit der Zunge über meine trockenen Lippen. Wie dumm von mir zu glauben, dass ich dieser Katja Winter aus dem Weg gehen könnte. Doch ich hatte nicht damit gerechnet, ihr so schnell zu begegnen. Ich presse die Lippen aufeinander. Wie sollte ich auch ahnen, sie ausgerechnet hier anzutreffen?

„Was glaubt Sonja denn?" Katja klingt jetzt aufgebracht. „Das sie hier einfach so hereinspazieren kann und wir dann gemeinsam trauern?"

„Es ist das Haus ihres Vaters", sagt Krabitz.
Genau, denke ich, und wenn es nach mir ginge, sollte es auch so bleiben. Aber Vater musste ja unbedingt dieses Testament machen. Ich ärgere mich darüber, dass ich nicht schon damals, als er mir die Papiere zum ersten Mal gezeigt hat, nachgefragt habe, was drinsteht.

„Ich weiß", sagt Katja, „aber inzwischen ist es auch mein Zuhause, verstehst du."

„Ich denke, das wirst du ihr erklären müssen", sagt Krabitz.
Wieder schweigen sie ein paar Minuten.

„Möchtest du, dass ich bleibe oder ist es dir lieber, ich verschwinde?", fragt Krabitz dann.

„Ich weiß nicht", sagt Katja, „dass ausgerechnet du mit dem Fall betraut worden bist, ist schon ein seltsamer Zufall."

„Ich glaube nicht an Zufälle", sagt Krabitz.
Ich kann hören, wie Katja sich die Nase putzt.

„Sollen wir nicht doch einen Arzt kommen lassen?", fragt sie. „Ich mach mir langsam wirklich Sorgen um Sonja."

Ich stehe vom Sofa auf und gehe, noch ein bisschen wackelig auf den Beinen, zur Küchentür hinüber. Ich wappne mich für die erste bewusste Gegenüberstellung. Dabei versuche ich mir zu sagen, dies ist das Haus meines Vaters, und ich habe ein Recht, hier zu sein.

Dann räuspere ich mich und stoße die Küchentür auf.

„Das wird nicht nötig sein", sage ich, trete in die Küche, versuche meinen Rücken durchzustrecken.

Die beiden stehen am Fenster, Schulter an Schulter und drehen sich jetzt zu mir um. Hinter ihnen perlt Regen die Scheiben hinunter.

Wir betrachten uns alle drei für einen Moment, als stünden wir uns auf einem Schlachtfeld gegenüber und sind doch unsicher, was jetzt als Nächstes passieren wird. Krabitz hat seinen prüfenden Kommissarblick aufgesetzt. Ihn würde ich vermutlich am wenigsten täuschen können.

Trotzdem, ich will keine Zweifel daran aufkommen lassen, dass ich wieder voll und ganz bei mir bin und sage mit fester Stimme: „Sie sind also Katja Winter?"

Dabei blicke ich ihr direkt in die Augen.

Ohne eine Antwort abzuwarten, wende ich mich an Krabitz.

„Und was machen Sie hier, wenn ich fragen darf?"

Schweigen. Verstocktes Schweigen, geschocktes Schweigen? Ich kann ihre Blicke nicht deuten, doch ihr Schweigen gibt mir Zeit, mich weiter zu sammeln. Zwei gegen eine, denke ich. Aber sie würden schon sehen.

„Zufall", sagt Krabitz jetzt.

„Sie glauben doch gar nicht an Zufälle", antworte ich, „und ich im Übrigen auch nicht."

„Sie haben gelauscht", sagt er und grinst. „Das ist nicht die feine Art, aber es ist schön zu sehen, dass Sie wieder wohlauf sind, Frau Baumann", ergänzt er.

Ein leichter Schwindel erfasst mich. Ich atme ein und greife nach einer Stuhllehne.

Katja schweigt, und ich versuche, mich auf sie zu konzentrieren. Sie scheint mir die Schwächere von den beiden zu sein.

Sie ist eine schöne Frau, denke ich, aber nicht schön auf profane Art und Weise, sondern schön im Sinne von Charisma. Verdammt, die Frau hat Charisma. Sie trägt eine interessante Kette um den Hals, einen silbernen Anhänger in der Form eines Kranichs mit einem Bernstein in der Mitte. Jetzt greift sie danach, spielt damit. An ihrem Ringfinger fällt mir ebenfalls ein Bernstein ins Auge. Es ist der Ringfinger, an den man normalerweise einen Verlobungsring steckt. Ich drücke die Eifersucht weg. So weit wird mein Vater ja wohl nicht gegangen sein, dass er sich mit einer Frau verlobt, obwohl er noch verheiratet war.

Plötzlich kommt Bewegung in Katjas Gesicht.

„Möchten Sie ein Glas Wasser?", fragt sie.

Ich lasse die Stuhllehne los, doch ohne diesen zusätzlichen Halt kann ich mich kaum auf den Beinen halten. Nur keine Schwäche zeigen, denke ich, schüttle den Kopf.

„Nein danke!"

Ich kann mich nicht dagegen wehren, dass ich Katja trotz allem sympathisch finde und ärgere mich darüber. Was habe ich erwartet? Dass mein Vater sich eine unsympathische blöde Kuh zur Geliebten nimmt? Dann wäre das nicht der Vater gewesen, den ich kannte, aber wer weiß. In den letzten zwei Tagen habe ich mich so manches Mal gefragt, ob ich diesen Mann tatsächlich jemals wirklich gekannt habe.

Mein Durst wird unerträglich.

Ich greife wieder nach der Stuhllehne.

Katja geht zum Küchenschrank, holt ein Glas heraus, lässt Wasser hineinlaufen und stellt es direkt vor mir auf den Tisch.

„Trinken Sie bitte was, bevor Sie uns hier noch einmal umkippen", sagt sie.

Ihr mitleidiger Gesichtsausdruck stachelt meine Wut wieder an. Doch es hilft nichts, ich lasse mich auf den Küchenstuhl fallen und trinke. Sogleich geht es mir besser, und ich stehe wieder auf. Ich kann es nicht ertragen, dass beide auf mich herabsehen können.

„Ich nehme an, Sie haben Frau Winter bereits gesagt, dass mein Vater tot ist?", frage ich Krabitz und tue so, als wäre Katja gar nicht im Raum.

Diese beginnt zu weinen, wendet sich ab, verschränkt schnell die Arme vor der Brust und antwortet:

„Ja, hat er."

Ich sehe, wie Krabitz die Hände in die Hosentaschen schiebt.

„Also, meine Damen", sagt er, „ich weiß, das hier ist eine sehr seltsame Situation. Aber so kommen wir nicht weiter."

Dann wirft er einen Blick zum Fenster hinaus, vor dem immer noch der Regen vom Himmel strömt. Inzwischen ist ein starker Wind dazu gekommen, der die Fensterläden klappern lässt.

„Ich schlage vor, wir kommen jetzt alle erst mal ein bisschen zur Ruhe und essen was", sagt er und klingt dabei fast väterlich.

Katja schüttelt den Kopf.

„Ich habe keinen Hunger."

Sie geht zur Küchentür.

„In der Speisekammer sind Spaghetti, und im Kühlschrank findet ihr alles, was man für eine gute Pasta braucht. Bedient euch und entschuldigt mich bitte!" Sie verlässt die Küche, gefolgt von einem Hund, den ich bis dahin noch gar nicht wahrgenommen habe.

Kapitel 15

Katja

Der Wecker zeigt halb sechs Uhr morgens, als ich zum wiederholten Mal zur Digitalanzeige blinzle. Neben mir liegt Ben und schnarcht leise. Normalerweise darf der Hund nicht ins Bett, doch seit gestern Abend ist alles anders. Tiere spüren, wenn es ihren Menschen nicht gutgeht, und Ben hat ein ganz besonderes Gespür für meine Stimmungslagen. Wenn er wahrnimmt, dass ich traurig bin, sucht er intensiv meine Nähe, und so war er in der Nacht ganz nah an mich herangerückt. Ich lasse meine Hand über sein weiches Fell gleiten. Er grummelt leise, rollt sich noch enger zusammen. Ich starre an die Decke. In der Nacht scheint es kälter geworden zu sein. Der Regen ist in Schnee übergangen und liegt nun nass und schwer auf dem Dachfenster über mir. Er verwehrt mir die Aussicht auf den noch dunklen Nachthimmel, der so unergründlich ist.

Ich liebe den Blick in den Nachthimmel, der eine so unendliche Weite suggeriert, jenseits jeglicher Vorstellungskraft. Doch im Gegensatz zur unfassbaren Leere des Alls da oben fühlt sich die Leere in mir wahrhaftig und echt an.

Nach der gestrigen Auseinandersetzung hatte ich mich für den Rest des Abends hierher zurückgezogen. Es war mir egal gewesen, wie die beiden miteinander klarkamen. Ich hatte Klappern aus der Küche gehört, später Stimmen im Wohnzimmer. Irgendwann war Ruhe eingekehrt, und ich war mit Ben noch einmal leise hinuntergeschlichen, um den Hund vor die Tür zu lassen. Anschließend hatten wir uns ins Bett verkrochen.

Doch der vom Regen getrübte Blick ins nächtliche Firmament hatte mich nicht trösten können. Meine Gedanken kreisten um Daniel, den ich für immer verloren habe. Irgendwann muss ich eingeschlafen sein, war wieder aufgewacht, wieder weggedämmert. Jetzt beginnen meine Gedanken erneut zu kreisen.

Ich muss an unsere gemeinsamen Rituale in diesem Haus denken, in diesem heimlichen Leben, das ich eher aus einer trotzigen Laune heraus als aus innerer Überzeugung vor Jahren auf dieser Fotoausstellung in Berlin vorgeschlagen hatte. Insgeheim hatte ich von diesem Zeitpunkt an auch immer gehofft, dass wir eines Tages doch ganz offiziell zueinanderstehen könnten, vor unseren Familien, unseren Freunden und in der Öffentlichkeit. Doch kaum hatte Daniel genau das vorgeschlagen, ist es vorbei, bevor es wirklich hätte beginnen können.

Für mich fühlt sich das wie eine Strafe an, eine Strafe für ein Vergehen, das ich gar nicht begangen habe. Oder doch?

Ich rolle mich auf die Seite und ziehe mir die Decke bis zu den Schultern hoch.

Daniel war oft nach mir ins Bett gekommen, denn nachts konnte er am besten arbeiten, Seminararbeiten korrigieren oder Vorlesungen vorbereiten. Ich war meist schon eingeschlafen, wenn er unter die Decke gekrochen war, hatte nur unterbewusst wahrgenommen, dass er bei mir war. Dennoch, es hatte mir genügt.

Im Gegensatz zu Daniels Nachschwärmerei bin ich eine Frühaufsteherin und verbrachte den Morgen gern für mich. Meistens ging ich mit Ben hinunter zum See, wenn der Tag noch unberührt und die Luft noch unverbraucht war. Besonders im Herbst, wenn der Nebel aus den Feldern aufstieg und den See in mystisches Licht tauchte, die Wasseroberfläche unbewegt und wie ein Spiegel in der Landschaft lag. Es genügte mir, auf einer Bank zu sitzen und dem morgendlichen Entengeschnatter zu lauschen, während sich in mir die Art von Stille ausbreitete, die ich nur hier empfinden konnte.

An unseren gemeinsamen Wochenenden hatten wir unsere ganz persönliche Routine, so als wären wir ein eingespieltes Paar. Wenn ich vom Spaziergang zurückkam, hatte Daniel das Frühstück vorbereitet, und wir lasen gemeinsam die Zeitung, ich den Wirtschaftsteil, er den Politikteil. Wie gern beobachtete ich ihn bei der Zeitungslektüre, amüsierte mich, wenn er immer wieder heftig den Kopf schüttelte und sich so herrlich echauffieren konnte über eine in seinen Augen viel zu einseitige Berichterstattung. Ich unterstellte ihm dann gern, keinen Respekt vor Andersdenkenden zu haben. Er hielt dagegen, dass gesunder Menschenverstand doch jedem menschlichen Geschöpf auf dieser Welt gegeben sei.

Wie gut wir trotz unterschiedlicher Auffassungen miteinander harmoniert hatten, wird mir jetzt bewusster denn je. Das ist nun alles vorbei.

Ich richte mich auf und starre ins dunkle Schlafzimmer. Ich kenne jeden Winkel dieses Raumes, dieses Hauses, habe alle Fotos, die an den Wänden hängen, selbst geschossen und entwickelt.

Als Daniel das Kranichhaus kurz nach der Wende entdeckt hatte, war es ziemlich heruntergekommen gewesen. Wie bei vielen dieser Häuser waren die Eigentumsverhältnisse nach dem Mauerfall völlig ungeklärt gewesen, und die korrumpierten Verwaltungsstrukturen boten Westdeutschen, die weitsichtig und schnell waren, die Gelegenheit, solche Häuser zu kaufen. Das spülte dringend benötigtes Westgeld in die ostdeutschen Gemeindekassen und ersparte es den Gemeinden, die Gebäude abzureißen oder gar aufwendig zu sanieren.

Daniel hatte Glück gehabt, denn es meldete sich auch später niemand, als viele Nachkommen der vor oder nach dem Krieg Enteigneten Rückführungsansprüche stellten. Auch die Mieter, die zuletzt im Kranichhaus gewohnt hatten, waren nie zurückgekehrt. Sie waren vermutlich wie viele andere im Zuge des Wendesommers 1989 über Ungarn oder Prag verschwunden und hatten nur das Allernötigste mitgenommen.

Obwohl Daniel handwerklich nicht besonders begabt gewesen war, hatte er viel Arbeit in die Renovierung des Hauses gesteckt und seine Freude daran gehabt, mit eigenen Händen etwas zu erschaffen. Er hatte mir immer wieder davon erzählte, wie er eigenhändig die Holzdecken abgeschliffen und die teilweise morschen Dielen der Fußböden erneuert hatte. Für Arbeiten, die er sich selbst nicht zugetraut hatte, hatte er Handwerker aus der Gegend geholt, die dankbar für das schwarz verdiente westliche Zubrot gewesen waren.

In den ersten Jahren hatte Daniel viel Zeit mit Sonja hier verbracht und später dann, als Sonja im Teenageralter keine Lust mehr hatte, die Wochenenden allein mit ihrem Vater auf dem Land zu verbummeln, war er immer häufiger allein hierhergefahren. Regina hatte nie

Interesse daran gezeigt, die Wochenenden am Scharmützelsee zu verbringen. Das raue Klima, der kalte Ostwind vom See, das wäre nichts für sie.

So hatte es auf der Hand gelegen, unser heimliches Liebesnest hier aufzuschlagen, als ich an dem Abend der Ausstellung den absurden Vorschlag von einer heimlichen Affäre gemacht hatte. Als ich zum ersten Mal hierhergekommen war, hatte ich sofort gespürt, dass ich mich hier wohlfühlen würde. Das Haus ist schon lange in die Jahre gekommen, dennoch fasziniert es mich bis heute. Die Wasserleitung ächzt, wenn man an der Wanne den Hahn aufdreht, und die altmodischen Sicherungen fliegen raus, wenn Herd, Kaffeemaschine und Haartrockner gleichzeitig in Betrieb sind. Jede Bodendiele knarrt, jedes Brett erzählt eine Geschichte von Menschen, die hier gelebt und geliebt haben, verzweifelt oder glücklich gewesen sind. Auf diese Art haben das Haus und ich etwas gemeinsam, denn auch ich habe hier meine glücklichsten Stunden verbracht. Und nun meine vermutlich bittersten. Unvorstellbar, das Kranichhaus jetzt aufgeben zu müssen. Doch ich könnte es auch verstehen, wenn Regina nicht bereit wäre, mir das Haus zu überlassen.

Ich muss mich also jetzt nicht nur mit dem Verlust meiner großen Liebe auseinandersetzen, sondern vermutlich auch mit dem Verlust des Ortes, wo ich diese am intensivsten gelebt habe. Wie hatte ich je daran zweifeln können, dass ein Zusammenleben mit Daniel hier nicht funktionieren könnte? Das Kranichhaus wäre der perfekte Ort dafür gewesen.

Ich verlasse das Bett, werfe mir eine Wolldecke über die Schultern und trete ans Fenster. Draußen ist es immer noch dunkel, nicht mal ein Lichtstreif am Horizont lässt vermuten, dass gleich ein neuer Tag anbrechen wird. Ich bin mir auch nicht sicher, ob ich bereit dazu bin, mich diesem neuen Tag zu stellen, diesem ersten Tag ohne ihn. Auch wenn wir uns manchmal wochenlang nicht gesehen hatten, so hatte ich doch täglich in dem Bewusstsein gelebt, dass Daniel der Mann an meiner Seite war.

Nach und nach gelingt es mir, die Konturen der Landschaft vor dem Fenster zu erahnen. Die Zweige des Nussbaumes, der seine kahlen Arme in den nächtlichen Morgen richtet, zeichnen sich zitternd ab. Meine Augen stellen sich scharf, und ich beobachte, wie die nassen Schneeflocken an der Scheibe kleben bleiben und langsam nach unten rutschen. Mit jeder Minute, die vergeht, entferne ich mich mehr von dem Leben, das ich noch bis gestern geführt habe. Das Verblassen dieses Lebens hat bereits begonnen.

Ich fühle mich plötzlich unendlich einsam. Diese tiefe Leere in meinem Inneren, nichts mehr teilen zu wollen, nichts mehr teilen zu können, ängstigt mich. Die Vorstellung, nach Berlin zurückzufahren, einen durchstrukturierten Alltag bewältigen zu müssen, lässt mich erschaudern. Unvorstellbar, dass das Leben weitergehen kann. Was spielt jetzt überhaupt noch eine Rolle für mich? Nichts mehr erscheint mir wichtig oder gar überlegenswert, nichts mehr von Bedeutung.

Daniels Tod katapultiert mich in einen Lebensabschnitt, für den ich noch nicht bereit bin. Auf ein Leben als Witwe, denn irgendwie war ich das ja jetzt, bin ich in keiner Weise vorbereitet. Kann man sich überhaupt auf so etwas vorbereiten?

Von dem Moment an, als wir beschlossen hatten, hier eine zweite Ebene unseres Lebens zu begründen, war uns klar gewesen, dass wir die versäumten Jahre, die seit der Zeit in Italien vergangen waren, nicht aufholen würden. Doch die verbleibende Zeit würden wir nutzen, und so hatte ich mit keinem anderen das Leben derart intensiv erfahren dürfen wie mit Daniel. Er war mir Liebhaber, Freund, Berater und Mann zugleich gewesen, neben Sarah die einzige Person, der ich vorbehaltlos vertraute. Ich kannte ihn in- und auswendig und er mich. Wir konnten uns ohne Worte verständigen und waren, auch wenn wir nicht zusammen sein konnten, doch immer miteinander verbunden. Die Meinung des jeweils anderen war wichtig, auch wenn wir uns nicht immer einig waren, im Gegenteil. Schon allein der Altersunterschied hatte zu unzähligen Meinungsverschiedenheiten zwischen uns geführt.

Ich ziehe die Decke enger um meine Schultern. In meinem Inneren ist es so kalt wie in diesem Zimmer. Ben streckt seine vier Pfoten von sich, grummelt leise und dreht sich dann auf den Rücken. Der Hund strahlt eine Gelassenheit aus, um die ich ihn aufrichtig beneide.

Wie soll es jetzt weitergehen? Werde ich mich mit der Situation abfinden? Mein ausgeprägter Pragmatismus sagt mir, ich werde es wohl müssen. Doch wird der Schmerz auch nachlassen, irgendwann? Oder wird er zu meinem ständigen Begleiter werden? Zu früh, um diese Frage zu beantworten.

Ich schlucke, will nicht wieder weinen. Ich setze mich auf die Bettkante. Dabei fällt mein Blick auf einen Briefumschlag auf dem Boden. Irgendjemand muss ihn heute Nacht unter der Tür hindurchgeschoben haben.

Ich werfe die Decke von den Schultern und greife danach. Hektisch knipse ich die Nachtischlampe an. Auf dem Umschlag steht *Katjuscha,* und es ist eindeutig Daniels Handschrift, die ich unter Tausenden erkannt hätte. Ein gelber Klebezettel klebt darauf: *Habe ich bei Daniels Sachen gefunden, dachte, es ist wichtig für dich! Sascha*

Ich reiße den Brief auf, kneife die Augen zusammen und halte den Briefbogen in einiger Entfernung, weil ich meine Lesebrille nicht zur Hand habe. Sie liegt irgendwo unten im Haus.

Berlin, November 2014

Katjuscha,

ich habe dich immer bewundert, denn in meinen Augen warst du mutiger, als du dir selbst eingestehen wolltest. Du trägst eine Form von Mut in dir, die nicht offenkundig ist. Es ist nicht der Mut eines Anführers, der andere führt, nein, dein Mut zeigt sich in deinen klaren Entscheidungen für oder gegen die Dinge, die dir das Leben zur Auswahl stellt. Manchmal war die Wahl nicht leicht, oder du hattest gar keine, doch du hast nie versäumt, trotzdem zu entscheiden. Ich sehe dich jetzt vor mir, wie du deinen Kopf schüttelst. Doch für mich bist du die mutigste Frau, die ich je kennengelernt habe.

Hätte ich genauso viel Mut gehabt wie du, hätten wir ein anderes Leben geführt. Ob es besser als das gewesen wäre, das wir geführt haben, kann ich nicht sagen.

Du hast mich mal vor Jahren danach gefragt, weißt du noch?

Damals sagte ich dir, man müsse nicht immer zusammen sein, um eine Liebe wirklich zu leben, doch heute weiß ich, das war falsch. Wir hätten früher entscheiden sollen.

Ich hätte früher entscheiden sollen.

Mir ist bewusst, dass unsere Liebe bisher vor allem dadurch getragen wurde, dass wir weder ein Gestern noch ein Morgen ins Kalkül gezogen haben. So wird jeder Augenblick kostbar.

Aber ich möchte mich nicht mehr verstecken müssen, ich möchte endlich wahrhaftig mit dir zusammen sein. Und ich weiß, dass unklare Verhältnisse, auch wenn es dein eigener Vorschlag gewesen ist, schlicht nicht deine Sache sind.

Es wird ein paar Menschen um uns herum geben, die uns dafür verachten werden. Sonja zum Beispiel. Würdet ihr euch unter anderen Umständen kennenlernen, könnte ich mir vorstellen, dass ihr euch gut versteht. Sie ist sehr begabt, musst du wissen, und voller Ideen. Aber sie braucht jemanden, der sie lenkt. Von ihrem alten Vater lässt sie das kaum noch zu, aber du, du würdest eine Ebene finden und ihr das Gefühl geben, dass sie ihre eigenen Entscheidungen trifft.

Doch ich fürchte, sie wird in dir nur die Frau sehen, die die Ehe ihrer Eltern entzweit. Ich werde mein Bestes geben, dies zu vermeiden, bin jedoch nicht sicher, ob mir das gelingen wird.

Dennoch, nach all den vielen Jahren ist es für Sonja an der Zeit, zu begreifen, dass auch ein Vater seinen Weg gehen muss. Und diesen Weg möchte ich mit dir gehen.

Katjuscha, lass es uns versuchen! Worauf wollen wir noch warten? Daniel

Die Zeilen verschwimmen vor meinen Augen, ich kann die Tränen nicht mehr hinunterschlucken. Bei allen Zweifeln, die ich gehabt hatte, sie waren unbegründet gewesen. Daniels Überzeugung hätte für uns beide gereicht. Ich lasse den Brief sinken und frage mich, warum das Schicksal uns so einen klaren Strich durch die Rechnung gemacht hat.

Ich verspüre das dringende Bedürfnis, mit jemandem zu reden. Doch außer Sascha und Sonja ist niemand da. Und die beiden sind nicht die richtigen dafür. Ich wäre froh, wenn sie einfach über Nacht verschwunden wären, doch ich weiß, dass sie noch da sind und dass ich mich nun mit Sonja auseinandersetzen muss.

Meiner Mutter habe ich nie von der Affäre mit Daniel erzählt, das hätte sie zu sehr geschmerzt, war sie doch selbst von meinem Vater wegen einer anderen Frau verlassen worden. Die Einzige, die Bescheid weiß, ist Sarah. Sarah! Ich könnte Sarah anrufen. Sie würde mich verstehen.

Ich atme tief durch und blicke auf die Uhr. Es ist noch zu früh, um Sarah anzurufen, aber es ist eine greifbare Möglichkeit.

Ich falte den Brief zusammen, stecke ihn zurück in den Umschlag und lege ihn auf den Nachttisch. Kaffee und frische Luft wären jetzt gut. Ich würde mich in die Küche schleichen und anschließend mit Ben zum See hinunter gehen. Ich lege die Wolldecke ordentlich zusammen und fordere Ben auf, mir zu folgen. In einer Stunde könnte ich Sarah anrufen.

Kapitel 16

Sonja

Als ich erwache, höre ich, wie jemand in der Küche herumfuhrwerkt. Es fühlt sich an, als gehe mich die Geschäftigkeit in der Küche nichts an, und doch weiß ich, dass ich seit gestern Abend Teil einer seltsamen Gemeinschaft bin, die sich im Kranichhaus mehr oder minder unfreiwillig zusammengefunden hat. Meine Augenlider sind schwer. Ich öffne sie nur halb, blinzle in das dämmrige Zimmer.

Sascha sitzt, das Kinn auf die Brust gerutscht, in einem Sessel gegenüber dem Sofa und hat die Füße auf den niedrigen Couchtisch gelegt. Er schnarcht, und es hört sich an, als halte ihm jemand vor jedem Schnarcher kurz die Nase zu.

Es muss also Katja sein, die da in der Küche ist.

Ich schließe die Augen wieder. Eine Weile lausche ich auf die Geräusche, versuche mir erneut einzubilden, dass mich das alles nichts angeht.

Dann ist es plötzlich still in der Küche, die Geräusche verlagern sich in den Flur. Wenig später klappt die Haustür.

Das Haus um mich herum schweigt. Ich höre weder Regen noch Wind an den Fensterläden zerren. Das Feuer im Kamin ist erloschen, Wände und Möbel zeichnen ein vertrautes Bild aus Kindertagen.

Saschas Schnarchen schraubt sich in regelmäßigen Abständen in die Leere hinein.

Gestern Abend, nachdem Katja verschwunden war, haben wir lange miteinander gesprochen. Er ist ein guter

Zuhörer, was mich eigentlich nicht überraschen sollte. Schließlich muss er das in seinem Beruf perfekt beherrschen, das Zuhören. In meinem Fall ist er scharfsinnig und hat eine klare Meinung. Er findet, ich sollte Katja eine Chance geben. Ich würde es mir zu einfach machen, wenn ich sie auf das reduzieren würde, was sie in meinen Augen ist. Die Frau, die die Ehe meiner Eltern zerstört hat.

Gestern Abend dachte ich noch, er wäre befangen, da er Katja offenbar aus Jugendtagen kennt, doch nachdem ich ein paar Stunden darüber geschlafen habe, bin ich klarer im Kopf und sehe ein, dass ich mich der Sache stellen muss, dass ich mich Katja stellen muss.
Sie ist wohl meine einzige Option, jetzt, nachdem ich Vater nicht mehr fragen kann. Warum nur hat er nie etwas gesagt?

Ich reibe mir die Augen. Was ist in ihm vorgegangen? Warum entscheidet sich jemand dazu, eine Liebesbeziehung über so viele Jahre zu verheimlichen? Warum hatte er sich dazu entschieden?
Saschas Schnarchen geht in lautes Atmen über. Er leckt sich im Schlaf mit der Zunge die Lippen.

Ich betrachte ihn näher, als es im Zimmer langsam heller wird. Er ist nicht mein Typ. Ich stehe auf Südländer, so wie Pierre, wegen dem ich nach Paris aufgebrochen war. Doch Sascha hat etwas, was trotzdem mein Interesse weckt. Er hat, wie soll ich sagen, so etwas Direktes und Unmittelbares. Eigentlich kann ich es nicht leiden, wenn mir gegenüber jemand sehr direkt ist. Wer mag schon gern hören, dass er kleingeistig oder störrisch ist? Aber komischerweise nehme ich es ihm nicht übel, im Gegenteil. Ich bin dankbar für diese Klarheit, es hilft mir, meine Gedanken zu ordnen und nicht in einem Chaos aus Selbstmitleid und Trauer zu versinken. Vielleicht hat es auch etwas mit den seltsamen Umständen zu tun, unter denen wir uns kennengelernt haben, dass ich ihm vertraue. Er ist die einzig halbwegs neutrale Instanz, die mir bleibt, in dieser Begegnung mit ihr.

Sascha lässt sich durch meine Gefühlsausbrüche nicht beirren, fasst mich weder mit Samthandschuhen an, noch nimmt er ein Blatt vor den Mund. Ihn umgibt Autorität, und doch gibt er mir das Gefühl, meine Gedanken nachvollziehen zu können und sie als das zu belassen, was sie sind. Die Gedanken einer Tochter, die um ihren Vater trauert und sich zugleich fragt, wer dieser Mann eigentlich gewesen ist.

Gleichzeitig wahrt Sascha sehr professionell Distanz zu mir. Sich selbst erlaubt er nur die notwendige Emotionalität, die es braucht, damit ich mich ihm anvertraue.

Gestern Abend hat er gesagt, ich solle Katja reinen Wein einschenken, ihr sagen, dass es ein Testament gibt und das Kranichhaus an sie fallen wird. Dass dieses vermaledeite Testament mir ein Dorn im Auge ist und dass ich es am liebsten verschwinden lassen würde, hat er ebenfalls erkannt. War wohl auch nicht schwer zu erraten.

Ich stehe auf, schleiche in die Küche. Auf dem Herd steht ein Topf, darin ein Rest warmer Milch. Es riecht nach frisch gebrühtem Kaffee, und die italienische Espressomaschine auf dem Herd ist noch warm. Ich klappe den Deckel hoch, die braune Flüssigkeit darin dampft.

Aus dem Hängeschrank nehme ich eine Kaffeetasse und schütte die Reste von Milch und Kaffee hinein. Es reicht fürs Erste zum Wachwerden. Mit der Tasse in der Hand wandere ich durch das Haus, gehe in den ersten Stock hinauf. Seit meiner Jugendzeit scheint sich nicht wirklich viel verändert zu haben. Die gleiche Farbe an den Wänden, die Holzdielen knarren unter meinen Füßen.

Im Bad lasse ich kaltes Wasser über Hände und Gesicht laufen, betrachte mich im Spiegel. Mein Gesicht ist blass, die Fältchen um meine Augen, unter denen sich dunkle Ringe gebildet haben, scheinen schlagartig tiefer geworden zu sein. Als ob ich urplötzlich dafür sorgen müsste, mein verwahrlostes Äußeres wenigstens ein bisschen in Ordnung zu bringen, greife ich nach einem grobzackigen Kamm, der in einem Korb auf der Ablage steckt und ziehe ihn durch mein zerzaustes blondes Haar. Äußerlich bewirkt es nicht viel, denn jetzt stehen die Haare elektrisiert vom Kopf ab. Mit feuchten Händen fahre ich durch die fliegenden Strähnen.

Im Spiegelschrank suche ich nach einer neuen Zahnbürste. Früher hatten wir immer welche auf Lager für den Fall, dass ein unerwarteter Gast, der allerdings nie kam, über Nacht bleiben sollte. Tatsächlich finde ich einen Doppelpack auf dem obersten Ablagebrett. Ich putze mir die Zähne und fühle ich mich schlagartig besser.

Auf dem Weg über den oberen Flur komme ich am Schlafzimmer vorbei. Die Tür ist nur angelehnt. Ich luchse hinein, das Zimmer ist leer. Auf dem Bett liegt feinsäuberlich zusammengelegt eine Decke. Katja ist wohl sehr ordentlich, eine Eigenschaft, die ich nicht unbedingt besitze. Entschlossen stoße ich die Zimmertür auf, bleibe dennoch im Türrahmen stehen, als hielte mich eine unsichtbare Kraft zurück. Vielleicht ist es Scham, vielleicht Anstand, ich habe in diesem Raum eigentlich nichts verloren.

Das letzte Mal, als ich in diesem Zimmer gewesen bin, haben mein Vater und ich gestritten, weil ich keine Lust mehr hatte, an den Wochenenden mit ihm hierher zu fahren. Ich war sechszehn und kann mich noch gut daran erinnern, wie ich ihm wütend erklärt habe, dass er mich so von meinen Freunden entfremden und daran hindern würde, auf Partys zu gehen, zu denen ich unbedingt hinmüsse. Damals war ich Teil einer einflussreichen Clique an meiner Schule gewesen und hatte mir diese Zugehörigkeit schwer erarbeitet. Wie lächerlich doch manches mit dreißig wirkt, was einem mit sechszehn so wichtig war.

Nach diesem Streit waren meine Aufenthalte im Kranichhaus immer seltener geworden, bis Vater sich schließlich damit abgefunden hatte, an den Wochenenden allein hierher zu fahren.

Ob er sich wohl von da an mit Katja hier getroffen hat?

Mein Blick wandert nach oben, zu dem riesigen Dachfenster in der Schräge. Als Kind habe ich hier viele glückliche Stunden mit Vater verbracht. Bald jede Nacht war ich in Vaters Bett gekrochen, und wir haben gemeinsam den Sternenhimmel betrachtet. Als lägen wir unter einem riesigen Zelt, dessen Wände übersäht waren mit leuchtenden Punkten. Wenn ich genau hingesehen habe, konnte ich sogar erkennen, dass die Sterne unterschiedliche Farben hatten. Vielleicht habe ich mir das aber auch alles nur eingebildet, weil Vater mir erklärt hatte, dass die verschiedenen Farben der Sterne daher rührten, dass sie unterschiedliche Temperaturen haben. Ein blau schimmernder Stern ist weniger heiß als ein roter und ein hellerer Stern näher an der Erde als ein weniger heller. Doch Temperatur und Entfernung der Sterne waren für mich nur zweitrangig, ich habe geduldig zugehört, weil ich es genoss, mit meinem Vater zusammen zu sein, ihn ganz für mich zu haben und mich zu fühlen, als wäre ich der Mittelpunkt der Welt, seiner Welt. Das waren Momente, in denen ich Vaters volle Aufmerksamkeit hatte.

Seit Marthas Weggang lebte ich in der beständigen Angst, dass auch er mich verlassen könnte. Umso mehr klammerte ich mich an ihn. Sicher hat mein Vater diese Angst gespürt und ließ mich deshalb lange gewähren. Erst viel später, es muss so am Ende meiner Grundschulzeit gewesen sein, hatte er nach und nach darauf bestanden, dass ich lernte, in meinem eigenen Bett zu schlafen. Dafür hatte er mir extra eine Lampe gekauft, die unseren Sternenhimmel an die Zimmerdecke meines Kinderzimmers projizierte.

Ich betrete das Schlafzimmer, fühle mich plötzlich doch dazu berechtigt, noch ist es auch mein Haus, denke ich trotzig. Doch ich stelle schnell fest, dass dies nicht mehr der Raum meiner Kindertage ist. Das Dachfenster ist mit Schneematsch bedeckt, die Wände sind in Weiß und Lindgrün gehalten, mir fremde Schwarzweißfotografien hängen überall. Alles Motive aus der Gegend, der spiegelglatte See im herbstlichen Nebel, ein verfallener

Steg, ein Segelboot, eine Trauerweide, die ihre langen Arme ins Wasser hängen lässt. Auf einem Nachtkästchen, die Seite, auf der mein Vater immer geschlafen hatte, steht ein Foto von Katja mit ihrem Hund, sie schaut auf den See hinaus, der Hund sitzt neben ihr, sein Blick folgt ihrem. Es ist ein Profilbild, man erkennt ihr Gesicht kaum, und doch ist es eine Aufnahme, die ganz viel über sie aussagt. Ihr Blick verliert sich in einer Sphäre, zu der ich als Außenstehende keinen Zugang habe.

Ich schätze, einer der Gründe, weshalb mein Vater sich in sie verliebt hatte. Katja scheint jemand zu sein, der gut für sich sein kann. Mein Vater mochte selbstständige Frauen.

Dieses Bild veranlasst mich dazu, mich darauf zu besinnen, dass ich hier nichts verloren habe. Ich trete zurück in den Flur und lehne die Tür wieder an, will mein Eindringen vertuschen, wie ein Nachbar, der neugierig durch ein Haus gestreift ist, obwohl er nur die Blumen gießen sollte.

Wieder unten in der Küche, setze ich mich an den Tisch. Ich warte, überlege, wie ich Katja begegnen soll, wenn sie zurückkommt.

Sascha hat das gestern Abend sehr geschickt gemacht. Er hat mich reden lassen, nur ab und zu meine Worte aus seiner Sicht bewertet. Auf die Art hat er Dinge über mich erfahren, die ich unter normalen Umständen sicher keinem Fremden preisgegeben hätte. Vielleicht sollte ich versuchen, es bei Katja ähnlich zu machen, vielleicht wird auch sie mir dann Dinge offenbaren, die sie normalerweise nicht ausbreiten würde. Doch werde ich es schaffen, mich mit weiteren Vorwürfen zurückzuhalten?

Werde ich es schaffen, dieser für mich fremden Frau Raum zu geben, wo ich sie doch eigentlich für das, was sie ist, war, nämlich die Geliebte meines Vaters, verachte?

Plötzlich geht die Küchentür auf, und ein aufgeregter Hund kommt hereingestürmt. Er bellt kurz und kommt zu mir, leckt mir die Hand und rennt zu seinem Futternapf, der in einer Ecke neben der Spüle steht, schiebt ihn über den Fliesenboden, bis auch Katja die Küche betritt und den Napf auf die Ablage stellt.

„Sie sind schon wach?", fragt sie.

Ich greife nach meiner Kaffeetasse und habe längst vergessen, dass sie leer ist.

„Mehr oder weniger!", antworte ich und blicke in meine leere Tasse.

Katja legt eine Tüte auf den Küchentisch, vermutlich Brötchen.

„Sie sind schon lange auf?", frage ich.

„Der Hund musste raus", antwortet sie, „und ich auch."

Sie füllt den Futternapf und hält ihn unter den Wasserhahn.

„Verstehe", sage ich und weiß nicht, was ich sonst sagen soll.

Katja stellt den Napf auf den Boden und bedeutet dem Hund, dass er fressen darf.

Dann lehnt sie sich an die Küchenspüle und betrachtet mich. Die Wortlosigkeit zwischen uns wird vom Schmatzen des Hundes unterstrichen, der gierig sein Frühstück verschlingt.

Schweigen zu ertragen, ist mir schon immer schwergefallen, doch jetzt ertrage ich es erst recht nicht. Ich will
Antworten.

„Also wegen gestern Abend…" beginne ich.
Katja hebt die Hand.

„Bevor Sie jetzt gleich wieder loslegen", sagt sie, „soll-
ten wir vielleicht erst mal was frühstücken. Mit leerem
Magen lässt es sich nicht gut streiten."
Gut, denke ich. Dann wäre das ja geklärt.
Katja dreht sich zur Spüle um, wäscht sich die Hände.
Ich muss ihr nicht in die Augen blicken, als ich sage:

„Das gestern Abend, das tut mir leid. Ich wollte Sie
nicht so heftig angehen."
Katja wendet sich mir zu und trocknet sich die Hände
ab.

„Doch", sagt sie, „das wollten Sie."
Sie hängt das Handtuch zurück an den Haken. „Aber
wissen Sie", fährt sie fort. „Ich kann das gut verstehen."

Ich senke meinen Blick abermals in die leere Kaffeetasse. Also gut, denke ich, sie scheint ebenfalls ein direk-
ter Typ zu sein, aber in ihrem Fall ist es mir nicht so
recht.
Sie öffnet einen Hängeschrank und nimmt mehrere Teller heraus. Sie deckt für vier Personen, und ich frage
mich, wieso.

„Es ist für uns beide nicht leicht", sagt sie und nimmt
Besteck aus einer Schublade. „Daniels Tod", ich kann
sehen, wie sie kurz in der Bewegung innehält und
schluckt. Dann schiebt sie mir einen Teller zu. „Unfass-
bar", sagt sie nur.
Sie hebt den Blick.

„Wie haben Sie von mir erfahren? Konnte Ihr Vater noch mit Ihnen sprechen?"

Jetzt scheint sie bewusst zu vermeiden, den Namen meines Vaters auszusprechen.

„Mit mir sprechen?" Ich schüttele den Kopf. „Nein."

Katja nickt.

Mein Blick wandert zum Fenster. Ein trübes Licht erhellt den Morgen. Plötzlich kann ich mich erinnern, dass Vater am Samstagabend, als ich das Haus verließ, fragte, ob ich zum Schlafen nach Hause käme. Er hätte etwas mit mir zu besprechen. Ich hatte gelacht und gesagt, ich sei kein Teenager mehr, und ich wisse nicht, was der Abend bringen würde.

„Sie haben also nicht mehr miteinander gesprochen?", fragt Katja. „Aber wie…"

„Ich habe Hinweise in seinem Schreibtisch gefunden", antworte ich.

„Hinweise?", fragt Katja.

Mein Blick wandert zurück in die Küche.

„Briefe, Fotos, na Sie wissen schon." Beinah hätte ich gesagt, ein Testament. Aber das behalte ich für mich.

Katja inspiziert den Inhalt des Kühlschranks.

„Ich kann mir schon vorstellen, dass es schwierig für Sie gewesen sein muss, es auf diese Weise zu erfahren."

Sie stellt eine Butterdose auf den Tisch.

„Schwierig?", sage ich und muss mich bemühen, nicht laut zu werden. „Soll das ein Witz sein?"

Katja schraubt ein Glas Marmelade auf und steckt einen kleinen Löffel hinein. Ihre stoische Ruhe erinnert mich an Regina. Bin ich denn die Einzige, die das Verhalten meines Vaters aus der Bahn wirft?

Doch ich atme kurz durch, will keinesfalls gleich wieder streiten und denke an Sascha und seine distanzierte Gelassenheit. Genau, das ist es, was ich jetzt brauche: distanzierte Gelassenheit. Noch einmal atme ich ein und wieder aus, mein Puls geht jetzt ruhiger.

„Es war nicht schwierig, es war schockierend", sage ich, „und bitte tun Sie mir den Gefallen und heucheln Sie kein Verständnis. Sie wissen nicht, wie das ist, wenn man plötzlich erfährt, dass der eigene Vater jahrelang eine Affäre mit einer Fremden gehabt hat."
Katja dreht sich zu mir um. Stellt das Glas auf den Tisch. Ein kleines Etikett verrät mir, dass es sich um Apfelgelee handelt.

„Ich heuchle kein Verständnis", sagte sie. „Glauben Sie, das hätte ich nötig?"
Sie wendet sich wieder der Anrichte zu und beginnt damit, Käse auf einen Teller zu legen.

„Nicht?", frage ich. „Und woher wissen Sie dann, wie sich das anfühlt?"
Katja stellt den Teller mit dem Käse auf den Frühstückstisch.

„Ganz einfach", sagt sie. "Ich habe es selbst erlebt."

„Wie?" Ich hebe die Augenbrauen, kann nicht einordnen, was sie damit meint.

Katja lehnt sich wieder an die Küchenspüle, hält inne in ihren Frühstücksvorbereitungen. Sie blickt aus dem Fenster, und ich kann sehen, dass sie überlegt, was sie jetzt sagen soll. Oder vielleicht, wie sie es sagen soll. Sie presst die Lippen aufeinander, doch dann entspannen sich ihre Gesichtszüge wieder.

„Ich war Anfang zwanzig, als ich erfuhr, dass mein Vater eine andere hat. Er hat sie im Westen kennengelernt, ihretwegen meine Mutter verlassen und die andere geheiratet."

„Und?"

„Nichts und", sagt Katja. „Wir haben keinen Kontakt."

„Haben Sie nie versucht, diese andere Frau kennenzulernen?"

„Doch."

„Aber?"

Schweigen. Doch ich spüre, dass sie gern mehr dazu sagen würde.

Auffordernd blicke ich sie an.

Katja zwinkert mit den Augenlidern, dann kann ich sehen, wie sich der kurze Moment von Intimität zwischen uns verflüchtigt.

„Ich möchte nicht darüber reden, okay?"

„Aha", sage ich nur und denke, dass ich es am liebsten genauso machen würde. Schweigen. Doch das würde mir nicht die Antworten bringen, die ich haben will. Also weiter.

Gerade will ich sie erneut zum Reden bringen, da sagt sie:

„Bei mir war das anders als das, was Sie gerade erleben", sagt sie. „Mein Vater hat meine Mutter zu einer Zeit verlassen, als sie ihn wirklich gebraucht hätte. Das konnte ich ihm nicht verzeihen, und seiner neuen Frau auch nicht."

Sie leert die Tüte mit den Brötchen in einen geflochtenen Korb, den sie vorher mit einer Serviette auslegt hat und stellt ihn auf den Tisch.

„Und was bitte ist bei mir jetzt anders?", frage ich. „Wollen Sie damit etwa sagen, dass meine Mutter meinen Vater nicht braucht?"

Katja sieht mich kurz an.

„Tee oder Kaffee?"

„Kaffee", antworte ich, und sie beginnt damit, die Espressomaschine zu säubern und erneut zu füllen. Sie nimmt Milch aus dem Kühlschrank, als sie feststellt, dass der Topf, der noch immer auf dem Herd steht, leer ist. Mir wird klar, dass mein Vergleich hinkt. Regina und mein Vater hatten sich schon seit Jahren nicht mehr wirklich viel zu sagen, und es ist sicher so, dass Regina auch ohne Vater im Leben klarkommen wird. Ob sie das auch will, steht auf einem anderen Blatt. Aber eine Scheidung hätte sie vermutlich verkraftet.

Doch irgendwie will ich Katja nicht so davonkommen lassen.

„Meine leibliche Mutter hat uns verlassen, da war ich fünf", sage ich jetzt. Es ist kindisch, und doch habe ich das Bedürfnis, meine Lage weiterhin als misslich darzustellen.

„Ich weiß", sagt Katja, und schon wieder fühle ich mich durchschaut.

„Sie sollten sie anrufen", sagt sie dann und legt ein Brotmesser in den Korb mit den Brötchen.

„Das sagt die Richtige", antworte ich und kann nicht vermeiden, dass es provokant klingt.

Sie sieht mich erneut kurz an.

„Mein Vater ist gegangen, weil er sich in eine andere Frau verliebt hat. Heute hat er eine neue Familie, und ich habe zwei Halbgeschwister, die ich nicht kenne. Bei Ihnen und Ihrer Mutter ist das etwas anderes gewesen."

„Martha", sage ich. „Können wir uns bitte darauf einigen, dass wir in diesem Fall nicht von meiner Mutter reden. Sie heißt Martha, meine Mutter ist Regina."

„Verstehe", antwortet Katja.

Meine Gedanken springen wild hin und her. Es gibt einen weiteren Grund, aus dem ich Katja verachte, und der ist schwerwiegender als die Tatsache, dass sie und Vater Regina hintergangen haben. Katja ist keine wirkliche Konkurrenz für Regina gewesen, sie und Vater hatten sich längst auseinandergelebt. Aber war sie nicht vielmehr *meine* Konkurrentin? Hat sie mir nicht den uneingeschränkten ersten Platz in Vaters Herzen streitig gemacht?

Ich wage es nicht, den Gedanken auszusprechen.

„In den Sachen meines Vaters habe ich einen Brief an Martha gefunden", sage ich ohne zu wissen, was ich damit eigentlich bezwecken will.

Katja füllt heiße Milch in einen Krug und stellt ihn auf den Tisch.

„Ja, das wundert mich nicht."

Ich stutze. „Was soll das heißen?"

„Ich denke, Sie sollten Martha anrufen", wiederholt sie noch einmal.

Die Espressomaschine beginnt zu blubbern, und Katja stellt den Herd aus. Sie schenkt mir einen Schluck Espresso ein.

Ich will nach dem Milchkrug greifen, halte aber inne.

„Was wissen Sie darüber?", frage ich nochmal.

Katja schiebt mir den Krug zu.

Dann blickt sie mich direkt an, und ich stelle fest, sie sieht mindestens genauso müde aus wie ich.

„Ich glaube, Sie irren sich, wenn sie denken, dass Martha gegangen ist, weil sie Sie nicht liebt."

„Denke ich das, ja?", frage ich und fühle mich ertappt. Woher weiß diese Frau so verdammt gut, was in mir vorgeht?

„Dann hat sie aber eine seltsame Art, das zu zeigen", sage ich und schenke mir Milch ein. Meine Hand zittert, ich kleckere die Milch auf den Tisch.

Katja steht auf und holt eine Rolle Küchentuch.

„Gerade weil sie Sie liebt, ist sie gegangen", sagt sie und wischt die Milch vom Tisch.

Ich knalle den Milchkrug etwas zu heftig auf den Tisch.

„Und woher wissen ausgerechnet Sie das so genau?", frage ich und möchte am liebsten nach ihrer Hand mit dem Küchentuch greifen und meine Sauerei selbst beseitigen. Ich bin doch kein Kleinkind, dem sie hinterherputzen muss.

„Daniel hat es mir erzählt", sagt Katja.

Sie steht auf und wirft das nasse Küchentuch in den Mülleimer. Dann reicht sie mir den Brotkorb.

Ich greife hinein, nehme ein Weizenbrötchen heraus.

Sie selbst nimmt sich ein Vollkornbrötchen und schneidet es auf. Dann reicht sie mir das Brotmesser.

„Hören Sie", spricht sie weiter, „ich möchte da nicht hineingezogen werden. Klären sie das mit Martha, sie kann Ihnen die Antworten geben, die Sie suchen. Ich kann Ihnen nur sagen, dass Daniel es sehr bereut hat, dass er nie mit Ihnen darüber gesprochen hat, warum Martha damals wirklich gegangen ist."

„Nun ja, er hat mir ja anscheinend so einiges verschwiegen", sage ich schnippisch. Ich schneide mein Brötchen auf, fummle das Innenleben heraus, rolle daraus kleine Teigkügelchen. „Er hat wohl auch nie den richtigen Zeitpunkt gefunden, mir von Ihnen zu erzählen", sage ich jetzt.

„Ich denke, dafür gab es andere Gründe", sagt Katja.

„Welchen Grund gibt es bitteschön, seine eigene Tochter jahrelang zu belügen?"

„Zum Beispiel Ihr kindisches Verhalten, jetzt gerade", knallt sie mir entgegen. „Schon mal darüber nachgedacht, dass es Sie nichts angeht, mit wem Ihr Vater sein Bett teilt?" Ihre Augen blitzen mich zornig an.

Ich schnappe nach Luft, habe nicht damit gerechnet, dass Katja mich so direkt angehen würde.
Ich forme die Teigkügelchen zu einem großen Klumpen und knete eine Kuhle hinein. Dann greife ich nach dem Marmeladenglas und lasse einen Löffel des ziemlich flüssigen Apfelgelees in die Kuhle tropfen.

„So sehen Sie das also?", frage ich und schiebe den Teigklumpen in den Mund. Gelee tropft über meine Finger.

„Tut mir leid", sagt sie jetzt ruhiger.

„Was denn genau?", frage ich und lecke mir die Finger ab. „Dass Sie mit meinem Vater geschlafen haben oder dass mich das nichts angeht?"
Ich schiebe meinen Stuhl zurück, stehe auf. Ich kann nicht länger mit dieser Frau an einem Tisch sitzen.

„Nennen wir das Kind doch mal beim Namen", sage ich. „Sie gehen jahrelang mit meinem Vater ins Bett, obwohl er mit einer anderen Frau verheiratet ist." Ich stütze die Hände auf den Tisch und schaue auf Katja herab. „Haben Sie denn gar kein schlechtes Gewissen, dass Sie eine Familie zerstört haben?"

Katja springt auf und beugt sich ebenfalls vor. Nun stehen wir uns Auge in Auge einander gegenüber.

„Ich habe eure Familie nicht zerstört, und das weißt du ganz genau."

Ich schnappe nach Luft. Wie selbstverständlich ist sie zum Du übergegangen, und ich bin nicht sicher, ob ich das will.

„Ach nein?", frage ich. „Dann haben wir alle ein Leben in stillschweigender Akzeptanz geführt, oder wie? Ich ja wohl kaum, nachdem ich nichts von Ihnen wusste."

Katjas Augen schimmern, sie zwinkert kurz. Dann setzt sie sich wieder hin und legt ihre Hand auf meine. Sie wirkt erschöpft.

Ich zucke, will meine Hand wegziehen und tue es doch nicht.

„Ich habe ihn dir nie wegnehmen wollen, das musst du mir glauben!", sagt sie. „Und wenn du ehrlich bist, weißt du das auch."

Sie blickt mich direkt an, was mich dazu veranlasst, mich wieder hinzusetzen. Katjas Hand ist warm.

„Ist dir eigentlich klar, was für ein Glück du gehabt hast?", fragt sie.

Meine Lippen fangen an zu zittern. Ich kann ihrem Blick nicht standhalten, ziehe meine Hand weg, stehe wieder auf und trete ans Fenster.

Jetzt fühle ich mich irgendwie schuldig, schuldig, dass ich Katja allein für all das verantwortlich machen wollte. Sie hat recht, es ist kindisch, so zu denken. Vielleicht ist mein Vater einfach nur zu feige gewesen, es mir zu sagen. Den einzigen Vorwurf, den ich Katja in diesem Zusammenhang machen kann, ist, dass sie geschwiegen hat. Doch da war sie nicht die Einzige. Auch Martha ist einfach wortlos gegangen, und Regina hat anscheinend schon lange über Vater und Katja Bescheid gewusst und nie etwas gesagt. Und Katja? Auch sie hat Vaters Feigheit geduldet, sich jahrelang mit der Rolle der Geliebten zufriedengegeben.

„Warum hast du geschwiegen, all die Jahre?", frage ich.

„Habe ich nicht."

„Aber du hast an ihm festgehalten, hast die Rolle der Geduldigen gespielt."

„Erst in den letzten sechs Jahren, und ehrlich gesagt, ich selbst hab ihm damals vorgeschlagen, es so zu machen."

„Aber warum? Wolltest du ihn nicht für dich allein haben?"

„Doch, natürlich", sagt Katja. „Aber nach all den Jahren begriff ich irgendwann, das würde nie passieren. Einen Vater kann man nicht für sich allein haben, ein Vater ist immer in erster Linie Vater und erst in zweiter Linie Ehemann oder eben Geliebter."

Ich blicke hinaus in den trüben Novembertag.

„Du meinst also, er hat nicht zu dir stehen können wegen mir?"

Meine Wut weicht einer unsagbaren Enttäuschung. Irgendwie hatten Vater und ich es wohl nie geschafft, uns aus den vorgegebenen Rollen von Vater und Tochter herauszuschälen, zu gleichberechtigten Erwachsenen zu werden. Wie sonst sollte ich mir sein Schweigen erklären?

Noch bevor ich meine Gedanken dazu ordnen kann, erscheint ein Frauenkopf mit Pudelmütze vor dem Fenster, und Sekunden später klopft jemand an die Küchentür, die in den seitlichen Garten führt.

Katja öffnet.

„Sarah, du bist schon da?", ruft sie. „Bist du geflogen?"

„Ich bin gefahren, so schnell ich konnte", antwortet die Fremde, die wohl eine Freundin ist und Katja in den Arm nimmt.

„Es tut mir so leid", sagt sie. „Es ist wirklich schrecklich."

In der Tür zum Wohnzimmer erscheint ein verschlafener Sascha.

„Was ist denn hier los?", fragt er und fährt sich mit der flachen Hand durch das kurze Haar.

Ich drehe mich zu ihm um.

„Jede Menge", antworte ich und bin irgendwie froh, dass er genau jetzt erscheint. „Kaffee?", frage ich.

Er nickt.

Kapitel 17

Katja

Draußen liegt Schnee, nicht viel, aber genug, um die brandenburgische Landschaft zu zuckern und wie ein Winterwunderland aussehen zu lassen. In der Nacht ist das Thermometer auf minus zehn Grad gefallen, ungewöhnlich für den ansonsten milden Winter.

Ich komme mit Ben vom Spaziergang zurück und betrete die Küche. Es riecht nach Kaffee.

„Guten Morgen", sagt Sarah, die sich eine lange Strickjacke über den Pyjama gezogen hat. Ihre Füße stecken in dicken Wollsocken und Schlappen. „Ganz schön frisch hier", bemerkt sie und reibt sich mit den Händen über die Oberarme. „Das erinnert mich an den alten Kasten, in dem wir vor der Wende gewohnt haben. Da war es morgens auch immer verflixt kalt."

Ich greife prüfend an die Rippen des Ölradiators, die heiß sind.

„Bei den Außentemperaturen hat der Radiator keine Chance. Wir müssen den Ofen heizen."

Ich beginne, den Ofen sauber zu machen und bringe den vollen Aschkasten auf den Komposthaufen im hinteren Teil des Gartens. Dann hole ich große Holzscheite und stelle den Korb neben den Ofen.

Das Feuer brennt schnell, ich bin geübt darin, es zu entfachen. Seit Daniels Tod verbringe ich jedes Wochenende hier, vollkommen auf mich allein gestellt, und habe mir schnell die Aufgaben von Daniel zu eigen gemacht. Heizen ist nur eine davon.

Dieses Wochenende ist Sarah mitgekommen, und das hat einen Grund. Ich hatte sie nicht davon abhalten können, mich zu begleiten, nachdem ich ihr erzählt hatte, dass sich Regina und Sonja Baumann für diesen Samstag angemeldet hatten. Eigentlich hatte ich vorgehabt, auch das allein zu bewältigen, doch jetzt bin ich irgendwie froh, dass Sarah hier ist.

Ich hatte Regina auf Daniels Beerdigung kennengelernt. Sie war freundlich, aber distanziert mir gegenüber gewesen. Vielleicht hatte auch Sonja im Vorfeld ein wenig vermittelt, immerhin war sie nach ihrem ersten Besuch hier zumindest in einer Art Waffenstillstand wieder abgereist. Doch seit der Beerdigung war ich weder ihr noch Regina wieder begegnet. Das Ganze war jetzt mehr als zwei Monate her, inzwischen war Februar.

Vor vier Wochen ist Daniels Testament eröffnet worden. Sonja hatte mir am Ende ihres ersten Besuches gesagt, dass ich das Kranichhaus erben würde, und damit war mir noch einmal mehr klar geworden, warum sie mir gegenüber so feindselig gewesen war. Seither setze ich mich mit dem Gedanken auseinander, ob ich das Erbe annehmen soll. Nach der offiziellen Testamentsverlesung würde ich mich innerhalb der nächsten sechs Wochen entscheiden müssen.

Das Feuer brennt, langsam wird es warm in der Küche. Wir setzen uns an den Frühstückstisch.

„Und? Fühlst du dich gewappnet für den heutigen Besuch?", fragt Sarah und sieht mich ernst an.

Ich nicke.

Am Donnerstag hatte Sonja angerufen und gefragt, ob sie mit Regina am Wochenende im Kranichhaus vorbeikommen dürfe. Regina würde gern noch einmal mit mir sprechen. Worüber, hatte Sonja nicht gesagt. Außerdem wolle Regina Daniels persönliche Dinge abholen, soweit noch etwas da sei.

Alles, hatte ich gesagt. Alles ist noch da. Ich habe nicht die Kraft gehabt, seine Sachen wegzuräumen. Doch jedes Wochenende, wenn ich morgens den Kleiderschrank öffne, um mir etwas zum Anziehen herauszunehmen, stelle ich fest, dass der Geruch von Daniels Sachen schwächer wird. Er verblasst, wie die Erinnerungen.

Es sei wichtig für ihre Mutter, hatte Sonja gesagt, dass sie sich verabschieden könnte, von allem, was mit Daniel zu tun hatte. Auch vom Kranichhaus. Mir war klargeworden, dass ich mich auch verabschieden musste, zumindest von Daniels Sachen.

„Gut", sagt Sarah, „das ist gut. Und du weißt ja, ich bin der Meinung, du solltest das Erbe annehmen."

„Ja, ich weiß", antworte ich, „aber irgendwie fühlt es sich an, als würde ich Regina und Sonja auch noch das letzte bisschen Würde nehmen."

„So ein Quatsch", sagt Sarah, „die beiden haben doch gar keinen Bezug mehr zu dem Haus, und außerdem kriegen sie doch alles andere. Lass sie die Sachen mitnehmen, die sie mitnehmen wollen, und gut ist´s. Ich bin sicher, danach wirst du sie hier nie wiedersehen und kannst dein eigenes Ding mit dem Haus machen."

Ich trinke einen Schluck Kaffee und sehe mich in der Küche um. Mein eigenes Ding mit dem Haus? Was soll das sein? Alles, einfach alles hier erinnert mich jeden Tag an Daniel.

„Wenn ich das Erbe nicht antrete, kann ich vielleicht die Erinnerungen leichter hinter mir lassen", sage ich.
Sarah verdreht die Augen.

„Das glaubst du doch wohl selber nicht. Nach all den Jahren?"
Sie legt mir die Hand auf den Arm. „Ich bin sicher, du würdest das Haus schrecklich vermissen."

Ich sehe zum Fenster hinaus. Sarah hat recht. In den letzten Wochen habe ich sehr wohl gemerkt, dass mich die Erinnerung zwar belastet, aber die gewohnte Umgebung, die ich hier mit Daniel geteilt habe, spendet mir auch irgendwie Trost. Ich fühle mich zwar oft einsam hier draußen, zugleich kann ich hier aber auch unserem kleinen versteckten Leben, das wir miteinander gehabt hatten, besonders nahe sein. Manchmal fühlt es sich sogar so an, als hätten wir tatsächlich ein echtes, wahrhaftiges, gemeinsames Leben gehabt.
Doch seit der Beerdigung ist auch die Leere immer größer geworden, und mit jedem Tag begreife ich mehr, wie sehr ich Daniel vermisse.

„Ich weiß schon, woran du jetzt denkst", sagt Sarah. „Aber diese Phase wird vorbeigehen, glaub mir."
Mir steigen Tränen in die Augen.

„Und wann?"

„Gib dir Zeit", sagt Sarah. „Vielleicht ein paar Monate. Zeit ist das einzige, was hilft."

„Oder Jahre? Ich weiß nicht, ob ich das aushalte", sage ich und putze mir die Nase. „Meine Mutter trauert heute noch, und mein Vater ist noch nicht mal gestorben."

„Das ist etwas anderes", sagt Sarah. „Und außerdem, du bist kein Opfertyp, du bist eine Macherin. Du wirst dich aufraffen und früher oder später anfangen, hier vieles zu verändern, und irgendwann wird es nicht mehr Daniels Haus sein, sondern deines."

„Du mit deiner Küchenpsychologie", sage ich. „Vielleicht will ich das gar nicht, dass es nicht mehr Daniels Haus ist."

„Tu dir das nicht an", sagt Sarah, „du hast doch noch so viel vor dir. Wir haben noch so viel vor uns."

„Schon gut", sage ich. Auch wenn wir in den letzten Wochen immer wieder dieselben Gespräche geführt haben, bin ich doch dankbar, dass Sarah für mich da ist. Mit ihr kann ich über alles reden, und ihre positive, manchmal auch unkonventionelle Einstellung zum Leben und seinen Tücken hat mir sehr geholfen, nicht alles nur schwarz zu sehen.

Ich sehe auf die Uhr, die über der Küchentür hängt.

„Wann kommen die Damen denn?", fragt Sarah.

„Am späten Vormittag, so gegen elf, haben sie gesagt." Jetzt war es neun.

„Dann kann ich ja noch in Ruhe duschen", sagt Sarah, „und du übrigens auch." Sie grinst.

„Du meinst, ich sollte Haare waschen und eine saubere Hose anziehen?", frage ich und sehe an mir herab. Meine schwarze Jeans ist von Hundehaaren und Schlammspritzern übersät.

„Spielt das eine Rolle?", frage ich beinah scherzhaft.

„Für den Besuch nicht, aber für dich", antwortet Sarah.

„Jawohl, Frau Doktor", sage ich und nicke in Richtung Küchentür. „Na los, spring unter die Dusche! Aber lass mir noch ein bisschen warmes Wasser übrig."

Sarah verschwindet nach oben, und ich bleibe in der Küche zurück.

Wie nur soll ich Regina heute begegnen?

Bei der Beerdigung hatten wir uns höflich einander vorgestellt und waren uns dann aus dem Weg gegangen. Das war nicht besonders schwierig gewesen bei den vielen Trauergästen. Ich hatte mich auch gleich nach dem offiziellen Teil wieder verabschiedet, war noch einmal allein an Daniels Grab gegangen und hatte mich daran erinnert, wie ich vor Jahren gemeinsam mit ihm an Tante Ellis Grab gestanden hatte. Damals, in Berlin, an diesem schwülen Nachmittag, hatte ich begriffen, dass ich mir ein Leben ohne Daniel nicht vorstellen konnte. Nach dem Treffen in Ellis Wohnung war nichts mehr gewesen wie zuvor. Und jetzt... war auch nichts mehr wie vorher.

Heute würde ich Regina nicht so einfach ausweichen können. Ihr nun doch noch einmal Auge in Auge gegenüber treten zu müssen, fühlt sich an, wie vor Gericht zu stehen. Würde es etwas ändern, wenn ich das Erbe ausschlagen würde? Würde ich mich dann besser fühlen? Sarah meint, ich gehöre hierher, genau an diesen Platz, zu den Kranichen. Was auch immer ich daraus machen würde.

Tue ich das? Gehöre ich wirklich hierher?

Ich schaue hinaus in den Garten. Alles liegt unter einer zarten weißen Schicht, zugedeckt vom Winter bis zum nächsten Frühling, der jetzt, Mitte Februar schon in greifbare Nähe rückt. Die Tage werden länger und manchmal auch schon heller. In nur wenigen Wochen werden rund um das Haus die Krokusse blühen. Und die Kraniche werden zurückkehren.

Sarah kommt herein, das Haar in einen feuchten Turban eingewickelt.

„Nur mal angenommen", sagt sie und zieht sich ihre Wollsocken wieder an, „du nimmst das Erbe an und ziehst hierher. Wir könnten doch ein gemeinsames Business gründen?"

„Wir?", frage ich. „Und was soll das sein?"

„Na ja, du als Fotografin und ich als Yogalehrerin", sagt Sarah.

„Hier? Auf dem Land? Glaubst du wirklich, dass die alten Leutchen zu Deinen Yogastunden kommen?"

„Die alten Leutchen vielleicht nicht, aber all die Urlauber und die, die zuziehen, Häuser bauen, Wochenend-Entspannung suchen. Da lässt sich bestimmt was aufziehen."

„Und Heiko?", frage ich. Sarah ist noch immer mit ihm zusammen, und manchmal fühlt es sich so an, als seien sie verheiratet, so vertraut gehen sie miteinander um.

Sarah winkt ab.

„Heiko und ich führen eine gute Beziehung, auf Distanz", sagte sie. „Berlin ist ja nicht so weit weg, und wir wollen sowieso lieber getrennt wohnen."

Sie rubbelt sich die Haare trocken. „Du könntest doch endlich als Fotografin arbeiten", sagt sie. „Das kann man von überall auf der Welt tun."

„Was?"

„Na fotografieren."

„Ich kann nicht mehr fotografieren", sage ich.

„Dann lernst du es eben wieder", kontert Sarah. „Übrigens, die Dusche ist frei, und warmes Wasser habe ich auch noch übriggelassen."

Eine halbe Stunde später warten wir beide fertig angezogen auf den Besuch. Auch das Wohnzimmer ist inzwischen warm, und ich fülle vorsorglich noch einmal den Korb mit Holz, damit genug zum Nachlegen da ist.

Als Fotografin zu arbeiten war mein Jugendtraum gewesen. Doch reicht das, um jetzt und hier etwas Neues aufzuziehen? Und mit Sarah in einer WG zu wohnen war ebenfalls eine Jugendidee gewesen, die doch aber jetzt, da wir beide die vierzig überschritten haben, längst überholt ist. Und dennoch, der Gedanke ist reizvoll, wenn auch vollkommen unrealistisch.

Es klingelt.

Ich öffne die Tür und sehe mich Sonja und Regina gegenüberstehen. Dahinter taucht unerwartet Sascha auf.

„Was machst du denn hier?", rufe ich ihm zu.

Er tut ganz erstaunt.

„Hat Sarah dir nichts gesagt?", fragt er.

Ich schüttle den Kopf und drehe mich um. Sarah kommt gerade aus der Küche. Sie geht auf Sascha zu und umarmt ihn zur Begrüßung.

„Ich dachte schon, du kommst nicht mehr", sagt sie.

„Darf ich fragen, was hier los ist?", sage ich und bitte Sonja und Regina ins Haus.

„Erkläre ich dir später, okay?", sagt Sarah und zieht Sascha ins Haus.

Plötzlich herrscht Betriebsamkeit. Regina hat einen Rüblikuchen mitgebracht und trägt ihn ins Wohnzimmer.

„Was soll das?", fragte ich, als ich mit Sarah allein in der Küche bin.

„Was denn?", fragt Sarah und sieht mich unschuldig an.

„Sascha?", flüstere ich und zeige in Richtung Wohnzimmer.

Sarah nimmt die Teekanne aus dem Schrank und setzt den Wasserkocher auf.

Jetzt begreife ich.

„Sag mal, spinnst du? Du willst mich doch nicht mit dem verkuppeln."

„Er tut dir gut", sagt Sarah und schaut mich direkt an. „Du brauchst einen Freund, einen, der zuhören kann."

„Ich habe doch dich", sage ich.

„Ja, aber ich habe auch mein eigenes Leben, und außerdem", sie hängt das Teesieb in die Kanne, „kennen wir uns zu gut. Du brauchst auch mal jemanden, der dich ablenkt."

Ich verdrehe die Augen.

„Aber doch nicht Sascha", sage ich.

„Doch, gerade er", sagt Sarah. „Kapierst du denn nicht. Er soll Sonja in Schach halten, heute. Er kann das, findest du nicht?"

Da muss ich ihr Recht geben. So weit habe ich gar nicht gedacht. Sascha hat tatsächlich einen positiven Einfluss auf Sonja, und vom ersten Moment an war er wie eine Art Schutzwall zwischen ihr und mir gewesen.

Ich lege kurz meine Hand auf Sarahs Arm.

„Danke!"

Sarah grinst.

„Keine Ursache!"

Wir gehen ins Wohnzimmer, gewappnet mit einem Tablett voller Tassen und Teller, Teekanne und Kaffee, was auch immer kommen würde.

„Vielen Dank, Frau Baumann, dass Sie Kuchen mitgebracht haben", sage ich an Regina gerichtet, die verloren in ihrer Teetasse rührt, obwohl es nichts zu rühren gibt, denn sie hat weder Zucker noch Milch genommen. Regina hebt den Blick.

„Bitte nennen Sie mich doch einfach Regina, okay?", sagt sie.

Ich nicke, verteile weiter Kaffee und Tee, während Sarah Kuchenstücke auf Teller legt.

Regina sitzt auf dem Sessel, auf dem Daniel immer gesessen hat, Sonja und Sascha sitzen nebeneinander auf dem Sofa. Sascha hält wie immer Distanz, und doch kann ich sehen, dass er Sonja genau im Auge behält. Sarah hat recht, er könnte Sonja im Zaum halten, sollte sie einen Streit vom Zaun brechen wollen.

Als alle mit Kaffee und Tee sowie Kuchen versorgt sind, entsteht eine seltsame Stille im Raum. Nur Geschirrklappern ist zu hören.

Ich halte das kaum aus, obwohl ich weiß, da muss ich jetzt durch. Ich stochere in meinem Kuchen herum, reiße mich dann aber zusammen. Regina soll nicht denken, dass es mir nicht schmeckt. Also esse ich brav wie ein Kind meinen Teller leer.

„Also", sage ich dann, „ich habe Daniels Sachen zusammengesucht. Wollen wir hinaufgehen, und Sie sehen sich an, was Sie davon haben wollen?", fragte ich.

Regina stellt ihre Tasse ab, den leeren Kuchenteller daneben.

„Das ist sehr freundlich, danke", sagt sie und steht auf.

„Gut", sage ich und bedeute Sarah, mit den anderen im Wohnzimmer zu bleiben. Dann gehe ich mit Regina nach oben und öffne die Tür zum Gästezimmer.

„Ich lasse Sie dann mal allein", sage ich.

Regina berührt sanft meinen Arm.

„Nein, bitte", sagt sie, „bitte bleiben Sie!"

Ich trete mit ins Zimmer und schließe die Tür. Es ist kalt hier oben, obwohl ich den Ölradiator auch hier schon am frühen Morgen angeworfen habe. Ich setze mich in den Korbstuhl, während Regina sich auf das Bett setzt und die Sachen von Daniel, die ich dort aufgestapelt habe, durchsieht. Regina nimmt die Sachen eine nach der anderen in die Hand. Eine Armbanduhr, Bücher, Wäsche. Einen Pullover hält sie sich vors Gesicht, riecht daran. Dann legt sie ihn zurück auf das Bett und betrachtet stillschweigend das Potpourri an Dingen, die Daniel gehört haben. Dann sieht sie mich an. Ich warte, warte darauf, dass sie etwas sagt. Ich will nicht den Anfang machen.

„Ich glaube, ich werde nichts davon mitnehmen", sagt sie schließlich. „Es sind lauter Dinge, die zu einem Leben meines Mannes gehören, das ich nicht mit ihm geteilt habe."

Sie steht auf, tritt unter das kleine Dachfenster in der Schräge und schaut in den Himmel hinauf.

Noch bevor ich ihr widersprechen und sie auf die Armbanduhr aufmerksam machen kann, stellt sie mir eine Frage, die mich beinahe aus der Fassung bringt.

„Waren Sie glücklich hier? Mit ihm, meine ich?"

Ich stehe ebenfalls auf, stelle mich in größtmöglichen Abstand, soweit es die Enge des Zimmers zulässt, in eine Ecke. Dann verschränke ich die Arme vor der Brust.

Reginas Frage fühlt sich seltsam an, ich habe das Gefühl, mich schützen zu müssen, schützen vor, ich weiß nicht genau, wovor oder vor wem. Vielleicht vor mir selbst, vor meiner eigenen Unsicherheit, die sich jetzt in mir ausbreitet, da ich der Ehefrau meines Geliebten so direkt ausgeliefert bin.

„Sie dürfen mir ruhig die Wahrheit sagen", fordert Regina mich auf. „Wissen Sie, ich bin froh, dass wir heute noch einmal Gelegenheit haben, miteinander zu reden. Ich wusste so viele Jahre von Ihnen und meinem Mann, doch ich hatte nie ein Gesicht dazu. Nie einen Menschen aus Fleisch und Blut. Sie waren immer nur eine Imagination, die ich nicht fassen konnte. Als ich sie dann auf der Beerdigung kennenlernte, stand da meine Wut und Trauer zwischen Ihnen und mir. Ich war nicht bereit, zu begreifen, das alles wirklich zu akzeptieren."

Sie dreht sich zu mir um.

„Aber jetzt... Jetzt bin ich dazu bereit."

„Ich weiß nicht", sage ich. „Was soll ich sagen, es ist ein bisschen seltsam, Sie und ich..."

Ich verstumme, unfähig, weiterzusprechen. Da steht die Ehefrau meines Geliebten, meines Seelenverwandten vor mir und fragt mich, ob ich glücklich mit ihrem Ehemann gewesen bin. Was antwortet man auf so eine Frage?

Regina schaut wieder aus dem Fenster, legt die Hände auf den Rücken und verschränkt sie ineinander. Ihre Fingerknöchel treten weiß hervor.

„Hören Sie, ich verlange keine Details aus Ihrem Intimleben. Ich möchte nur wissen, waren Sie glücklich mit ihm? Ich war es nämlich."

Es klingt wie ein Vorwurf, ein Vorwurf, von dem ich nicht sicher bin, ob sie den wirklich beabsichtigt. Regina ist nicht der Typ Frau, der hysterische Vorwürfe macht. Oder doch?

„Trotzdem?", fragte ich spontan.

„Trotzdem", antwortet Regina.

„Aber wenn Sie doch alles gewusst haben?", frage ich, „hat Sie das nicht wütend gemacht?"

Regina verschränkt die Arme vor der Brust und starrt weiterhin aus dem Fenster.

„Sehr sogar", sagt sie. „Natürlich habe ich mir die Frage gestellt, die sich alle betrogenen Ehefrauen stellen." Sie macht eine kurze Pause. „Natürlich habe auch ich mich gefragt, was haben Sie, was ich nicht habe?"

Mir wird heiß. Was soll ich sagen? Ich schlucke, verkrampfe meine Arme stärker ineinander, drücke mich weiter in die Ecke.

Regina dreht sich um und macht einen Schritt auf mich zu. Ich kann nirgendwohin ausweichen, muss mich jetzt stellen.

„Ich habe schnell gemerkt, dass mich das nicht weiterbringt. Denn die Antwort auf diese Frage war mir zu einfach", sagt sie.

Ich halte Reginas Blick stand.

Sie lässt die Arme sinken und steckt die Hände in die Taschen ihrer langen Strickjacke.

„Sehen Sie sich an", sagt sie und lässt ihren Blick von oben nach unten über mich schweifen. „Sie sind jünger als ich, Sie sind sexy, Sie sind klug. Das reinste Klischee. Aber ich war einfach nicht bereit zu glauben, dass ich mit einem Mann verheiratet war, der sich von Klischees leiten lässt."

„Seit wann wussten Sie von uns?", frage ich direkt. Regina setzt sich auf die Kante des Bettes.

Ich entspanne mich etwas, lasse ebenfalls die Arme sinken und schiebe die Hände in die Taschen meiner Jeans.

„Seit Ellis Beerdigung", antwortet sie. Ich gehe zurück zum Korbstuhl und setze mich wieder, um nicht auf Regina herabblicken zu müssen.

„Woran haben Sie es gemerkt?", frage ich nach.

„Es waren seine Augen", sagt Regina. „Seine Augen haben mir immer verraten, wie es ihm ging. Und sie strahlten glücklich, als er nach Hause kam. Obwohl er doch an diesem Tag seine geliebte Tante beerdigt hatte. Da ist mir zum ersten Mal klar geworden, dass es eine andere Frau in seinem Leben geben musste. Es war nur eine Ahnung, es gab ja keine Beweise."

„Ich bin damals aber noch am selben Tag nach London zurückgeflogen, und wir hatten dann einige Jahre keinen Kontakt mehr", versuche ich mich zu rechtfertigen.

„Ja, ich weiß", sagt Regina. Sie nimmt Daniels Armbanduhr in die Hand. Sie hatte ihm die Uhr zum zehnten Hochzeitstag geschenkt, das Datum war auf der Rückseite eingraviert. Sie legt sie um.

„Daniel hat mir alles erzählt, danach hat er mir die Scheidungspapiere auf den Tisch gelegt."

Sie dreht die Uhr, deren Armband viel zu weit ist, an ihrem Handgelenk.

„Es gab Sie schon in seinem Leben, als er und ich geheiratet haben, stimmt´s?"

Ich zögere.

„Ich kenne die Fotos", sagt Regina. „Sie dürfen es ruhig zugeben."

Ich nicke.

Regina legt die Hände in den Schoß.

„Wissen Sie, ich habe mich gefragt, warum er mich und nicht Sie damals geheiratet hat. Ich meine, wir waren nur wenige Monate wirklich zusammen, er hätte unsere Beziehung beenden können, um mit Ihnen nach seiner Scheidung von Martha nochmal neu anzufangen."

„Ja, das hätte er, aber das wollte er nicht", sage ich.

„Genau", sagt Regina, „das wollte er nicht."

Sie schaut erneut auf die Armbanduhr und löst sie dann von ihrem Handgelenk.

Mein Blick wandert aus dem Dachfenster in den Himmel.

„Wegen Sonja", sage ich.

In diesem Moment bricht die Sonne durch die Wolken und wirft einen hellen Strahl auf den Boden zwischen unsere Füße. Wir beide folgen ihm mit den Augen und starren gebannt auf den hellen Fleck zwischen uns.

„Für Daniel gab es nur eine wahre Liebe im Leben, und das war die Liebe zu seiner Tochter. Als ich das begriff, war ich in der Lage, das alles zu akzeptieren", sagt Regina. „Daniel war mein Ehemann, er war Ihr Geliebter, aber was er wahrhaftig immer gewesen ist, ist Sonjas Vater." Regina schiebt die Armbanduhr in ihre

Jackentasche. „Sie können sich gar nicht vorstellen, wie sehr mich das über vieles hinwegtröstet."

Sie schaut hoch, und ich sehe sie an. Sie atmet erleichtert aus, als falle ihr eine große Last von der Seele.

Dann steht sie auf und holt ein kleines Etui aus ihrer Jackentasche. Sie beugt sich zu mir, greift nach meiner Hand und legt das Etui hinein.

Ich öffne den Reißverschluss. Ein Schlüssel mit Kranichanhänger kommt zum Vorschein.

„Das sind Daniels Schlüssel zu diesem Haus, er hatte sie in der Hosentasche, als er starb", sagt Regina. „Sie gehören Ihnen, genau wie dieses Haus. Das ist es, was Ihnen von ihm bleiben wird."

Regina geht zur Tür und wirft noch einmal einen Blick auf die Sachen auf dem Bett.

„Ich möchte nichts weiter davon mitnehmen, machen Sie damit, was Sie wollen."

Noch bevor sie das Zimmer verlassen kann, frage ich:

„Und was bleibt Ihnen?"

Reginas Hand ruht in ihrer Jackentasche, wo sie vorhin die Uhr hineingeschoben hat. Sie dreht sich noch einmal zu mir um.

„Ein halbes Leben mit einem Mann, den ich geliebt habe. Das ist mir genug."

Sie verlässt das Zimmer und ich kann hören, wie sie die Treppe hinuntergeht.

Wenig später sehen wir zu, wie Regina und Sonja ins Auto steigen. In dieser Konstellation werden wir einander sicher nie wieder begegnen. Sascha hat gefragt, ob er noch bleiben könne, und Sarah hat mir gar keine Wahl gelassen. Nun sitzt er im Wohnzimmer und wartet, bis wir die beiden verabschiedet haben.

Sarah und ich bleiben in der Haustür stehen, bis das Auto den Vorplatz verlassen hat und auf die Straße abbiegt. Das Motorengeräusch wird immer leiser.

„Was hattet ihr zwei denn da oben so lange zu besprechen?", fragt Sarah.

Ich verschränke die Arme und lehne mich in den Türrahmen.

„Was zwei Frauen, die den gleichen Mann geliebt haben, eben zu bereden haben."

Sarah lehnt sich an die gegenüberliegende Seite.

„Ah verstehe, das ist privat."

„Genau", sage ich und blinzle ihr von der Seite zu.

„Was ist?", fragt Sarah.

„Ich denke, ich habe mich entschieden", sage ich.

„Was entschieden?"

„Ich werde das Erbe annehmen", sage ich und ziehe das Schlüsseletui, das mir Regina gegeben hat, aus der Hosentasche.

„Gut so", antwortet Sarah.

"Eine Yogaschule und ein Fotostudio, ja?", frage ich.

„Genau", sagt Sarah.

Ich halte ihr das Etui hin, aus dem der Kranichanhänger neben dem Schlüssel herausbaumelt.

"Ist ab jetzt deiner, wenn du willst", sage ich.

Sarah greift nach dem Schlüssel.

„Wird ja auch langsam mal Zeit für ein neues Abenteuer", meint sie.

„Wir zwei in einem alten Haus, mitten in der Pampa, nennst du ein Abenteuer?", frage ich.

Sarah grinst.

„Immerhin unserem Alter angemessen", sagt sie.

„Stimmt!", sage ich und pfeife nach Ben, der sofort aus dem Gebüsch herbeigestürmt kommt.

„Und was machen wir jetzt mit Sascha?", frage ich.

„Lass es auf dich zukommen", sagt Sarah.

Ich streichle Ben über den Kopf.

„Aber damit eines klar ist", sage ich zu Sarah. „Die Rolle des Mannes im Haus ist schon vergeben", und schiebe Ben zur Tür hinein.

„Na, das liegt ja wohl auf der Hand", antwortet Sarah.

Kapitel 18

Sonja

Ich sitze am Flughafen in Berlin. In einer Stunde geht mein Flug nach Frankfurt mit Anschluss nach Kairo. Von dort fliege ich weiter nach Khartum im Sudan.

Mein Leben hat an einem Sonntag im November eine unerwartete Wende genommen. Der Tod meines Vaters wäre irgendwann unausweichlich gewesen, irgendwann, denke ich, aber sicher nicht an einem Sonntag im November. Überhaupt. Der November ist keine gute Zeit zum Sterben, jedenfalls nicht für die, die zurückbleiben.

Die letzten Wochen habe ich wie in einem wabernden Nebel verbracht, nichts als Trostlosigkeit und Verlust empfunden und eine Form von Machtlosigkeit gegenüber einer nicht enden wollenden Lethargie. Ich flüchte mich bei Tag und Nacht in den Schlaf, manchmal liege ich noch mittags um eins im Bett und am Abend um halb fünf schon wieder. Doch der Schlaf bringt nicht die gewünschte Erholung, im Gegenteil. Er ist unruhig, voll von seltsamen Träumen, Träume von Einsamkeit, verlassen werden, Träume von der Kraftlosigkeit, mein Leben zu bewältigen. Ich bin unendlich müde.

Eigentlich sollte mir meine Familie dabei helfen, mit diesem Verlust klarzukommen, doch meine Familie gibt es nicht mehr. Wir waren zu dritt, jetzt ist jeder für sich. An manchen Tagen denke ich, der Schmerz wird nie aufhören. Ich sehe keinen Grund, aufzustehen und weiterzumachen, fühle mich leer und sinnlos. Ich ziehe mich zurück, meine Freunde habe ich seit Wochen nicht gesehen, mein altes Kinderzimmer tagelang nur verlassen, wenn ich auf die Toilette musste oder der Hunger mir so sehr den Magen knurren ließ, dass ich doch in die Küche hinunterging, um nachzusehen, was Regina mir in den Kühlschrank gestellt hat. Nach einigen erfolglosen Versuchen probiert sie es schon lange nicht mehr, mich zu gemeinsamen Mahlzeiten zu überreden. Sie lässt mich vegetieren, und ich bin froh darüber.

Sie selbst stürzt sich in die Arbeit, um der Trauer zu entkommen, doch ihr Gesicht ist fahl und blass. Diese Strategie scheint also auch nicht zu funktionieren, ganz abgesehen davon, dass ich gar keine Arbeit habe, in die ich mich stürzen könnte.

Jeden Abend sitzt Regina in der Küche, erledigt den Papierkram. Wenn jemand stirbt, gibt es Unmengen an Papierkram zu bewältigen, vor allem Rechnungen. Die erste Post nach Vaters Tod kam vom Finanzamt. Doch das alles interessiert mich nicht.

Du musst raus hier, hat Regina gesagt. Nicht zuletzt deswegen, weil das meine altbewährte Strategie ist. Alles hinter mir zu lassen, hat noch immer funktioniert, mein Leben passt seit Jahren in zwei Koffer, der Rest davon lagert in meinem alten Kinderzimmer. Doch wohin?

Da kam der Anruf von Martha. Ihre Stimme klang hölzern am Telefon, und doch hatte ihr Tonfall etwas Bestimmendes. Sie könne sich schon denken, dass ich nur zu Hause herumhänge, ich würde ja seit Jahren nichts anderes tun, als ziellos durchs Leben gehen. Ich legte auf.

Als es erneut klingelte, ging Regina hin, weil ich mich weigerte, nochmal dranzugehen. Wenige Tage später kam ein Brief von Martha, aus dem Sudan. Sie entschuldigte sich für ihre rüde Art mich zurechtzuweisen, sie habe keinerlei Erfahrung im Umgang mit mir als ihre Tochter, schrieb sie. Daher stünde es ihr sicher nicht zu, über mein Leben zu urteilen. Doch es stünde ihr durchaus zu, sich um ihre Tochter zu sorgen, und so schlug sie mir vor, sie in Afrika zu besuchen. Ich könne ein paar Wochen bei ihr wohnen, die Arbeit im Flüchtlingslager habe noch niemandem geschadet, und wer wisse schon, vielleicht bringe es mir sogar die eine oder andere neue Erkenntnis, schrieb sie.

Wenn ich eines seit dem Brief begriffen habe, so ist es, dass ich die Beziehung zu Martha neu bewerten muss. Sofern ich es überhaupt eine Beziehung nennen kann. Mein Vater ist tot, ich werde ohne ihn neu anfangen müssen.

Nachdem mein Groll verraucht war, rief ich Martha an. Nicht mehr als eine Reisetasche, sagte sie, im Lager sei nicht viel Platz für Besitz. Gutes Schuhwerk sei wichtig und ich solle für alle Impfungen sorgen. Sie nannte mir den Kontakt zu einem befreundeten Tropenarzt in Berlin, der sich um alles kümmern würde.

Martha leitet ein Feldlazarett in der sudanesischen Wüste. Es ist ein riesiges Lager mit Schule und allem, was dazugehört. Das ist ihr Leben, ihre Berufung, hat sie gesagt. Und damit ich begreifen würde, was es heiße, eine Berufung zu haben und warum sie vor Jahren aus Berlin weggegangen sei, könne es nicht schaden, wenn ich es mir selbst ansehen würde.

Ich werde Martha niemals meine Mutter nennen können, sie wird immer nur Martha für mich bleiben, aber der Stellenwert, den sie in meinem Leben hat, beginnt sich zu verändern.

Muss es denn gleich Afrika sein, hatte Regina gefragt. Doch sie hatte schnell verstanden, dass es gut sein würde, wenn ich mich mit Martha auseinandersetzte. Ich versicherte ihr, es würde nichts an unserer Beziehung ändern, sie, Regina, ist meine echte Mutter. Sie wirkte gefasst, als ich ihr eröffnete, dass ich fliegen würde.

Mein Flug wird aufgerufen, ich begebe mich zum Gate. Ich weiß, es ist eine Flucht. Das ist wohl das Einzige, was ich wirklich beherrsche, fliehen. Doch bisher bin ich vor mir selbst geflohen, in Konjunktive vom Leben, die eben nur in Sackgassen endeten.

Diese Flucht ist anders. Sackgassen kann ich mir nicht mehr leisten. Mein Vater, der mich immer auffing, wenn etwas schiefging, ist nicht mehr da. Was mir bleibt, ist die gemeinsame Zeit mit ihm, auch wenn wir weiß Gott nicht alles richtig gemacht haben.

Wenn ich Glück habe, ist es dieses Mal keine Flucht vor mir selbst, sondern die Chance, am Ende bei mir selbst anzukommen, in einem Leben, das weder Konjunktiv noch Sackgasse ist. Doch dazu muss ich meine anfängliche Auffassung, dass der Tod meines Vaters mich zwinge, mich dem Tod zu stellen, revidieren. Der Tod meines Vaters zwingt mich dazu, mich dem Leben zu stellen und zwar auf meinen eigenen Füssen, mit meinen eigenen Überzeugungen, die es jetzt zu suchen und zu finden gilt.

Vater hat uns, Martha, Katja, Regina und mich auf unsichtbare Weise zu einer imaginären Gemeinschaft verknüpft, uns Frauen miteinander verwoben, ohne dass wir es ahnten. Und doch war er der Fixpunkt. Auf eine seltsame Weise hat er unser aller Leben beeinflusst. Jetzt müssen wir uns entwirren, und jede von uns muss ihren eigenen Weg finden. Meiner führt mich nach Afrika.

Ich hätte nie gedacht, dass ich ausgerechnet auf dem Kontinent, für den meine leibliche Mutter mich verlassen hat, das zu finden hoffe, was man eine eigene Identität nennt.

Ende

Eine spannende Familiengeschichte

April 1990: Wenige Monate nach dem Fall der Mauer reist die junge Lena von Wien nach Brandenburg zu ihrer Großmutter, der sie noch nie zuvor begegnet ist. Getrieben von der Hoffnung, in der Abgeschiedenheit des großmütterlichen Hauses am Scharmützelsee ihren inneren Frieden wiederzufinden, wird Lena dort mit der Vergangenheit ihrer Eltern und Großeltern konfrontiert und muss erkennen, dass ihre Lebenskrise aufs Engste mit der Geschichte ihrer Familie verknüpft ist. Geheimnisse, Lügen und Missverständnisse haben über Generationen hinweg ihre Spuren hinterlassen. Doch die Wahrheit kommt immer ans Licht.

„Platanenallee" ist ein spannendes Lesevergnügen, dass in der Gegenwart des Jahres 1990 und in Rückblicken bis in die wilden 1920er-Jahre erzählt wird. Ein hautnahes Stück deutsch-deutscher Geschichte.

„Platanenallee" (ISBN 9-783-748199-342)